大国良种

刘裕国　杨俊富　著

人民日报出版社·北京

图书在版编目（CIP）数据

大国良种 / 刘裕国,杨俊富著. —
北京：人民日报出版社,2024.10
　ISBN 978-7-5115-8459-5

　Ⅰ. I25

中国国家版本馆CIP数据核字第2024XY3707号

书　　　名：大国良种
　　　　　　DAGUO LIANGZHONG

作　　　者：刘裕国　杨俊富

出 版 人：刘华新
责任编辑：马苏娜
装帧设计：圣立文化

出版发行：人民日报出版社

社　　　址：北京金台西路2号
邮政编码：100733
发行热线：（010）65369527　65369846　65369509　65369510
邮购热线：（010）65369530　65363527
编辑热线：（010）65369518
网　　　址：www.peopledailypress.com
经　　　销：新华书店
印　　　刷：四川金邦印务有限公司
法律顾问：北京科宇律师事务所　（010）83622312

开　　　本：710mm×1000mm　1/16
字　　　数：200千字
印　　　张：16.25
版次印次：2024年11月第1版　2024年11月第1次印刷

书　　　号：ISBN 978-7-5115-8459-5
定　　　价：58.00元

序　言

国计，亦是民生

　　1984年以前的日子，我都是在农村度过的。在小时候的记忆里，家里的水稻产量普遍不高，不仅受限于地力、化肥，更是因为从大队领回来的种子总是质量良莠不齐，丰歉完全靠天。种好地、吃好饭，是我当时最迫切的愿望。

　　然而，正式参加工作后，将近16年的时间里，我都在和工业打交道。直到2011年，我到罗江任副县长，看到在田里插秧的农民和绿油油的菜地，儿时的愿望重新浮现。深思熟虑后，我主动向组织申请分管农业，组织经过综合考虑，让我分管了其他领域，直到5年后调往他处，我都没能与心心念念的农业结缘。

　　2021年，组织派我再到罗江工作，彼时罗江刚刚完成乡镇行政区划调整和村级建制调整，资源整合后农业

1

发展潜力巨大。恰逢中央深改委会议通过《种业振兴行动方案》，习近平总书记强调，把种源安全提升到关系国家安全的战略高度。罗江是国家级杂交水稻种子生产基地和国家级油菜制种大县，制种产业历史悠久、基础牢固，"攥紧中国种子，端稳中国饭碗"，罗江应有所作为，也大有可为。

为此，罗江区委、区政府多番调研论证，多方整合资源，举全区之力谋划和推动国家级制种基地建设。经过这几年的努力，罗江制种面积已达5.5万余亩，年产种子930万公斤以上，油菜种子产量约占全国油菜用种量的20%，实现了量与质的飞跃，在长江流域那大半个中国的良田上，到处都有罗江的良种。特别是，我们在全国率先规模化推广的水稻油菜双季制种模式，比单纯种粮的收益提高了400%，比单一制种的收益提高了75%，让制种者的钱包真正鼓了起来。

罗江走上了以种业振兴带动乡村全面振兴的路子。群众感受到，种粮是可以致富的。这是小县的大作为，也是群众的大幸福。

2023年6月，中共中央政治局常委、全国人大常委会委员长赵乐际带队到德阳开展《种子法》贯彻实施情况执法检查，充分肯定了罗江制种产业发展成果，并勉励我们接续发展。这一年，罗江也成功入选国家乡村振兴示范县创建名单，我们的制种产业迎来了加速发展的黄金期，由此而往，质变越发接近，新一轮的量变也在慢慢孕育。

2023年12月，裕国同志应邀到罗江采风，在谈话过程中，他对罗江制种产业发展历程十分感兴趣，提出了以报告文学的形式将其记载下来的想法，随后我们又多次交流。经过裕国同志先后160余天的走访，听取60余人的口述，形成了今天这部洋洋洒洒的鸿篇巨作。

粮食是社稷之本，种业是粮食之基。《大国良种》记录的既是农业发展可供借鉴的实践，又是中国农耕文化赓续相传的典范。本书的出版，不仅是罗江文化界的一件大事，更是制种产业发展的一个里程碑。

感谢伟大的党，为我们指明前进的方向；

感谢罗江的党员干部群众，为我们奋斗出这一份成就；

感谢裕国同志及其团队，为我们记录下这一段历史。

这部来源于群众、歌颂群众的作品必定如同罗江的种子一样，滋润人民、造福人民。

维护种子安全，罗江义不容辞；实现乡村全面振兴，罗江先行先试。

我们的事业并不显赫一时，但将永远存在。

黄 琦 罗江区委书记

2024年8月

目录
CONTENTS

序 章

守牢粮食安全"第一关" ⋯⋯⋯⋯⋯⋯ 001

奋力打造国家级种业样板基地 ⋯⋯⋯ 003

第一章　罗江人的良种情

第一节　情牵良种的罗江人 ⋯⋯⋯⋯⋯ 010

第二节　罗江制种的追溯与展望 ⋯⋯⋯ 016

第三节　营造良好的制种生态环境 ⋯⋯ 026

第四节　"种子公园"的"生命线" ⋯⋯ 032

第五节　"国家制种基地"诞生记 ⋯⋯⋯ 039

第二章　打造种子"芯片"

第一节　根深叶茂看丰乐　　　　　　044

第二节　力丰高科之力　　　　　　　050

第三节　郑天福的种业路　　　　　　057

第四节　逐梦长玉村　　　　　　　　063

第五节　探索者的足迹　　　　　　　069

第六节　寻梦制种业　　　　　　　　074

第三章　播下希望的种子

第一节　盘活"僵尸藕塘"　　　　　　082

第二节　制种：义不容辞的职责　　　091

第三节　大凉山走出来的制种人　　　100

第四节　老队长黄继禄的制种故事　　104

第五节　"制种经纪人"胡兴安　　　111

第六节　子承父业　　　　　　　　　118

第七节　大胆尝试　　　　　　　　　128

第八节　金山镇的制种坚守　　　　　132

第四章　朝气勃勃的新农人

第一节　他像一颗闪光的麦粒　　　　144

第二节　种田的"包工头"　　　　　　152

第三节　福乐种业的两兄弟　　　　　　160

第四节　他们都是00后　　　　　　　172

第五节　种田的理科生　　　　　　　180

第六节　返乡种田的打工女　　　　　　187

第七节　好政策扶他蹚出好路子　　　　194

第五章　助力和美新村

第一节　多姿多彩长玉村　　　　　　204

第二节　财源茂盛广安村　　　　　　208

第三节　文明示范星光村　　　　　　212

第四节　乐享和美富荣村　　　　　　218

第六章　"种子公园"绚丽多彩

第一节　文旅融合尽显满园春色　　　　226

第二节　种子种进爱奇艺　　　　　　231

第三节　镜头里的制种人　　　　　　236

第四节　调元文化增添新活力　　　　242

后　记　情系罗江　　　　　　　　245

序 章

守牢粮食安全"第一关"

德阳市罗江区位于成都平原北部边缘、成德绵经济带主轴，辖区面积448平方公里，辖7个镇，常住人口20.9万人，自西晋置县已有1700余年历史，自古即有"蜀都门户"美誉，是国家级杂交水稻种子生产基地和国家级油菜制种大县。

近年来，罗江区坚持以习近平新时代中国特色社会主义思想为指导，着力打造全国高标准水稻油菜双季制种产业样板基地，全区制种面积达5.5万亩，年产种子930万公斤以上，可满足400万亩水稻、2300万亩油菜用种需求，年产油菜种子约占全国油菜用种量的20%。

聚焦"罗江良种"，练好种业振兴"基本功"。

我们认真践行"一粒种子可以改变一个世界"的发展观，深入贯彻落实《种子法》，全面实施种业振兴行动，坚持把种业作为农业战略性、基础性核心产业来抓，成立区级种业振兴工作领导小组，先后开展农业种质资源普查3次，按照"一园两团、多点连片"架构，编制完成《国家粮油制种示范农业园》发展蓝图，制定出台《德阳市罗江区国家级油菜制种大县发展规划（2022—2025年）》《产业发展"黄金十条"》等政策文件，聚力打造50平方千米国家级制种基地，梯次建设3万亩水稻和油菜双季制种"五化"基地，持续激发种业发展活力。自2020年以来，我区累计争取农业政策性资金7.1亿元，带动企业和社会资金投入11亿元，其中用于种业发展占比超40%，亩均制种补贴高达600元。

攥紧"罗江良种"，守牢粮食安全"第一关"。

罗江作为粮食生产的重要供给端，保障种子安全是首要任务。一方面，我们深入贯彻落实《种子法》，编制出台《德阳市罗江区制种基地管理办法》，常态化开展制种基地巡查管理，压实压紧区镇村三级种业发展责任，切实提升基地生产和种源安全保障能力。另一方面，持续加大执法监督力度，强化种子企业和行业准入管理，紧盯种子生产、经营等关键环节，大力开展种业市场净化行动，种子质量合格率达98%以上。

育优"罗江良种"，架稳大国粮仓"顶梁柱"。

为提高种子综合产量，我们在全国率先推出水稻油菜双季制种模式，主要基于以下三方面考量。首先，我们有得天独厚的自然条件，罗江属亚热带湿润型气候，自然禀赋优越，具有浅丘地形的制种天然隔离条件，种植区域多分布在海拔500—550米地带，是全国范围内水稻、油菜最佳适生区之一。其次，我们有积年累月的发展基础，罗江发展水稻、油菜制种产业已有40余年历史，集成推广制种机插、无人机授粉等技术，耕种收全程机械化率达83.1%，"两段"机收率达100%，与中国中化集团、合肥丰乐种业等企业合作，培育了一大批制种经验丰富的职业农民，群众认可度、接受度、参与度较高。最后，通过实施双季轮作，既能有效改善土壤环境避免单一作物种植造成地力下降，又能通过水旱轮作大幅降低病虫害发生率，还能显著提升亩均效益，较单一制种模式收益提高约75%。

做强"罗江良种"发展极核，打造乡村全面振兴"新样板"。

始终把增加农民收入作为"三农"工作的中心任务，创新"制种企业＋合作社＋制种大户＋基地农户"发展模式，引育关联企业30个、制种专业合作社4个、合作联社2个，探索建立"辅导员＋服务中心"机制，推动产业组织化、集约化发展，带动5000余户小农户从事制种产业，实现亩均增收3500元。大力推动农文旅融合发展，以种业教育馆、制种基地展示中心、种子加工中心等为基础，积极探索"生态农业＋田园诗歌＋乡村旅游"发展模式，着力打造集参观展示、观光游玩、粮食安全教育于一体的罗江种业公园，持续拓宽群众增收致富渠道。

奋力打造国家级种业样板基地

近年来，罗江新一届领导班子全神贯注、全力以赴，率领罗江人民营造出良好的制种生态环境，大力实施种业振兴行动，让罗江区一跃成为国家级杂交水稻种子生产基地、国家级水稻制种大县和国家级油菜制种大县。

2023年6月8日，中共中央政治局常委、全国人大常委会委员长赵乐际带队来到德阳市检查《种子法》贯彻实施情况，在罗江区略坪镇种子基地，对种子基地建设由衷赞叹，认为罗江的水稻、油菜制种产业有基础、有特色，勉励要进一步把基地建设好，持续扩面、提质、增效。

2024年初春，我们追寻着赵乐际委员长的足迹，走进罗江区国家粮油制种示范农业公园（又称"种子公园"）采风。罗江区委副书记、区长张天则将我们带到一块块展板前，逐一介绍。亮丽的展板，让人振奋，我们信手摘录，与读者分享。

制种基地的展示"窗口"——

该展示中心位于罗江区国家级制种基地核心区略坪镇长玉村，总投资568万元，占地面积3600平方米，建筑面积500平方米，是罗江区国家级制种基地的展示"窗口"。

远景谋发展。以大型LED屏和沙盘展示罗江区国家级制种基地整体规划、产业集群分布、功能服务布局和全国高标准水稻油菜双季制种产业样板基地发展远景。

良种提产能。集中陈列制种基地主产的品香优桐珍、锦城优808、甜香优2115、福乐油2号、邡油777、佳油1号等品种及其生长周期、抗性、米质、产量等特征特性，推广高产稳产当家品种。

智囊增动能。集成中国科学院成都生物研究所、四川省农科院、四川农业大学等研学资源，组建油菜和水稻专家技术团队，共8位岗位科学家为基地新品种选育、新技术推广提供全方位、全过程智囊支持。

人才拓技能。本地"土专家"和校企优秀专家联姻合璧，厚植育才沃土，为制种农户开展常态化、系统性技能培训，定期举办跨界新农人沙龙，运用新技术、新理念、新办法带动制种业向信息化、市场化、现代化迈进。

"双季制种"新模式——

该基地位于罗江区国家级制种基地产业核心区略坪镇，全国首创水稻油菜双季制种新模式，已发展双季制种近10000亩。

基地强。以"五化"标准（标准化、规模化、集约化、机械化、信息化）提级制种基地设施，实施田块归并、田型调整，配套集中育秧、种子加工等功能服务，建成集"新品实验、科学制种、信息管理"于一体的水稻油菜双季制种示范区。

面积稳。坚持大稳定守基数、小调整增面积，开展制种生产基地上图入库。政策加持调动制种农户积极性，稳步扩面。基地水稻、油菜制种入库图斑3480个、面积4.48万亩，后备潜力地块3428个、面积2.84万亩。

技术新。与中国科学院成都生物研究所、四川省农科院、四川农业大学等科研院所合作，探索解决水稻、油菜制种茬口空档期，研发选育油稻品种，调节制种播期，推行全程机械化关键技术，双季制种基地成为制种新技术、新品种的"试验田"与"先行先试区"。

效益高。用好良田、良机、良法、良技、良策配套，培育制种企业、合作社、制种家庭农场等新型农业经营主体，推行半托管或全托管社会化服务，节本增效，双季制种亩均净利润超过3500元。

全链条的种子加工中心——

该中心位于德阳市罗江区略坪镇长玉村。建筑面积2900平方米，总投资1093万元，配备种子干燥机、清选机、除尘器等设备89台（套），建有低温循环式多功能种子烘干生产线3条，日均种子烘干、粗加工能力80吨，可满足制种基地种子加工需要。

政府搭台，企业唱戏。聘用专业设计公司，按照当前国内先进的种子生产加工工艺流程，设计施工建设图纸和配置加工设备。由政府投资建设，种业公司拎包入住，结合双方优势，在"田间地头"建立种子加工车间，共同建设制种产业链。

加工为媒，研学共谋。中心以基地制种产业为基础，与高校深度合作，建立高校教学实训基地，着力打造农业电子商务平台、农业知识大讲堂、农业科技示范平台等多功能复合体，为制种基地种业生产、加工、销售提供技术支持、信息咨询等多方面服务，推动现代种业创新链建设。

联农带农，多方双赢。建立"公司+农户"发展机制，中心紧密联结制种农户利益，通过订单种植、保护价收购等形式，建立全链条、硬约束的利益联结机制，完善制种农户利益分配，避免"富了老板、伤了群众"，产业联农带农效果显著，促进制种农户与现代农业有机衔接。

应运而生种业服务中心——

德阳市罗江区种业服务中心成立于2017年，是一家水稻油菜双季制种、销售及社会化服务一体化经营的服务组织，现有社员1651户，可调配机械设备500余台。

改革创新闯路子。以利益联合农民，以信息服务生产，建立制种产业联盟，变农民"单打独斗"为"抱团取暖"。上下协调，组织技术力量，开展培训、宣传政策，变政府"联农乏力"为"政通农兴"。在产投两端，做优产品质量，做强自有品牌，通过集中规模采购和组织实施，实现生产端"节流"，变农业"高投低产"为"稳产增收"。

服务种业强底子。中心由10家制种、农机、农资专业合作社（以下简称"专合社"）组成，从耕、种、管、收、储等关键环节入手，提供定制化、社会化、机械化的优质服务。建立"1+N"农资服务网络，采取厂家直供、专合社布点直销的模式，为农户提供价低高质的农资产品。与中国中化、合肥丰乐等10余家企业深度合作，既为企业选择做参考，也为小农户对接大市场搭桥梁。

带动农民挣票子。秉承"联农带农，共建共享"理念，在财产性、经营性和务工性收入等多个维度助农增收。按入股比例为社员分红，年分红最高可达205万元；引导、鼓励和支持农户发展双季制种，每亩收入7000—8000元；每年为1000余人提供社内工作岗位，年务工总收入2000万元以上。

第一章
罗江人的良种情

中国是一个拥有悠久农业历史的国家，良种的选育和传承是中国农业发展的重要组成部分。在中国，良种选育可以追溯到几千年前。古人通过长期的实践和经验积累，选育出了适应不同地域和环境的作物品种。

在历史的长河中，中国农民还发明了许多独特的选育方法，如杂交、选种等。这些传统方法不仅提高了作物的产量和品质，还为现代农业的发展提供了宝贵的经验。

在罗江这片富饶而广袤的大地上，有一种钟爱一直在默默传递，那便是优良种子在民间的代代传承。每一颗种子，都是生命的延续，是希望的象征。它们从祖辈的手中接过，被播种在这片原野上，孕育着未来的丰收和幸福。

农民是这片土地上最忠实的守望者。他们用粗糙的双手，种下一颗颗希望的种子。他们的汗水，滋润着这片土地，也浇灌着那些蕴含着生命力的种子。春去秋来，他们辛勤耕耘，只为了那片金黄的麦浪、稻浪，满枝飘香的硕果、满园葱茏的菜蔬。

传承，不仅是种子的传递，更是一种精神的传承。罗江人祖辈们的智慧，在这片土地上生根发芽。他们敬畏自然，与这片土地和谐相处。他们知道这片土地出产什么、种什么收获最大。他们在种子的传承上，去伪存真，留优汰劣。这种传承，是民间文化的智慧瑰宝，也是民族精神的重要支柱。

良好制种生态环境和悠久的制种历史，让罗江区一跃成为国家级水稻油菜制种基地。

第一节　情牵良种的罗江人

在罗江这片富饶而广袤的大地上，有一种钟爱一直在默默传递，那便是种子在民间的代代传承。每一颗种子，都是生命的延续，是希望的象征。它们从祖辈的手中接过，被播撒在这片土地上，孕育着未来的丰收和幸福。

农民是这片土地上最忠实的守望者。他们用粗糙的双手，种下一颗颗希望的种子。他们的汗水，滋润着这片土地，也浇灌着那些蕴含着生命力的种子。春去秋来，他们辛勤耕耘，只为了那片金黄的麦浪、稻浪，那满枝飘香的硕果、满园葱茏的菜蔬。

传承，不仅是种子的传递，更是一种精神的传承。罗江人祖辈们的智慧，在这片土地上生根发芽。他们敬畏自然，与这片土地和谐相处。他们知道这片土地出产什么、种什么收获最大。他们在种子的传承上，去伪存真，留优汰劣。这种传承，是民间文化的智慧瑰宝，也是我们民族精神的重要支柱。

　　然而，在现代社会，这种传承正面临着严峻的挑战。城市化的进程，让越来越多的人离开了土地，忘记了那份与自然的联系。

　　我们需要重新审视这种传承，让种子在民间不断焕发生机。我们要保护好这片土地，让它一直成为传承的摇篮。我们要传承祖辈们的智慧，让民间文化在新时代绽放绚丽光彩。

　　新时代的罗江人承担起了这份责任。他们像呵护孩子一样，呵护这份传承，让优良的种子在民间的土壤中茁壮成长，代代相传。

　　良种，是农民的命根子，是罗江人代代守护的精神家园，是保障罗江人幸福生活的基石。

　　罗江地方文化学者尹帮斌先生说，罗江人对于优良品种的钟爱，有史可查的，可以追溯到清代李氏一门四进士。他们在外地任职或游览，发现当地有好的种植养殖优良品种，都会引回家乡罗江，养殖或栽种。比如现在罗江餐饮桌上的特色菜"纹江鳜鱼"。纹江本无鳜鱼，李调元在广东任学政时，有当地朋友请他吃鳜鱼。鳜鱼是当地上等好吃的鱼，鲜嫩、细滑，无腥味，无毛刺。李调元吃后，赞不绝口，向朋友打探：可否赠送此鱼苗让我带回四川老家喂养？广东朋友说："行啊，只是我要出一上联，你对上了，我就奉上鱼苗。"

　　那个朋友出的上联是：青草塘内青草鱼，鱼戏青草，青草戏鱼。李调元想了半天未能对上，一直耿耿于怀。半年后的春天，李调元到郊外踏青赏油菜花，看到一位少女走在油菜田里，头上插着黄色油菜花，顿时灵感来了，随口吟道："黄花田中黄花女，女弄黄花，黄花弄女。"这下可以得到鳜鱼苗了！李调元欣喜不已，飞快地跑到那位朋友家里，告知下联。

　　朋友连声称赞："妙，妙啊。"

当天赠送1800尾鱼苗。李调元差人快马加鞭，将这些鱼苗送到罗江老家，放入纹江，鳜鱼从此在罗江这个地方繁衍生息，成为罗江的特色鱼种。

除此之外，李氏四进士还经常将中意的花草果木移植到家乡罗江栽种，从他们的一些诗作可以看出。比如李调元的《栽紫荆》和《栽花二首》：

栽紫荆

窗外红荆树，村中卢氏遗。

忽思兄弟事，栽与子孙知。

栽花二首

其一

醉里生涯最乐耽，茂林修竹似江南。

客来若问翁何事，趁雨携锄植气柑。

其二

课獠清晨上小岑，栽花直到日微阴。

诗成不用旁人和，自有流莺相对吟。

李调元的堂弟李鼎元也写有对良种呵护的诗。比如《田家杂兴》：

田家杂兴

余家起稼穑，田事识甘苦。

不力期逢年，如种未播土。

良苗秀无根，粮莠族其伍。

一岁已滋蔓，再岁尤跋扈。

翁如懒不治，场圃莫为主。

翁即愤欲治，根株那尽取。

纵贼在一日，贻害到千古。

乃知农可师，慎哉毋莽努。

　　这首诗充分体现了作者李鼎元对"稂莠"欺负"良苗"的痛惜。不只是作者，老农也"恨之入骨"。

　　这是罗江历史文化名人爱惜良种情怀的一种体现，也是他们热爱自然、关注社会、体恤民生的体现。

　　罗江"四李"尽管都高中进士，但是他们都是地道的农家子弟，知道优良品种对于农户、对于社会的重要，他们从小就接受农事熏陶，目睹民间把牲畜、粮食、蔬菜的优良品种当成宝贝爱护，相互交换传送，每季收获后，又选出良种，下一年继续种植。就这样，汰劣存优，已成为罗江民间的一种习惯和情怀。

　　尹帮斌说，小时候，他父亲几乎每年都要同村里人背着大米步行去什邡、北川换优良土豆种、玉米种，赶火车去新都换优质蔬菜种子和其他粮食种子，也有村里胆大的年轻人背着大米从罗江火车站爬上运煤车去昭化、阳平关换山豆子种子。他们不辞辛劳，只为获得良种。

　　良种，是一年又一年的希望，也是社会安定团结的基石。有了良种，丰收有了保障，百姓的一日三餐便有了保障，社会才会安稳。

　　我国在明万历年之前，人口总是无法突破6000万人，其中一个重要的原因就是饥饿影响生育。在明万历年间，华侨陈振龙在菲律宾经商时发现红薯种植简单，产量可观，想引入中国，解决家乡人民的温饱问题。奈何当时驻扎菲律宾的殖民者西班牙防范森严，尝试多次都被查出。后来，陈振龙"取薯藤绞入汲水绳中"才蒙混过关，开启了中国种植红薯的历史。自红薯进入中国后，成为中国偏远山区人民填饱肚子的一大主食，中国人口开始突破1亿人，后来到红薯广泛种植的清代，人口猛增到三四亿人。

除此之外，我国还有多种粮食、蔬菜是从国外引进的。比如，小麦是4000年前从西亚传入中国的；玉米，由美洲印第安人最早培育，明朝时期传入中国；茄子、黄瓜、菠菜、扁豆、刀豆等都是在魏晋至唐宋时期陆续从国外引进；蚕豆，相传是张骞从西域带回；胡萝卜原产于北欧，元代由波斯传入。

可见，良种对于一个国家、一个民族的繁荣昌盛是多么重要。我国农民像爱惜生命一样爱护良种，一代代传承。

但是，这些经过数千年播种、选优存留下来的常规良种，不断退化，产量低，抗病、抗倒伏能力弱，数千年来，民众都在为解决温饱问题而抗争。直到20世纪70年代末，杂交水稻良种出现，才逐渐解决了广大民众的温饱问题。

罗江乡土作家龙敦仁是罗江区早期杂交水稻制种的亲历者。他说，据他了解的农村水稻种子，从新中国成立初的易倒伏高秆水稻，到1956年开始推广的矮秆水稻，再到20世纪60年代推广的"三矮"——广场矮、珍珠矮、农垦58，前两种叶子有锯齿，因那时没有除草药，都靠人工薅秧进行除草，薅完秧，人的脚杆都被叶子割伤，有的人甚至感染红肿，后来被农民拒绝种植。农垦58属于晚熟稻，耐寒性强，不易脱粒。当时，水稻最高产量每亩就达700多斤，农民对于优良品种的渴盼十分强烈。

　　到70年代中期，袁隆平团队在1974年选育成功中国第一个杂交水稻品种南优2号，后三系汕优又培育成功，从而为大面积推广杂交水稻奠定了基础。为在全国推广，上级部门要求各人民公社设立农科站，各村设立农科组，龙敦仁被村上推选为星光村的农科员，参加农科站对全社13个大队农科员的培训，培训班讲了三系汕优父本与母本育苗时间，要推算好它们的花期相遇时间进行栽插，还讲了如何人工传授花粉，包括栽隔离带。回去后，由各村农科员指导各个生产队成立一个制种科研小组，负责生产队的水稻制种培训。因每个队都是小区域制种，一般就5亩左右，收获的种子只供本生产队栽种。为了隔离，有的生产队地形起不到自然隔离作用，就用打谷子的挡席围住制种稻田进行隔离。

　　龙敦仁说，当时水稻制种的规格是：父本3行，母本4行。因为人工授粉是在上午11点到下午2点太阳最毒、气温最高的时间段，鄢家镇万安村甚至曾发生过科研人员传授花粉中暑死亡案例。

　　由于当时杂交水稻制种技术不够成熟等多方面的原因，制种水稻产量很低，一般就在几十斤到100余斤。70年代后期，在县上组织下，每个公社派出一名科研人员到海南岛参加试种培训，鄢家镇派出的是阳兴培，回来后对全乡各村的科研人员进行培训。在制种水稻的同时，本地也在不断引进其他粮食作物新品种，比如绵阳11号小麦、胜利红苕、清波红苕和杂交玉米等优良品种，传统鸡心红苕、糯玉米等产量低的品种逐渐在本地淘汰消失。

　　"当然，引进新品种也有风险。80年代，鄢家镇拦河村一农户私自从别人手中买回杂交小麦种，到五月收割时，麦穗像狗尾巴草，里面没有麦子。"龙敦仁说。

　　从良种的传承、保护和引进，探索制种，制种经验成熟，到现在制种技术全国领先，制种产业成为本区农户致富的一大支柱产业，罗江成为国家制种大县、国家级水稻油菜制种基地，体现了罗江人对于优良种子重要性的深刻认知和历史情怀的传承，这是他们胸怀天下、胸怀家国的具体表现。

第二节　罗江制种的追溯与展望

在追溯罗江水稻、油菜制种的历史渊源时，笔者荣幸地采访到原罗江县农业局资深工作人员曾常勇先生，他是罗江制种发展史的亲历者、见证者。

曾常勇1966年出生于罗江区广富镇（现并入略坪镇），1989年毕业于四川农业大学，毕业后，先在德阳市中区农业局上班，1996年罗江复县后在罗江县农业局上班至今，一直从事水稻制种技术研究、指导、推广工作，曾经在本地区成功推广母本芽谷直播，为制种农户节约很大一部分成本。通过多年研究和一线经验积累，他能够提前15天知道花期，从而通过人工干预让花期有效相遇，这是他为罗江水稻制种突破的一项最新，也是行业领先的技术。

曾常勇将罗江水稻制种发展历史向我们做了详尽阐述。他说，罗江水稻制种最早可追溯到1976年，可以分为四个阶段。

第一个阶段，制种的摸索发展阶段，时间是1976—1984年。

1976年，是罗江杂交水稻制种的起步之年。这一年，上级部门把制种亲本发到每个大队，再由各大队发到生产队。当时，每支生产队都成立专门的科研小组，一般由三名有文化的知识青年组成。种植面积少，收获的种子不进入市场交易，仅满足自给自种。每个生产队栽种制种水稻就5亩左右，科研小组负责制种稻田的一切田间管理，包括薅秧除草、病虫害防治、传授花粉、收打、晾晒。制种水稻产量低，质量差，每亩只能收几斤、几十斤种子，后来逐渐增加到每亩100多斤……

虽然产量低，甚至有时还制种失败，颗粒无收，但在农村培养了一大批水稻制种启蒙技术人员。后来，针对三系亲本的混杂问题，按照"省提、地繁、县制"的要求，逐年提高了亲本质量和制种产量。制种规模逐步扩大，制种技术日臻成熟，但制种组合比较单一。由于处于计划经济时期，种子市场化程度低，所以制种规模较小，一直处于自制自种的状态。

1978年，各县建立种子管理站，负责种植、选留和种子供应。德阳县也不例外——罗江区现辖各乡镇在复县前都属于德阳县（市中区）管辖。

1982年包产到户后，有一小部分生产队扩大了制种面积，将收获的种子以1斤兑换15斤常规中稻的比例，进行以物换物。这时，水稻制种每亩能收获七八十斤，折算下来，种制种水稻比种常规水稻收入高好几倍，在金山镇的马驰村、回龙乡的新安堂村等地出现了专业制种生产队。面积也不大，一个队就几十亩。他们最先以以物换物的方式面向市场需求，满足附近群众需求。

1984年，上级部门要求各县成立种子公司，原来各地的种子管理站直接更名为种子公司，原班人马不动。当时，德阳刚刚成立市，德阳县更名为德阳市中区，罗江还没有复县，隶属于德阳市中区。德阳市中区种子公司不仅负责水稻制种、种子管理选留，还负责杂交水稻栽种的全面推广。罗江片区因多为丘陵槽沟地形，是天然的制种隔离带，到1988年，德阳市中区种子公司在罗江片区发展了多个村种植制种水稻，制种面积猛然间扩大。比如，略坪镇的高玉村发展500亩，回龙乡新安堂村发展400亩，德安乡12村发展600亩。

这是罗江片区水稻制种步入全新的高产制种技术应用推广阶段。

这个阶段是罗江水稻制种的第二个阶段，时间是1985—1999年。

罗江在1996年复县，由于罗江有着深厚的水稻制种经验和制种历史，罗江县政府主管部门和县种子公司抓住契机，不断发展水稻制种产业，总结经验，提纯技术，制种产业成为罗江大部分乡村勤劳致富的支柱产业。

曾常勇说，提起这个阶段，罗江水稻制种绕不开一个人，他就是罗江复县后农业局的第一任局长古明水。20世纪90年代末，农业产业过剩，中央提出农业产业结构调整。古明水局长经过对全县大量走访调查，向县委汇报：罗江的产业结构调整，除了大力发展经济林木外，还可以大力发展杂交水稻制种，因为杂交水稻制种在本县有着丰厚的技术经验和群众基础。他的建议得到时任罗江县委书记罗宗志的首肯。这时，曾常勇也从德阳市中区农业局调到罗江县农业局，仍然负责水稻制种和种子管理这一块工作，这正是他在大学的专业强项。古明水的提议得到县委、县政府的支持，便与农业局员工交流，问大家有没有信心。曾常勇胸有成竹地说："关于水稻制种，我们罗江有经验有技术，稳妥，保险系数高。"

他之所以敢这么说，是因为这个时候，我国水稻制种配套技术研究成功，形成了一套完整、成熟、高效的三系法杂交水稻制种技术体系。

于是，罗江县在农业局的努力下，1998年引进了当时的四川龙头企业四川德龙正成种业有限责任公司，该公司与罗江县农业种子公司联合组成了德龙种子罗江分公司，县委又组织召开了全县水稻制种动员会，得到了各乡镇的支持。略坪镇、金山镇、鄢家镇、回龙乡、御营乡、新盛乡等相继报名，全县多个村都发展了不同面积的水稻制种。

这么多点位要搞水稻制种，可把农业局的农技员和种子公司的技术员忙坏了，整天往村里跑，进行指导和技术传授，尽量在每个制种村培育一名"土"技术人员。金山镇骑龙村罗中海就是其中较为杰出的一名。

罗中海出生于1965年，当时是骑龙村文书，跟着县农业局下派技术员曾常勇学制种技术。在曾常勇的悉心指导下，罗中海进步迅速，后来成为金山镇负责水稻制种的技术管理员，他家也靠水稻制种修建了村里最早的楼房。他女儿考上大学时缺钱交学费生活费，他经人介绍，在御营乡流转了36亩土地，也种制种水稻。连续种了5年，不仅供女儿本硕连读7年直到毕业走上工作岗位，还给自己积攒了一笔资金，后来作为资本流转土地，发展成为金山镇种植3000亩土地的种粮大户。

这个阶段，罗江区不仅制种技术力量不断壮大，制种组合也不断出新。罗江制种人凭借较高的种子质量，使制种产业获得了迅速发展，制种农户获得的收益较高，成为最先富起来的农户，成为最先推倒土坯房修建红砖房、小洋楼的农户，成为最先喝上自来水走上水泥路的农户。

曾常勇回忆说，1994年，罗江区种子公司要扩大制种面积，因为长玉村地形很适合水稻制种，当时为发展长玉村水稻制种，他曾去开过几次动员会，把其他村通过种制种水稻走上了水泥路、住上了小楼房的实例给村民们讲，长玉村村委班子配合积极，也很想带动全村种制种水稻，但8组的人不愿意种，又不好隔离，就放弃了。后又去动员高玉村，到2001年，高玉村也只落实了200亩。2002年，长玉村党支部书记林元青看到高玉村去年的水稻制种产量高，很划算，才带头在4队动员10多户农户试种了49.3亩，玉林村这一年在种子公司的动员下，也发展了150亩。到2005年，看到种制种的农户都挣到钱了，都想种了。这一年，略坪镇在何开才书记的大力支持下，鼓励全镇搞制种，面积达到1.5万亩，一下子跃为罗江县水稻制种面积最大的镇。

这10多年时间里，水稻制种的村子和农户，已经成为周边村子羡慕、眼红的对象，想跟种，但由于处于计划经济时代，对于良种的推广有着很大的抑制和束缚，制种面积不敢盲目扩大。

2000年，《种子法》的颁布实施，标志着我国种子产业进入了一个新的时代。种植管理改制，面向市场，国营种子公司开始退出种子市场，但种子管理站仍然存在，直到2008年才全面结束。这期间，民营种子公司如雨后春笋般蓬勃发展，迅速强大起来。《种子法》颁布之前，全国共有种子公司2700多家，种子管理体制改革面向市场，进行市场化运行后，仅四川省就有登记注册的种子公司900余家。由此可以推想，全国至少有数万家。

看起来这是好事，但也存在一定的弊端。比如，很多人担心种子民营化后会出现种子管理和推广混乱。后来证明，这个担心是正确的。由于各家种子公司相互间的竞争，出现好种子不一定得到推广、推广的也不一定是好种子的不良现象。好在国家制定了《农作物品种管理条例》，按照条例，种子必须先通过种子公司自己初试、试种，然后提供给省种子管理站做最后审定。后来又进行了改进，由各种子公司成立联合体，聘请专家现场坐镇监管作证，进行种子实验鉴定。

这段时期，罗江制种的主要品种有两个：最先是冈优188，在罗江发展面积达1.5万亩，是由乐山市农牧科学研究所在2005年通过省审定、在2006年通过国家审定的品种；另外一个是内香8518三系品种，是内江杂交水稻科技开发中心选育。

2000—2015年，是罗江制种发展的第三个阶段。

这个时期，罗江制种技术全面成熟，制种技术取得很大突破，甚至达到行业领先水平。罗江水稻制种大胆地走上产业化发展之路。

曾常勇说，罗江制种人在制种过程中，总结出制种的田间管理三大要领，也算是三大经验。

一是要保证父本、母本在花期相遇，这是最难也是最重要的。因父本、母本的生育期不同，就要算准它们各自的花期，否则会错过栽插时间。曾常勇通过多年的摸索，已经有了一整套让花期相遇的经验与措施。他说，1998年，金山镇骑龙村制种冈优151，父本母本花期没算准，在实际操作中，之前安排在6月8日进行的母本移栽环节，时间需要重新计算。他现场指导时发现，当时父本已经处于幼穗分化二期，这意味着抽穗时间只有25—30天，而当时栽插的母本要50天才能抽穗，花期将错过20天，如不能进行人工干预花期相遇，将会颗粒无收。曾常勇便用学得的专业知识与多年现场指导积累的实践经验，通过肥水管理抑制父本生长，并促进母本生长，最后终于让相差20天的父本与母本实现花期相遇。尽管产量不够理想，每亩仅在60.5公斤，但就全省来说，还是够安慰人心的。因为那一年，全省有冈优151水稻制种面积6600亩，因弥补花期未按时相遇的措施不佳而欠收，而罗江收成还不错。这就是罗江制种技术先进的体现。

曾常勇说，通过那一次的成功实践，他把如何让制种水稻在花期完美相遇从理论到实践的论述全面完善了。自1998年起，罗江水稻制种突破了人工掌控水稻制种花期相遇这一项重大难关。

二是筑起高产苗架。曾常勇介绍，制种要达到增产，关键是肥水管理应用，就是水稻刚刚栽插完毕，我们农技人员引导组织农民及时转入以补苗、施肥、管水为主的田间管理，筑起高产苗架。

三是提高田间平衡程度。曾常勇说，这个有点复杂，技术含量高，它包括田间肥力平衡、田间水分平衡、田间pH值平衡等，需要农技员现场面对面指导。2004年，种子公司给罗江安排5000亩水稻制种面积，发下来的种子纯度只有96%。种子不达标咋办？罗江农业局通过提高田间平衡程度的方法，面对面指导，后来收获的制种种子都达到了国家标准，没有一户不合格。

这是罗江制种技术与经验的体现。也正是这些宝贵经验与尖端的制种技术，一直在为罗江良种保驾护航。

现在我们回过头来看罗江水稻制种发展史，会发现有三个高峰时期。第一个高峰时期是1988年，德阳市中区种子公司在罗江的略坪、回龙、德安的三个村共发展了1500亩制种水稻面积。第二个高峰时期是1995年，德阳市中区种子公司在罗江的金山镇又发展了马驰、安家、连沟、骑龙4个村水稻制种，让罗江水稻制种面积一下子由1500余亩增加到5000亩。第三个高峰时期是2003—2005年，罗江水稻制种迅速扩大到多个乡镇，广富、略坪、金山、慧觉、回龙、德安等乡镇都有大面积种植，最多时达到5万亩。

到2008年，国营种子公司全面解体，水稻种子过剩，罗江水稻制种面积又迅速减少。主要原因是20世纪90年代开始，国家就进行了农业产业结构调整，经济林木种植面积迅速扩大，粮田种植面积缩小，直接给水稻制种带来强大压力，种子公司不得不缩减制种面积。罗江水稻制种由高峰时期的5万亩迅速下调到2万亩左右。

许多水稻制种农户以为罗江的水稻制种就这样疲软下去了，但罗江制种人并没放弃把国家粮食安全牢牢把握在自己手中的制种产业。他们在脱贫攻坚战中结合全区水稻制种产业发展实际情况，积极推进罗江水稻制种产业发展，并对种业发展提出了具体的目标、任务、指标，以及实现目标的相关保障措施，抓住发展机遇，坚持市场需求导向和供给质量导向，遵循政策引导，发挥区位优势，深入推进放管服改革，不断强化企业主体地位，把品种入市权交给企业，把评判权交给市场，把选择权交给农民，极大激发了种业发展活力、资源保护利用能力、种业创新能力、企业竞争能力、供种保障能力和依法治理能力持续显著提升，为保障粮食等重要农产品供种安全、推动农业高质量发展奠定了种业根基。

到2016年，罗江制种已经达到行业领先水平，制种产业在区委、区政府的重视下得到高速发展。这年7月，罗江县同邛崃市、安州区、东坡区和西昌市5个县市区通过农业部、财政部专家评审，分别获得国家级制种基地大县奖励资金3000万元。

从2016年至今，被罗江制种人称为第四个阶段——黄金时代。

这个阶段，罗江制种迎来了新的机遇。

自2015年起，农业部、财政部采取竞争择优、滚动支持的方式支持国家制种大县建设。四川省有8个国家级制种基地县申报，仅20余万人口、448平方公里的成都平原北部边缘小县罗江县通过农业部、财政部专家评审，获得国家级水稻制种大县荣誉称号和奖励，这对于罗江制种人来说，是莫大的激励，更增加了罗江对粮食制种的信心和动力。

《尚书》中有一篇著名的文章《洪范》，文中说：洪范八政，食为政首。粮食安全是国家安全的重要组成部分。习近平总书记强调，我国是个人口众多的大国，解决好吃饭问题始终是治国理政的头等大事。保障国家粮食安全是一个永恒的课题。粮食生产永远在路上，保障粮食安全永远在路上。

2018年9月25日下午，习近平总书记到黑龙江省考察。在建三江七星农场，习近平总书记强调中国人的饭碗任何时候都要牢牢端在自己的手上。习近平总书记双手捧起一碗大米，意味深长地说道："中国粮食！中国饭碗！"

"中国人的饭碗要牢牢端在自己手中，就必须把种子牢牢攥在自己手里。"这是习近平总书记对制种人的殷切期盼，更是语重心长的嘱托。

罗江人牢记习近平总书记意味深长的话语，成立以区委书记、区长为"双组长"，区级有关部门和各镇主要负责人为成员的制种基地建设工作领导小组。2016年争取到国家级种子生产基地和制种大县项目等种业资金1.5亿元，相关制种基地基础设施配套资金和债券资金5.6亿元，加大制种基地基础配套设施建设，利用德阳市罗江区粮油（种业）现代农业园区建设项目，对核心区发展适度规模制种的经营主体、为制种产业提供服务的社会化服务组织等给予补贴，制种补贴标准为每季每亩300元。并在全国率先编制了《水稻油菜制种产业镇级片区规划》，按照"一园两团、多点连片"架构，编制完成《国家粮油制种示范农业园》发展蓝图，制定出台《德阳市罗江区国家级油菜制种大县发展规划（2022—2025年）》

《产业发展"黄金十条"》等政策文件，聚力打造50平方公里国家级制种基地，梯次建设3万亩水稻和油菜双季制种"五化"基地。尤其是在高标准农田建设方面，罗江区优先支持制种基地，建成旱能灌、涝能排、宜机械化作业的高标准现代农业生产制种基地。

罗江区政府深知，要提升制种的质量与效益，自身在基础设施建设上投入的同时，还必须同科研院校携手，深化合作共建。他们同四川省农科院水稻高粱研究所签订了专项合作协议，在略坪镇长玉村建成了500亩集品种选育、亲本扩繁等生产技术于一体的综合研发基地，并在罗江成立了"蒋开锋种业工作室"，聘任四川农业大学农科院任万军教授、省农科院育种攻关专家蒋梁材入驻乡村振兴研究院，鼓励3家制种企业在罗江建成757亩优良品种展示和科研育种基地。

政府的有效投入与制定的奖励补贴机制，加上2022年开始推广的水稻油菜双季制种模式，使得制种农户亩均净利润达3500元左右，是种植大田水稻和常规油菜的5倍。

2023年7月，习近平总书记来四川视察时指出，要抓住种子和耕地两个要害，加强良种和良田的配套，打造新时代更高水平的"天府粮仓"。

种子是农业的"芯片"、粮食安全的基石。

近年来，罗江区紧紧围绕打造新时代更高水平"天府粮仓"的重要要求，全面实施种业振兴行动，把水稻油菜制种产业列为"一县一业"主导产业，奋力建设全国高标准水稻油菜双季制种产业样板基地。

2022年，罗江区又入选国家级油菜制种大县。作为成都平原"天府粮仓"北部核心产区，罗江区正由传统农业向现代种业集群模式转型。为扛起种业振兴的政治责任，罗江区制定了一系列规划蓝图和政策支持。从2023年开始，已陆续投入1.1亿元，建设种业标准化现代农业园区，建设种子加工中心一个、农事服务中心一个、种业教育馆一个、种业营运中心一个、基地展示中心一个，增加制种专用烘干设备14台，完善延展加工、储运、服务等环节，实现全产业融合。

罗江区把种子基地建设作为推进乡村全面振兴的重大举措、打造新时代更高水平"天府粮仓"的重要抓手，积极推进水稻、油菜轮作制种技术发展，为保障粮食等重要农产品供种安全、推动农业高质量发展奠定了种业根基。

第三节　营造良好的制种生态环境

罗江区面积448平方公里，常住人口20.9万人。以面积排名，罗江区是四川省倒数第二的小县区。然而，这样一个小县区却是国家级杂交水稻种子生产基地、国家级水稻制种大县和国家级油菜制种大县。它的油菜种子生产量能满足全国2200万亩油菜需求，占比20%以上。

罗江区地处成都平原东北边沿丘区，为成都平原东北部生态屏障。介于中国重装基地德阳市区与国家科技城绵阳之间，为成德绵经济带重要节点，区位独特。尤其是罗江区槽沟型的丘陵地势是天然的制种隔离带，吸引了国内多家种业公司前来考察、入驻、合作。到2024年，已有30家制种企业入驻罗江合作，在罗江这片得天独厚的沃土上共同发展大国良种，共创国家粮食安全"芯片"。

为对罗江制种产业的发展现状有一个全面了解，2024年6月27

日，笔者采访了罗江区乡村振兴发展服务中心刘祥华主任、罗江区农业农村局种子站站长夏红。

2023—2024年，罗江区水稻制种面积达到2.67万亩，油菜制种面积达到2.83万亩，生产水稻、油菜优质良种数十个，遗憾的是到目前为止，还没有一个优良品种是以罗江文化元素命名。为此，罗江区农业农村局积极与种业公司对接、引进，在新品种、新技术创新及成果展示示范应用等方面积极参与项目建设，着力提升农业技术的应用，力图培育出"罗江"系列产品品牌，到目前为止，已有罗字号品种。

目前已有两家种业公司在罗江工商所注册，落户罗江。

四川力丰高科种业有限公司是其中之一。这是一家集农作物种子选育、生产、加工、销售于一体的农业科技型种业企业。企业已于2024年5月底从成都武侯区迁入罗江。选址在他们于2018年花500万元购买的罗江西门口原冻兔厂旧厂房，经过改造，现在已是具备办公、科研、选育、实验，以及种子精选、打包、储存等多功能的基地。

力丰高科是目前在罗江区投资最多的种业公司。以前一直在罗江区搞制种，主要在调元镇、新盛镇，2024年在调元镇新增1600亩订单制种油菜，主要在顺河村。公司老总是个80后，农学博士，公司制种研究涉及面广，油菜、水稻、玉米、小麦都有涉足。

另一家是四川长江种业有限责任公司，2024年6月从成都锦江区搬迁到罗江区，公司老总左上歧是一个较为传奇的人，他曾经是绵阳一个县的副县级领导，高级农艺师，因为热爱种子研究，辞职在成都成立四川科乐油菜研究开发有限公司，而在罗江注册的四川长江种业有限责任公司则是他的一个子公司，他们在调元镇种业运营中心旁边建有种子科研基地300亩，在原御营镇场口建有厂房，入驻罗江后正在规划建设人工气候室和低温库等。

订单制种，是罗江种子产业发展进程中对农户的重要保障之一。区农业农村局种子站站长夏红说："所有在罗江区的种业企业与农户合作生产的种子，100%都是订单制种，收割完只要种子达标，企业将全部回收，也必须全部回收。因为《种子法》规定，严禁私人贩卖种子，这也是对种源的保护。"

长江种业有限责任公司尽管在罗江制种面积不大，就1000亩左右，但主要是供他们的核心团队进行科研，属于小而精的公司。种子是农业的"芯片"，这两家公司入驻罗江，注册于罗江，他们的种子核心科研技术、核心团队扎根于罗江，今后的科研成果就是罗江出品。

近几年，罗江区委、区政府倾力创建国家粮油制种示范农业公园（又称"种子公园"），对扎根罗江的制种企业都给予了项目上和资金上的大力支持。2021年，对四川省福乐种业有限责任公司、四川省科乐油菜研究开发有限公司两家公司分别给予117万元的资金支持，2022年、2023年分别给予50万元的资金支持。这是专门针对他们的科研基地的资金支持。另外，对制种企业基地的支持还有社会化服务，比如机收、飞防等，每亩节约资金100元以上，是一笔相当大的资金支持。他们创新的农业生产技术，比如无人机代替人工传授水稻制种花粉技术，解放了人工传粉，在罗江区被广泛推广使用，区政府也给予了资金支持。

另外，还有柔性支持。新上马的有关项目，都先通知他们，优先供他们选择。2024年4月，有一个关于制种基地1000万元的项目资金方案编制，就通知几家愿意落户罗江的制种企业商量资金分配使用，看他们有什么意愿，如果他们有想做的项目，可以支持到刚需上。也许，这就是罗江能被多家制种企业看好的一方面。企业需要建实验室、办公场地，区政府都全力支持。区上争取到国家扶持项目，比如种子加工中心、种业运营中心等的修建，政府采购的设施设备，固定资产也都是算在区政府头上，更多的是交给企业使用，让企业实现"拎包入住"。

罗江区这些实实在在的举措，得到省农业农村厅种业处的高度认可。

2023年，丰乐公司在罗江召开全国性水稻品种推荐会，来自全国各地的种子经销商1000余人齐聚罗江，参加参观制种基地、种子加工中心等活动，罗江区提供了有力的后勤保障。有制种专家到罗江来调研，区委主要领导都会抽出时间陪同，当企业在罗江发展种业过程中遇到困难，区农业农村局都积极跟踪协调解决。在罗江区民营企业年终表彰会上，福乐、力丰高科、科乐等几家公司2022年、2023年已连续两年上台领奖，而且是罗江区每次重大活动的座上客，比如当地的文化名片罗江诗歌节他们都是应邀嘉宾，内心感到得到了尊重。

对于种子企业的支持，罗江区各相关部门真正做到了"你有所求，我有所应"。2023年，力丰高科公司一工作人员到区农业农村局，提交了一份在顺河村扩大油菜制种面积的诉求材料，区农业农村局第二天就派出工作人员和他一起去调元镇，召集顺河村村委干部一起协调。顺河村是近几年油菜产业发展较好的村，连续多年举办油菜花节，种粮大户多，土地大多流转给了种粮大户，都种粮食作物，要调剂1600亩来制种油菜，村民大都不愿意，因为油菜制种需要大量劳动力移栽、清杂。后通过宣传区委、区政府对制种油菜的政策补助，1600亩制种油菜面积顺利协调到位。

区乡村振兴发展服务中心刘祥华主任说：我们要做的，就是让业界感受到罗江的良好制种氛围，感受到罗江这个国家级制种基地对于种业发展的真诚、开放和优惠政策，让罗江种业发展形成一个良性循环。

力丰高科种业公司刚搬来罗江基地时，因那一片旧厂房荒芜多年，大门口野藤杂草、生活垃圾较多，乱搭乱建现象也严重影响公司外观形象。区农业农村局得知后，派出工作人员与所在社区联系，通过协商很快得到整治。

因为罗江营造了一个良好的制种环境，农业部门诚心诚意地为各家种业公司服务，上级种业相关领导曾向制种企业推荐：要制种，到罗江去。这是上级部门对罗江区这些年种业发展最大的肯定与褒奖。

三台县是四川制种大县之一。2024年，三台县政协、人大组织委员到罗江来调研制种产业，想了解罗江区是从哪些方面吸引制种企业前来投资的。当他们走访力丰高科等种业公司，听公司讲述选择来罗江发展制种的理由时，都感动、佩服不已。

2024年5月下旬，福乐公司制种基地的实验性油菜收打了，因品种多、体量小，不适合于烘干房烘干，只能人工晾晒。眼下天气晴好，正是晾晒种子的好日子，但晒场不够。公司老总郑天福看着这些宝贝一样的实验品种堆积在敞篷房里见不到阳光，眉头皱成了"川"字。他好担心天气变化，一旦下起绵雨，就会把这些金贵的实验性油菜品种沤烂。

联系区农业农村局后，区农业农村局局长郑文斌了解到福乐公司的迫切需求，立即与新盛镇学校联系，帮忙协调，使用学校坝子，作为公司的临时晒场。学校领导也很支持，因为许多学生的家庭都种有制种油菜，立马同意了。郑天福得到这个消息，感动不已。3天后，他的实验性油菜种子全部晒干，安全地收纳入库。

到2024年7月，据相关部门统计，罗江发展水稻油菜制种面积达5.5万亩，其中水稻制种面积为2.67万亩，油菜制种面积为2.83万亩，较2023年新增油菜制种面积1500亩，增长比例达5.6%。2024年5月，在省农业农村厅和省农科院专家组见证下，"德阳市罗江区2023年制种大县中央财政奖励资金项目合作共建能力提升专项"进行制种油菜现场测产验收，制种油菜现场测产实收折合亩产176.3公斤，突破了高产制种油菜每亩150公斤的重要关口。完成种子生产基地及制种区域"上图入库"，已入驻罗江制种企业30个（水稻制种企业14个、油菜制种企业16个，目前还有一家企业正在积极引进）、制种专业合作社4个、合作联社2个、家庭农场30户、制种大户150户，辐射带动制种农户5000余户，制种农户人均收入比全区农村居民人均可支配收入高出2000余元。

省农业农村厅种业发展处鼓励罗江区发展成为全国最大的油菜制种大县，尽管还没拿到认定牌子，但制种面积已经达到了。区委、区政府还有一个长远规划，计划2025年油菜制种面积扩大到3万亩，2026年水稻油菜制种面积扩大到7万亩。

这些年，罗江区制种产业蓬勃发展，成为四川省10个国家级制种大县之一，每年享受国家级制种大县1000万元的政策奖励项目，连续三年享受天府油菜产业集群项目3000万元的资金奖补，这与他们所营造的良好制种产业投资环境密不可分。区政府将这些资金设为制种鼓励补贴，农机购买补助，针对制种水稻、油菜农户的鼓励补贴等，极大地激励着罗江制种产业的发展和农业现代化进程。

营造好的投资环境，制定好的优惠鼓励政策，是罗江制种产业飞速发展的加速器。

第四节　"种子公园"的"生命线"

在罗江区现代制种产业发展进程中，路网和水网如同一根根脉管，为制种产业输送着源源不断的生命力。它们不仅是农村基础设施的重要组成部分，更是贯穿国家粮油制种示范农业公园（又称"种子公园"）的两个关键脉络。

国家粮油制种示范农业公园的发展离不开路网和水网的支持。近几年，罗江区的制种产业飞速发展，创下"国家制种基地"的金字招牌，与罗江区政府和相关部门不断加大对路网和水网建设的投入和管理分不开。是健全的路网和水网确保了制种产业安全、高效运行，这两根脉管是罗江区国家粮油制种示范农业公园的"生命线"，为罗江农村经济的腾飞提供坚实的保障。

路网，产业发展的快车道

完善的路网对于国家粮油制种示范农业公园来说，就像是铺设了一条快速发展的通道。四通八达的道路网络不仅便于农产品的运输和销售，更能促进人流、物流和信息流的高效流动，带动乡村旅游发展，促进农村与城市之间的联系更加紧密，为农村经济的发展注入了新的活力。

同时，路网的建设也有利于农村地区的资源整合和优化配置。通过加强农村与周边地区的交通联系，可以更好地实现区域协同发展，推动农村产业的规模化、专业化和集约化。此外，便捷的交通还能吸引更多的企业和投资者，为国家粮油制种示范农业公园的发展提供更多机遇和支持。

罗江区农村路网发展取得显著成绩。2004年，罗江区在全省率先实现"村村通水泥路"。之后，罗江区持续加大农村公路建设力度，让农村公路与改善民生福祉、发展乡村旅游、做强农业产业紧密结合，在2017年成功创建四川省首批"四好农村路"省级示范县，罗江区农村公路"建管养运"协调发展水平处于全省前列。

从罗江区农村路网的发展历程，我们可以看到它的发展脉络。从党的十八大到2015年，区交通局共完成交通基础设施建设投资5.2亿元，重点完成了金马路、蟠万路、金连路、罗高路等300余公里道路建设任务，新建安保工程160余公里，改建危桥4座，完成成绵高速白马关段互通工程，绵罗、罗中公路改造工程等。

这一阶段的农村公路建设，贯穿了罗江区主要村镇之间的交通脉络，让罗江的路网形成了一个大的网络构架。

从2016年到2020年，罗江区交通局紧跟时代步伐，把农村公路发展作为服务脱贫攻坚、乡村振兴，改善民生的着力点和突破点，大力推进农村公路的提档升级。累计整合地方财政资金、上级项目资金及其他涉路资金4.4亿元，完成县乡道改善提升工程、撤并建制村通硬化路工程、村道窄路加宽工程、村道改善工程等民生交通道路建设和产业路建设项目132个，建设交通扶贫道路39.8公里。给贵妃枣、制种水稻油菜、晚熟柑橘等特色优势农产品改善道路100余公里，打造白马关"景观走廊"、调元"调元乡愁文化长廊"、金山"骑游观光道"等景观道路80余公里，全区"外通内联、通村畅乡、安全便捷"的农村路网全面形成，农村路网达到

746.361公里。

罗江区交通运输局的工作人员谢谦是罗江农村路网建设的亲历者，也是见证者。

谢谦介绍说，他从事交通运输工作已20余年，见证了罗江交通运输日新月异的发展。近年来，全区紧紧围绕西部大开发、成渝地区双城经济圈建设和成德眉资同城化发展战略，积极推进重大交通基础设施建设，加快建设区域交通骨架网络，不断提升交通运输服务水平，持续强化交通行业治理能力，保障交通运输事业持续健康发展，交通发展总体成效显著。在区委、区政府领导和全区人民的共同努力下，全区道路网络质量和交通运输服务水平显著提升。在道路交通方面，目前全区国省干线公路里程达到95.593公里，农村公路里程746.361公里，公路通车总里程达到877.954公里，公路网密度为196公里/百平方公里。水泥路（油路）通车率镇、村达到100%，以高速公路、国省干线为骨架，以县道为支撑的综合交通路网已基本形成，2017年率先被省厅评为第一批全省"四好农村路"示范县。在交通运输方面，新建成罗江区城际列车客运枢纽站和93个农村公交招呼站（点），新开通德阳至罗江、罗江至广富等城乡公交线路8条，全区公交、客运、铁路运输衔接水平明显提高，乡镇、建制村客车（运）通达率达到100%。

罗江区交通发展，更是围绕产业、旅游、民生等工作，尤其是紧跟区委、区政府规划的种子公园的建设步伐，大力实施"交通+"专项工程，推进园区产业观光路高质量发展，为罗江制种产业发展提供坚定支撑。近年来，罗江交通主动融入产业发展，按照"公路围着产业建、产业围着公路转"的发展理念，围绕略坪、调元、新盛、金山等乡镇的制种产业和其他优势特色农业产业，建设了新盛镇元宝山产业路，金山镇大井村、明月村产业路等27公里，助力农村特色产业连片开花。

同时，在路网建设中，罗江区交通部门按照"一路风景看罗江"的理念，把"路、旅游、产业"深度融合，高标准建成子汉路美丽乡村路、隐海环线美丽乡村路、白马关景区1号路等乡村观光旅游道路34公里，为罗江创建"全国乡村振兴示范县""国家级水稻油菜制种基地"奠定了坚实的交通基础。

目前，罗江区交通运输局正在围绕创建"全国乡村振兴示范县"和建设市级全域融合发展试验区的目标，紧扣种业发展需求，建好配套道路，持续完善制种产业基地及种子公园配套道路基础设施建设，重点围绕略坪镇、调元镇、金山镇、新盛镇等制种产业大镇，推动建设略坪建玉路、荣福路、金山全域土地整治环线公路、安罗路、子汉路、黄德路新盛段等产业道路38公里，为产业发展提供便捷的交通条件。

"畅通城乡交通脉络，不只是为群众出行营造安全、舒适、便捷的交通环境，还要为农村产业发展提供交通保障。"区交通运输局工作人员谢谦说。

水网：生命之源的守护者

水是农业的命脉，也是国家粮油制种示范农业公园的重要支撑。构建科学合理的水网系统，对于保障农作物的生长和产量具有至关重要的意义。优质的灌溉水源可以提高种子的质量和产量，确保农民的收成。

罗江区地处沱江水系与嘉陵江水系分水岭，全域属都江堰灌区。人民渠五、七期的支渠有4条，共长40.8千米，分别是42支渠、43支渠、44支渠、48支渠，主要灌溉略坪镇、调元镇、白马关镇、万安镇。六期干渠从罗江区略坪镇绵远河右岸人民渠四期干渠尾端开始，进入略坪镇红星村10组（原高玉村3组），支渠有12条，共长126千米，分别是西分干、宝文支渠、金大文、罗干、石庙支渠、慧御支渠、慧新支渠、慧花支渠、高庙支渠、鄢回支渠、新德支渠、德青梨支渠，主要灌溉金山镇、鄢家镇、新盛镇、万安镇、调元镇。

作为典型的丘陵农业县，罗江区从20世纪六七十年代开始大兴水利建设，经过长期的艰苦奋斗，基本形成了库、塘、民堰、提灌站相结合的灌溉体系。现有水利蓄水设施水库35座，其中小（一）型水库4座、小（二）型水库31座，蓄水量1271万立方米；山坪塘2768口，蓄水量1398万立方米；石河堰222节，蓄水量219万立方米。有效灌溉面积21.99万亩，其中水田18.17万亩。全区用水保障率在95%以上，水稻制种区域的水源保障率达到100%。

但罗江区域河流均为季节性河流，每年7月到第二年1月，水源仅能保障生态。其他用水，主要依靠人民渠五期和六期水利工程引来的都江堰水源。它分两个方向，一个方向是略坪、蟠龙片区，另一个方向是慧觉、新盛片区，整个灌区面积23万亩、非灌区7万多亩靠提灌站抽水灌溉。因此，尽管人民渠支渠在罗江地域有100多个分水口，有各种型号水库35座、山坪塘2768口、石河堰222节，但在水稻插秧时节还是很紧张，尤其是在发展水稻制种的略坪镇、调元镇、金山镇、新盛镇，插秧用水更为紧张，这直接影响产量和制种农户收入。

2024年插秧时节，往国家级水稻制种基地略坪镇长玉村、高玉村等村放水的干渠还没来水，制种父本就要栽插了，村干部、制种农户、种子公司驻村技术员、水利局工作人员都特别着急。每年的这个时节，都是他们最忙最焦虑之时。看着嫩绿的秧苗静静地站在苗床田里，在微风中摇头晃脑，等待着移栽，区水利局工作人员沉不住气了，到渠道及田间巡查，结果一出现就被当地镇村干部、种植户团团围住。水利局工作人员表示，坚决保障制种水稻按时栽插。表明决心后，便立即与人民渠管理二处相关领导联系，请求加大罗江的放水量，全力保障略坪国家级水稻制种基地的制种秧苗准时栽插。2024年，因为上游整治的原因，放水延误了20天，插秧时节用水矛盾特别突出，用水只能排班站队，且水量很小。区水利局为此制定了新的用水方案，采取轮灌方式，首先保障略坪、调元镇等水稻制种区域用水，而让常规水稻的栽插推迟了15天。

"发展制种，水是关键。"长玉村党委书记丁洪生介绍说，"略坪镇主要是从41支渠放水，灌溉时达每秒一个多流量。那些整治过的山坪塘同时蓄水备用，水稻栽插之后需要水，只要人民渠有水，可以从人民渠抽水，把山坪塘的水留着备用。现在推行水稻油菜双季制种，制种水稻的栽插时间由原来的5月11—17日推迟到5月20—25日，刚好与常规水稻栽插时间相撞，是全域大面积用水，用水的紧张度可想而知。好在及时调整了用水方案，先保制种水稻栽插，再保常规水稻栽插"。

然而，水稻制种需要水源保障，不只是水量的保障。略坪制种区域，主要是引用五、七期分水洞，41支渠水源，面积不大，水源基本上能得到保障，但时效性受限制，即需要水时不一定就能放到水。为解决这一问题，保障略坪水稻制种区域用水，区水利局组织工作小组对略坪进行实地摸排，勘查怎样摆脱用水困难。他们发现绵远河的水资源一直没得到很好的开发利用。"如何利用现有的水资源，让它得到进一步开发？"成为他们思考的新问题。

近年来，罗江区加大水利基础设施建设，投资7000余万元，对罗干渠、43支渠、42支渠、慧新支渠、慧花支渠、慧御支渠、高庙支渠、新德支渠、德青梨支渠等9条支渠共计70余千米进行整治并建配套设施，通过渠道整治有效改善全区7个镇灌溉面积51866亩，恢复灌溉面积13048亩，灌溉水利用系数由0.53提升到0.76。今年，在都江堰灌区"十四五"续建配套设施与现代化改造工程中，石庙支渠、高峰支渠已完成工程建设。该项目投资1902.39万元，整治渠道共12.96千米，两条支渠涉及灌面2.12万亩，其中恢复灌面0.49万亩，改善灌面0.5万亩，为金山镇、万安镇、鄢家镇农业生产提供用水，保障粮食安全生产。

区水利灌排中心主任刘舒介绍说，当前还在加大项目储备，拟在绵远河上修建连锁闸，与老穿山堰、玉女堰进行连通，整合原有老渠，兴建一个隐逸山中型灌区，建成后，可以把整个略坪镇的水稻制种水源问题全部解决。同时启动的还有调元镇制种核心区域顺河村片区的水稻制种灌溉水利工程项目，它依托以前秀水河上的康家堰、红旗堰进行连通整合，新建一个红旗堰中心灌区，建成后可以解决顺河村、百花村、白云村等15000亩左右面积的灌溉用水问题。

另据区水利局相关工作人员介绍，罗江从2021年开展放水改革，以前每月15日到月底要停流半个月，现在保持不断流。区水利局通过协调，可随时在42支渠留一渠水，保障制种区域随时有水可放。

路网与水网，并非孤立存在，它们是罗江区制种产业的两条"生命线"。国家粮油制种示范农业公园的发展离不开路网和水网的支持，它们协同发展，才能最大限度地为罗江区一批特色农业示范区和生态旅游区保驾护航，促进农业产业，尤其是制种产业的高效发展。

第五节 "国家制种基地"诞生记

2024年，顶着盛夏热烈的阳光，走进罗江区略坪镇长玉村，村口一座横跨村道的高大汉式建筑牌楼的横匾上，"国家制种基地"六个白色大字赫然映入眼帘。牌楼的身后，是集中连片种植的制种水稻，在夏日耀眼的阳光里郁郁葱葱，长势旺盛，充满勃勃生机。

这里是罗江区略坪镇长玉村的国家级水稻油菜双季轮作制种基地。目前，制种油菜早已收割，插上了制种水稻秧苗，正进入分蘖期。

长玉村位于罗江区略坪镇北部，距离罗江城区约15公里，距离德阳城区约25公里，罗绵路、河黄路纵横全境，域内四通八达，交通便捷，村内通组，入户道路成网。

长玉村因域内有长兴桥、水源自玉女堰来而得名，始建于1951年，至今已有73年历史，于2020年5月由原长玉村、文明村合并而成，辖10个村民小组，1257户、3408人。区域面积6.39平方公里，耕地面积4486亩，主要产业为水稻、油菜双季制种，面积4000余亩，有机蔬菜种植面积近500亩，素有罗江乃至德阳"粮仓"的美誉，是农业农村部认定的国家级杂交水稻种子生产基地。长玉村先后获得四川省环境优美示范城镇乡村、四川省"四好村"、四川省合并村集体经济融合发展试点先进村、四川省第三批乡村治理示范村、四川省乡村振兴示范村、四川省"六无"平安村、四川省创新基层群众自治试点单位等荣誉称号。

罗江区属亚热带湿润型气候，制种自然禀赋优越，具有浅丘地形的制种天然隔离条件，发展制种水稻产业已有40余年、制种油菜产业20余年，先后获评国家级杂交水稻种子生产基地和国家级油菜制种大县称号。

在长玉村制种基地展示中心，笔者见到了该村党委书记丁洪生。丁书记高挑结实，40余岁，目光炯炯，充满闯劲。谈起长玉村制种的历史，他说，长玉村同罗江其他村一样，从1976年开始种制种水稻，当时都是以生产队为单位，每个队几亩十几亩供自己栽种，小面积进行摸索性、实验性的种植，没有经验，有时每亩能收到几斤十几斤，有时颗粒无收。1994年，制种技术很成熟了，村上要种制种水稻，但有一个队不种，又不好隔离，没种成。正儿八经成规模种植是在2002年，长玉村在时任村党支部书记米德平的带领下，开始正式探索制种发展之路。因当时种植制种是水稻新产业，许多农户还在持观望态度，加上土地也不成片，不好隔离，只在4组种植了49.3亩。这49.3亩还是在村干部的带动下试探性种植。由于发展制种水稻每亩收入比常规水稻每年收入平均高出1000元，制种收入有目共睹，第二年面积达到320亩，之后逐年递增。

长玉村人当初谁也没有想到，就是这49.3亩制种水稻，会带来无上的荣誉和丰衣足食的生活。

从2002年到2012年，长玉村人默默地进行着水稻制种，享受着水稻制种带来的富裕生活。他们万万没有想到的是，长玉村的水稻制种会在这样日复一日年复一年的默默耕耘中，引起外界的关注，尤其是引起农业农村部的关注。2012年农业部一行人员到略坪镇长玉村调研考察，2013年把"国家级水稻制种基地"的荣誉授予长玉村，长玉村正式挂牌成为"国家级水稻制种基地"。

这时，长玉村农户制种的激情再次高涨，制种水稻面积达到1400亩。但2015—2017年，受市场冲击，加上自然灾害影响，产量降低，农户的制种热情和积极性也相应降低，种植面积骤减到600亩。特别看好本村水稻制种产业的村党委书记丁洪生很着急，他是区人大代表，他了解国家特别重视粮食安全，坚定地认为罗江的水稻制种产业应该大有作为。于是，他以人大代表的身份为发展罗江区水稻制种产业呼吁政策扶持，使罗江水稻制种产业不再萎靡，2016年罗江获得国家级水稻制种大县的荣誉，2017年，罗江区区委、区政府认准产业发展方向，制定出台了一系列针对制种的惠农政策，降低了老百姓的制种风险，积极性又回来了，长玉村的水稻制种面积慢慢回升。

长玉村地形像一个碗，周边高起来的"碗沿"是旱地，这些旱地形成天然的隔离屏障，特别适合全村搞水稻制种。因此，长玉村被制种公司盯得牢牢的。先是一家四川本地种业公司在这里发展水稻制种，后来，在政府部门的牵线搭桥下，总部在安徽合肥的丰乐种业公司入驻长玉村。这是中国第一家种子上市公司，是国家龙头企业。比起私营公司，农民肯定更信任国企。丰乐种业的引进和入驻，更增强了长玉村村干部和制种农户的信心。

2020年，长玉村决定改变单一种植结构，开始探索水稻油菜双季制种发展之路，在研究院、制种公司等多方资源的强势助力下，调整品种组合，调节制种播期，成功解决水稻、油菜制种茬口空档期难题。通过发展双季制种，每亩净利润达3500元，比单一制种模式高出2.3倍以上。

2022年，乘着全面推进乡村振兴战略和新修改的《种子法》施行的东风，在村党委书记丁洪生的带领下，长玉村着力破解连片发展难题，推动双季制种扩面，成立土地流转服务工作队，建立"党建加速引领、产业规模化发展、土地集约式管理"的土地整理模式，全村主动参与土地规模化流转1000余户，落实水稻制种1400亩，油菜制种300亩，成为罗江国家级水稻油菜双季制种产业样板基地。

2023年，长玉村大面积推广水稻油菜双季轮作制种，专业从事油菜制种研究开发的福乐种业公司又入驻长玉村，并派来6名技术人员常驻长玉村指导长玉村的油菜制种，给了长玉村发展油菜制种坚实的技术保障和信心。

第二章
打造种子"芯片"

农业，是一个国家的根本。而良种，则是农业的"芯片"。

在罗江，有这样一群人，他们默默耕耘，致力于打造中国的良种"芯片"，他们是农业未来的守护者。

我国是一个农业大国，农业的发展对于国家的稳定和繁荣至关重要。而良种的培育和推广，是农业发展的关键。这些打造中国良种"芯片"的人，他们深知良种的重要性，用自己的智慧和汗水，为中国的农业发展，为端稳中国饭碗，不断探索和创新。

他们是科技人员、科研人员。他们在实验室里埋头研究，在田间地头默默付出，不断尝试新的育种方法和技术。他们用基因编辑、杂交等现代生物技术，培育出更优质、更高产、更抗病虫害的作物品种。他们的努力，让中国的农业在种质资源方面有了更多的选择，也为中国粮食安全提供了有力的保障。

他们也是农民。他们在田间地头辛勤劳作，用心呵护每一粒种子。他们通过试种、筛选，选出更适合我国不同气候和土壤的良种。他们的经验和智慧，让良种在华夏广袤的土地上生根发芽。

他们还是企业家。他们将良种推广到全国各地，让更多的农民受益。他们注重市场需求和农民的实际需求，不断推出适应不同地区、不同作物的良种产品。他们的努力，让中国的良种市场更加繁荣，也为中国农业的现代化做出了重要贡献。

打造中国良种"芯片"的人，他们是中国农业的脊梁。他们的工作，不仅关乎国家的粮食安全，也关乎人民的福祉。他们的努力，让我们看到了中国农业的未来，让我们对中国农业的发展充满了信心。

让我们一起为这些打造中国良种"芯片"的人点赞！他们的付出和努力，值得我们每一个人尊重和赞扬。他们以勇于探索、敢于创新的精神，不断为中国农业的发展贡献自己的力量。

第一节　根深叶茂看丰乐

一个国有大型种业企业，在一个村发展制种产业，如今已经18个年头，先后有两名企业干部，从这里走向高管岗位；而这个村，也在与这家国企的合作中，打造了"国家级制种基地"的金字招牌。

它们的名字叫合肥丰乐种业股份有限公司；罗江区略坪镇长玉村。这注定是我国当代制种产业史上的一段佳话，值得我们躬身探寻。

2024年5月，在长玉村丰乐水稻制种基地，笔者见到了刘玲，他是公司水稻中心副主任、驻村负责人。刘玲于1988年出生，不到

36岁，却一副老成持重的样子，黝黑脸膛上的亮光，是他常年奔走田间的印证。

刘玲是四川西昌人，西南科技大学农学系是他梦想起航的地方。2011年大学毕业，他考入成都丰乐种业有限责任公司。他听一位诗人说过，一粒种子，就是一粒射向饥饿的子弹。他听老师说过，中国古代，两国交战，一国因为被算计，误种失效的种子，战时举国无粮，被另一国打得落花流水，最后亡国。种子就是命根子，刘玲清楚，制种业是神圣的事业。"我对选择无怨无悔！"刘玲说。

热爱是第一驱动力。刚到公司，刘玲想的不是待在办公室，而是请求到基层一线去，到距离制种产业最近的地方去。领导知道了他的愿望，欣赏他的这股子闯劲，拍一拍他的肩膀，说："好，到一线去！"他被派到了重庆荣昌水稻制种基地指导农户生产。让书本知识落地，刘玲干得很开心。第二年，他又被派往广西灌阳基地，一干又是一年。

做了两年生产，2013年，刘玲顺应公司发展需求，由生产岗位调到科研岗位，开始从事科研工作，潜心从事杂交水稻科研育种。他带领科研团队选育的优质三系杂交水稻新品种宜优880，于2022年通过国家审定。

2019年初春，刘玲再次回到生产第一线，到罗江基地参加生产工作，在经历两年生产历练后，于2022年接任制种基地负责人。

新老交替会在丰乐公司罗江制种基地会议室召开，开得热烈。在阵阵欢迎的掌声中，刘玲表态：不负公司重托，接力做好罗江制种基地。

2006年，丰乐公司寻求新一轮发展机遇，公司老总到罗江调研，被这里的地理优势和产业基础深深吸引，果断决定，在罗江开辟新的水稻制种产业基地，地点就选在略坪镇长玉村。在镇村两级领导班子的大力支持下，他们采取"公司+农户"的方式运行，首期水稻制种面积就达到4000亩。

丰乐公司多年的发展路径是：一手抓科研，一手抓生产，向品质优良、具有自主知识产权、深受市场青睐的制种水稻高峰攀登。

刘玲在公司科研岗位干了6年，深知丰乐种业在罗江的主打水稻品种——内香8518、甜香优2115等，是国家科研院所与企业合力选育、试验、种植、推广的结果，拥有中国人自己的知识产权。

为了开拓这个路径，丰乐公司把根深埋在长玉村，一茬又一茬的负责人带领科研和生产团队在这里接力奋斗，写下了可歌可泣的种业篇章。

刘玲来到这里，照例租用一间村民的房屋作为住所。尽管窗外满眼田园风光，但无法和大城市里总部机关舒适的住房相比，就连夏日晚间的闷热、潮湿，以及蚊虫叮咬、鸡鸣狗叫，都需要勇气和耐心去承受。刘玲不在乎，入职头两年不也住农户家吗？他还幽默地说，这是制种人的"特殊待遇"。

公司还有5名技术人员，和刘玲一起住在村里。他们的工作，就是坚持每天去巡检，指导农户播种、防治病虫害、田间去杂。他们夏顶骄阳，秋套雾罩，冬迎雪花，长年在田间地头奔忙。

刘玲充满信心，前后共有7年生产一线的实践，5年的科研经历，他积累了厚实的专业知识，对制种水稻生产熟门熟路。尤其是，他分别在南方和北方工作时，见证了一年两季中不同生态区域南方和北方的差异。见识多，眼界开阔，他带领团队探讨疑难杂症的解决办法。

长玉村种植大户有多年的制种经历，刚开始，看到公司新来的几个年轻人走在田间，对他们撇嘴，不屑一顾。后来，当刘玲带人帮种植大户解决了制种环节中的棘手事，他们放心了，竖起大拇指夸赞。

村民丁吉青种了35亩水稻制种，2023年7月20日，刘玲带领技术员在巡田检查除杂情况的时候，发现他的制种田父本行中落粒谷类型的杂株比较多，丁吉青辨识能力差，他自己除了几遍后杂株仍然较多。眼看就要到授粉期了，赶花授粉即将开始，时间迫在眉睫。刘玲说："父本除杂非常关键，父本杂一片，母本杂一窝，必须抓紧除杂，否则这一季种子将有可能由于除杂不及时质量达不到国家标准而报废。"丁吉青看了看杂株，觉得自己难以区分，急得直挠脑袋。刘玲劝他别急，他带着公司5名技术员，一人拿一把砍刀，挽起裤腿就下田。他们在田里来回除杂两遍，一连干了两天，每个人的衣服都被汗水黏在前胸后背。丁吉青感动得拱手作揖，接下来，他抓紧赶花授粉，确保了这一季的好收成。

刘玲说："种植户田间地头的事，无论大事小事，都是我们的事。"

种植大户武华田种了200亩水稻制种，2022年7月底，赶花授粉的时节到了，可武华田犯了愁。面积这么大，到哪去找那么多工人来赶花？正在这个节骨眼上，刘玲主动找上门，告诉他可以采用无人机赶花，既能节省劳力，又能节省成本，还能极大地提高赶花效率。武华田一听乐了，当即答应。在刘玲的指导下，他选用了无人机赶花。无人机赶花，对田间除杂时效性和杂株比例要求很高，必须在中午赶花前，将田间可见杂株全部清理干净，而武华田的田间杂株较多，明显达不到要求。那时候已经是扬花授粉的关键时期，为了不耽误赶花授粉，刘玲带领技术员下田帮着清理杂株。他们顶着炎炎夏日，汗水湿透了衣袖，最终在赶花前将杂株全部清除。那年武华田取得了500多斤的高产，获得了产量质量双优。

2022年7月下旬，电闪雷鸣，大雨如注，持续了几天的大暴雨，让刘玲惦记着种植大户邓进容。他知道，邓家的水稻种子田位于长玉村九组老村委会旁，小地名叫丁家碾，那里有一条老水沟。泄洪怎么样？邓进容的水田会被淹吗？大雨刚停，刘玲拨通邓进容的电话，然后带着技术团队火速赶过去。他们的驻地，距离丁家碾有两里多路，一行人赶到这里时，已经气喘吁吁。果然不出所料，洪水已漫过丁家碾桥孔，淹没了邓进容的稻田，老远望去，60多亩稻田水汪汪一片，植株已深陷水中，只有秧苗尖尖在洪水面上晃动。见到此景，50多岁邓进容急得直跺脚，眼泪不停地滚落出来，嘴里说道："这可咋个办哦？"

再过几天，水稻就进入抽穗扬花期，错过机会，就会颗粒无收。刘玲和技术员们先安慰邓进容，接着和他一道下田，挖沟排洪。等洪水退了，刘玲又安排技术员指导邓进容打药，杀菌防病，采取一系列的技术措施来抢救秧苗。由于救治及时，秧苗后期也没受多大影响，产量还不低，2022年，亩产接近500斤，基本达到常规亩产量。如今，邓进容回忆起这件事，高兴地说："丰乐公司的驻村技术员，人好、心好、技术好，我越干越有劲！"

2020年夏季，刘玲在巡检自己管理的那片稻田时，发现水稻植株矮小，叶片卷曲，缩成管状。面积倒是不大，一团一团地发生，不细心观察，还看不出什么迹象。这种现象在当地稻田很少见，农户看了有些发蒙，不知道咋回事，包括一些技术人员，也不知道水稻得的什么病，大家面面相觑。刘玲说，我在南方待过，南方是水稻的病窝子，这种病我在三亚见过，叫矮缩病。病源不是水稻本身，而是通过飞虫，如稻蝇蚊等，传播病毒，引起植株卷缩。他让人喷洒杀虫药，从源头上控制病毒传播，同时对已发病田块采取喷施叶面肥等补救措施，问题就这样解决了。

长玉村从2020年开始探索双季制种，由原来的水稻制种改为油菜水稻轮种，时间上出现了茬口冲突。摆在长玉村人面前的首要难题，是要在有限的时间内抢抓水稻周期，因为等油菜收割完毕，水稻制种时间要比原来推迟一个星期，这使得罗江基地多年来一直采用的母本直播制种模式无法实施，只能改为育秧移栽。然而，育秧移栽需要较多劳动力，劳动力紧缺是当下农村普遍面临的问题，要想在短期内积蓄大量的劳动力，显然不现实。怎么办？

刘玲围绕机械化打起了主意，他想打造一种机械化制种模式，来破解茬口难题。

其实，从2019年开始，丰乐公司在罗江区农业农村局的支持下，就开始积极探索机械化制种，经过5年的探索，经历过多次失败，最终建立了杂交水稻全程机械化制种技术体系。从播种育秧开始，到机械插秧，再到无人机施肥打药、无人机赶花，最后机械化收割，收割后种子烘干精选等，整个生产环节都实现了机械化，不仅使劳动力紧缺的问题得到有效解决，还一举多得，提高了劳动效率，大大节省了劳动成本。采用全程机械化制种，每亩田栽秧成本节约开支300元以上，施肥打药成本节约100元以上，赶花成本节约300元以上，总制种成本节约700元以上。

刘玲说着，手往远处一指，耸立着"国家级水稻油菜制种基地"巨幅标牌的那个片区，稻田辽阔，平整如镜，他说："这个片区，就是最早使用水稻移栽机插的。"

丰乐种业，是中国种子行业第一家上市公司，被誉为"中国种业第一股"。丰乐种业以种业为主导，其综合实力与规模，在中国种子行业中位居前列。2019年4月，合肥丰乐种业股份有限公司水稻研究院挂牌成立，设立了科研育种部、品种测试部和技术推广部三个部门。水稻研究院在全国水稻主要生态区建立了5个不同类型的育种试验站，其中包括四川罗江。

2022年，丰乐种业水稻研究院长江上游罗江试验站正式挂牌。试验站设在长玉村，主要承担内容有：长江上游中籼稻迟熟组国家绿色通道品种审定实验，长江上游优质高产三系杂交水稻新品种选育，丰乐"2+7"联合育种创新研究院新品种测试，成都丰乐在线品种展示，长江上游院企合作储备品种观察筛选，等等。

常言说得好，根深才能叶茂，丰乐种业把根深埋在长玉村，18年来，无论科研还是生产，都在稳步推进，水稻新品种远销国内外市场。累累硕果，闪耀着希望的光芒。

第二节　力丰高科之力

2024年7月5日，走进罗江工业园，登上一块郁郁葱葱的高地，道路两旁，树木挺拔，紫薇璀璨，多姿多彩的花台，蝶飞鸟鸣。蜿蜒的小路，静静地伸向错落有致的紫红色小楼。这里就是四川力丰高科农业产业园，占地近50亩。

走在前面讲解的，是四川力丰高科种业有限公司董事长，名叫何博，一位80后，穿着红T恤，个头不高，活力四射，举手投足之间都充满了精气神。

一行人在广场驻足，一块白色巨幅广告牌上，鲜红的大字格外引人注目：

> 粮安天下，种铸基石。
> 不忘初心，踏实奋进。

两行标语，道出了力丰高科人的追求与决心。

何博是绵阳人，2000年考入四川农业大学，学的是植物保护专业。2004年毕业后，他的第一选择不是考研究生，而是工作，一个机遇对他产生吸引力。北京奥瑞金种业股份有限公司招人，这是中国种业第一个在美国纳斯达克上市的公司，当时名列中国种业前三强，何博被选中入职。他说："热爱是最大的动力。"从业务员到大区经理，到华南营销中心总经理，再到集团生物技术开发部经理、集团水稻事业部市场部兼国际业务部经理，长时间的种业多岗历练，何博至今仍记忆犹新。

在大企业历练，一干就是10年，无论生产还是科研，何博都积累了丰厚的经验，待遇也很优厚，令同行羡慕不已。

但是，何博不安于现状，他有更高的目标追求，他想独创一个施展理想和抱负的平台。他深信："粮安天下，种铸基石。"他早就听说了古代越国用假种子灭吴国的故事。他把投身民族种业当作毕生的追求，当作神圣的使命。

2013年，他辞职后，在成都创办了四川力丰高科种业有限公司，注册地在成都市武侯区，主要从事玉米和油菜品种的研发。何博知道，深厚的理论基础是向科研目标进军的必备条件。2014年，他攻读了四川农业大学农村经济学在职研究生，后来获得高级农艺师职称。

何博的家乡绵阳，与德阳罗江相毗邻，罗江制种产业他早有耳闻。他想，自己从事制种产业，何不到罗江去看看？

2014年春节刚过，何博驱车来到罗江，走进新盛镇天鹅村，和村干部聊起了发展制种产业的事。谁知村干部一听就乐了，村党支部书记说："多年前，我们村搞过制种，可因为技术环节复杂，村里又大多是老人，劳动力欠缺，热闹了几年，又蔫了。你们能来咱们村搞制种，我们一百个欢迎！"说完，起身紧紧攥住何博的手。何博也一阵欣喜，没想到天鹅村对制种这么期待。他又走进几家农户，想听听他们的意见，大家都笑脸相迎，都盼着早一天与力丰高科公司联手干。何博喜出望外，当面一一答应。接着，他又抬脚上车去了相邻村。

不久后，何博带着力丰高科公司相关部门人员，来到这两个村，进一步考察，正式洽谈，随后与农户签订了发展油菜种子的协议，职责明确，农户在自己的承包地种植油菜种子，公司负责全程技术指导，如期如数收购农户种子，价格不低于市场价。

"公司＋农户"，这是企业的常规的产业发展路子，可是，何博有不一样的做法。他有多年的从业经验，给力丰高科公司的定位是"质量型企业"，他的理念是以顾客需求为关注焦点，以市场需求为导向。

在罗江制种跑乡村，何博越发感觉到，企业关注农户的焦点，不是常规的种植技术，如整地、育苗、施肥、防治病虫害等，这些是公司起码的职责，大家都在这样做。而农户亟须破解的难题，是劳动力缺乏。当下在乡村，能下地的几乎都是60岁以上的老人，而油菜制种，有一个最需要劳动力的关键环节，就是父本除杂株，需要走进地里，挥刀砍掉占苗田近50%的杂株。这么大的劳动量，需要的劳动力多，劳动强度也大。在这个阶段，村干部往往为了组织劳动力，跑了东村跑西村，忙得团团转。

从种子源头减少杂株，是破解这个难题的关键。何博认为，这是种业企业义不容辞的责任。必须从科研入手，千方百计攻克这道技术难关。何博陷入沉思，有时彻夜难眠。目前，市场普遍使用的油菜制种去杂株技术，是"核二系"，如果研制出"核三系"技术，就能大大减少杂株的数量。目前，"两系"品种普遍存在去杂比例大、田间去杂工作量大等问题，如果从品种研发上尽快突破"核三系"品种的选育并投入制种生产，就能大大减少杂株比例，降低去杂难度。

向着新的制高点，奋力登攀。

好在何博是农学科班出身，在大公司从事油菜制种科研工作多年。他充满信心，静下心来，带领公司4名科研人员，开始制定"核三系"品种研究方案。他马不停蹄地跑省农科院、跑高校，邀请专家教授联手。随后，在实验室闭门苦战，又到田间地头实践，通过几年的艰苦努力，终于摸索出了"核三系"田间制种技术体系，他带领团队研发的"核三系"杂交油菜品种，被登记为国家非主要农作物品种。

2023年，力丰高科种业公司在罗江的油菜制种基地推广"核三系"油菜制种。令种植户意想不到的是，与"核二系"相比，"核三系"油菜种植田的杂株占有量只有5%，减少了40%多。何博还别出心裁，在油菜制种去杂阶段，由制种技术员组成骨干，雇用当地农户，成立专门去杂小分队，活跃在田间。这不仅免去了种植户缺劳力的烦恼，还帮他们节约了种植成本。种植户高兴得奔走相告，第二年种植基地制种面积翻了一番。

何博说："企业发展的核心动力是科研，科研是我们的重点。只有科研推动创新，才能有好产品；产品好了，老百姓喜欢种，企业在行业内才有竞争力。"近年来，力丰高科种业按照自己的发展方向，不断加大对科研的投入。

罗江城西工业园区，有一座闲置厂房，是原来的国有冻兔厂，占地48.4亩。冻兔厂多年前兴旺，现早已淡出人们视线。人气没了，厂房萧条了，窗户破旧了，还蒿草满地。2018年夏天，何博走进这里，却一眼看中了它。

原来，力丰高科公司一直想建一个科研基地，正愁找不到地盘。这下有了，何博很快找到罗江政府有关部门，谈了自己想买下冻兔厂建制种科研基地的设想。领导们一听，都爽快答应，支持！没过几天，政府多个部门现场办公拍板，力丰高科公司顺利买下了冻兔厂。

在罗江，发展制种产业，从机关到基层，早已形成共识，营造出了良好的氛围。对此，何博深有体会，在与笔者的交谈中，多次提到这个话题。

冻兔厂摇身一变，成为力丰高科种业公司的科研基地。2023年正式启用。基地集中了国内外种子行业具有领先水平的种子研究设备和检测设备。

笔者走进检测室，环境整洁干净，空气清凉舒适，这里有国产的种子检测系列设备。何博解释说，种子要安全，必须做大量的检测，检测合格后，才能交给农户种植，检测才能降低种子的风险。

让科研提升仓储能力，这是何博的又一科研举措。

如今，在罗江的制种企业已经发展到30多家，制种产业遍及罗江90%的村镇，生机勃勃的局面令国内外制种行业关注，这是罗江人和种业企业多年一路探索的结果。在罗江，也有种业企业"败走麦城"，出现失利的情况，还有企业陷入绝境，不得不退出种业市场。其中一个重要的原因，就是种子的仓储出了问题。

何博在实践中发现，农户交到企业的种子，水分一般都在7%—9%，都符合国家标准。但有的企业，由于仓储条件不达标，两三个月后，油菜籽粒水分上升到12%—13%。播种后，由于菜籽水分含量过高，在苗床上不能充分吸收水分，便降低了发芽率。还有种子企业，由于市场价格一时低迷，销售受阻，仓储不力，种子品质受损，有的种子甚至报废，种子销售不出去，拖欠种子户的资金，最终破产。

投身种业，何博把种子仓储看得与制种环节同等重要，不断向科学技术发力。

寻找除湿机，一个看似简单的事情，何博却费了九牛二虎之力。

种子仓储，仓库需要安装除湿机，可市面上一时找不到合适的机器。何博带领团队展开市场调研，他们顶着炎炎烈日，先后去了河北、甘肃、安徽等省，走进厂家一线，逐一观察和调研，眼看距离种子入库时间越来越近，他们顶着八月的烈日奔忙了一个多月，经过反复横向比较，最终选用了河北一个厂家的除湿机。

采访中，力丰高科的员工都夸何博心细如丝，绝不放过任何一个需要科技投入的生产细节。

如今，油菜种子收割，不少种植户都用上了收割机。何博发现，收割机在抓收植株时，抓手难免会带上泥土、菌核病孢子等，用传统种子精选设备选除影响种子的洁净度，而用传统泥沙分离方式，比如簸箕筛、风车吹等，费工费时，且都无法达到国家标准。

　　为挑选悬浮筛选机械设备，何博再次踏上了外出奔忙的路。

　　他在新疆、甘肃发现了一种悬浮筛选设备，对筛除当地甜菜籽中的泥沙很有效。甜菜籽籽粒的比重，和油菜种子差不多。他立即与厂家取得联系，并送去油菜籽，当场进行悬浮筛选实验，达到满意的效果后，力丰高科决定采购。

　　按照国家级繁育推进一体化种业企业标准，力丰高科种业投资200余万元，自建标准农作物种子检测中心，企业配备专业检测人员两名，农作物种子检测中心引进国内先进的荧光定量PCR，台式高速冷冻离心机、双垂直电泳槽、电泳仪等农作物DNA及纯度检测设备，能快速检测水稻、玉米、油菜等农作物种子纯度和为分子标记提供技术支撑，具备农作物种子纯度、净度、发芽率、水分既准确又快速的检测能力，为种子质量的事前控制提供了有效支撑。

　　科技给力丰高科插上了腾飞的翅膀。10年来，力丰高科种业在罗江油菜制种面积已发展到2500亩，分布在调元、新盛、顺河三个村镇。力丰高科以发展油菜、玉米和蔬菜种子为主，自主选育国家级登记油菜品种8个，自主选育杂交玉米品种37个，自主选育蔬菜品种30多个。

　　何博说，我公司秉承"坚持科技创新，致力民族种业"的企业宗旨，倾力打造质量型种业企业，通过产品更新和质量提升，脚踏实地为农业服务。

　　"我们公司'老窝子'在外地，8月就搬进罗江，30多名员工全部过来，就在罗江干下去，不走了！"嗓音洪亮，踌躇满志，何博一番话令人回味。

　　力丰高科种业的路，定会越走越宽广。

第三节　郑天福的种业路

2024年4月11日，笔者跟随郑天福的脚步，走进罗江区新盛镇宝镜村。2023年8月，他在这里建了一个油菜新品种选育的科研基地。

都说人间最美四月天，这里着实是一道美丽的风景线。一条生产便道——银灰色的水泥路，光亮整洁，穿过辽阔的田野，一溜伸向远方，亲吻着朦胧的绿色小山丘。近处的田间，油菜满眼，枝繁叶茂，绿得透心，一阵柔风拂过，不住地点头。每一株油菜，都挂满了果荚，颗粒饱满，长势正旺，一片丰收景象。

"现在是果荚的膨胀期！"一副大嗓门，道出了郑天福内心的喜悦与自豪。

1970年，郑天福出生在什邡市双盛镇万缘村。1989年，什邡市农科所在万缘村开展油菜制种，19岁的郑天福因此与油菜结缘，当上油菜制种去杂工人。因为去杂认真负责，1999年，郑天福被什邡市农科所招聘，从事油菜科研工作。在这里，郑天福拜技术员李孝楠为师，一干就是14年。郑天福把油菜品种科研、生产当作毕生的追求，他通过各种培训学习和田间实践，奠定了理论基础，积累了丰富的油菜品种选育和生产经验。一路走来，越发感到制种业任重道远。

2013年，郑天福决定自己出来干。多年的制种经历，让他选择在罗江建立科研、生产基地。他认为，罗江的浅丘地貌具有得天独厚的优势，很适合油菜制种的隔离需求。同时，罗江老百姓制种积极性高，制种产业发展潜力巨大。2014年1月，他注册了四川福乐种业有限责任公司。

他们采用"公司+种植户"的方式，与种植户开展合作，确保种植户收益，充分调动了种植户油菜制种的积极性，先后在罗江新盛镇、金山镇、鄢家镇、略坪镇等地发展油菜制种产业。

近年来，罗江区委、区政府强力推进种子产业的战略部署，让郑天福备受鼓舞。他与时俱进，迅速调整科研方向，向更高的目标进军。

2023年初夏，在公司董事会上，郑天福响亮提出，自建一个油菜制种选育的科研基地，他说："好品种是销售的基础，高质量是市场竞争的法宝，要紧跟市场需求，就必须抓牢种子质量，福乐种业要为每一位合作伙伴把好质量关，为每一粒福乐种子提供有力的保障。"郑天福话语掷地有声，提议得到董事会成员的一致赞同，会场响起一阵阵热烈的掌声。

2024年，在迎新春的鞭炮声中，福乐种业宝镜科研基地正式挂牌成立。基地分为材料圃、筛选圃、鉴定圃、亲本繁殖圃和新品种展示圃五大片区，共计490亩。郑天福信心十足，亲自挂帅，带领5名科研人员常驻科研基地，立志选育出突破性品种。郑天福有30余年的油菜生产经历，经过长期探索和改进，在油菜种子生产方面，自有一套技术体系。

郑天福说，油菜新品种的选育，首先是创制新材料，要熟悉各种材料的特征、特性和配合力，然后配制新组合材料。关键环节，是进行新组合的比较试验，观察新组合的抗倒性、抗病性、抗寒性、丰产性等，同时结合室内品质分析，对新组合品种的芥酸、硫苷、含油量、油酸等进行检测，选择品种比较试验增产显著且符合国家标准的组合进行登记。

为此，郑天福有了两大"喜好"。

第一个"喜好"是大量收集油菜新品种，创造新材料。跟着郑天福在宝镜村科研基地转悠，笔者不胜惊讶，这里的油菜品种，居然多达上百个，长江上中下游的主推品种观察田都有。多年以来，为了广泛收集油菜材料，郑天福跑遍了国内油菜产区，多次去过湖北、湖南、江西、安徽、江苏、浙江、陕西、河南、云南、贵州、甘肃、青海、重庆、内蒙古等10多个省市自治区，行程数万公里。他常常为了赶时间，星夜兼程，马不停蹄地奔走。2017年，大学毕业的儿子郑飞投身种业公司，他最忙碌的事，就是从父亲手里接过接力棒，从2018年开始，沿着父亲足迹，进行市场调研，收集新材料，选育新品种，配制新组合，参加联合试验。

郑天福的第二个"喜好"，是田间观测。

他三天不下田，心里堵得慌。常常不是在田里，就是在去田里的路上。

一个冬日的夜晚，墙上挂钟的指针指向10点，郑天福抬头看了看，换了件厚厚的羽绒服，走出基地办公室，直奔田间科研基地。数九天的寒风，呼呼吼叫，像刀片一样，刮得人眼脸生疼。郑天福全然不顾寒冷，咬紧牙关，打着手电筒，大步流星来到基地。他凭借手电筒的亮光，对油菜不同品种亲本材料进行仔细观察，看叶片大小、厚薄，看霜冻后叶片的卷曲、伸展情况等，然后在记载本上逐一标注，记录不同品种的耐寒性，以便择优选用。

刮风天，也是郑天福奔忙的日子。他常常顶着大风，钻进科研基地，逐一观测油菜亲本材料的抗倒伏情况，然后照样逐一进行登记。

公司副总陈方勇谈起郑天福，佩服得五体投地，说他为了选育油菜新品种，全身心投入，虽然在德阳城区买了房，可他10多年如一日，以种植基地为家，工作不分上下班，没有节假日。

郑天福解释说：要把种子紧紧地攥在自己手中，就得一心扑在田间地头，自己离田间越近，种子离市场就越近！

掷地有声的话语背后，是郑天福太多太多的付出。

杂交油菜制种，可分为育苗、移栽、去杂、收获、晾晒五个环节。每一个环节，郑天福都力争做到极致。

1亩制种油菜，需要苗床地0.2亩。其中，母本用0.17亩，父本用0.03亩。为了选好、备足苗床，郑天福常常在罗江的田间地头奔走，他要选择没有种过油菜、地势较高、土质疏松、肥力中上、没有根肿病病源的田块作为苗床。他带领团队，在罗江一些乡村的花生地、玉米地、上季种小麦的水稻田里，不停地奔走，哪怕历尽艰辛，也要选出他最满意的苗床地。

对苗床地的整理，郑天福要求也十分严格。他来到苗床地，查看种植户是否做到了深沟高厢，只有这样，才有利于排除渍水。他掏出随身携带的钢卷尺，弯下腰来，双手往沟里一伸，对厢体的尺寸进行抽测。测量结果，开厢5尺，厢宽4尺，围边沟深9寸，厢沟深6寸，郑天福站起身来，满意地点点头。

郑天福叮嘱驻村技术人员说："苗床地必须精整，尺寸必须符合要求，如果厢沟空间不足，苗床密度就会加大，幼苗就会过分拥挤，互相争光，容易形成高脚苗、弱小苗，从而影响制种油菜移栽的面积和质量，进而影响产量。"接着，他又提高了嗓音："一定要把好关口，每家每户抓落实！"

制种的每一个环节，都是郑天福心中的牵挂。检测了厢沟，他又仔细查看厢面的土壤。他伸手抓了一把泥土，在手上捏了捏，对大家说："土壤要尽量细碎，厢面要尽量平整。""油菜种子幼苗细小，如果整地粗放，土块大了，就会出现种子出苗扎根困难的问题，不利于培育壮苗。"郑天福耐心解释道。

认真听，往心里记，在场的技术员和村民不断向郑天福投去敬佩的目光。一位村民说："有这么负责任的老总，我们就不愁干不好！"

根据当地的地理和气候条件，经过多年的探索，郑天福认定，9月5日至15日，是罗江区制种油菜的最佳播种期。郑天福如数家珍，对笔者说道："先播父本，后播母本，一般父本早播三天。为了播种均匀，每100克种子可与300克新鲜尿素混匀，分厢定量，多次撒播。播种时，一定要将父本母本分清楚，并做好标记，父母本之间最好间隔一厢。播种后，每分地要用5—10担无渣的清粪水泼施掩种。"

说着，郑天福突然瞪大了眼睛，说："千万不能用混有其他油菜籽的渣肥和农家肥作底肥，以防混杂！千万不能用有上一年的油菜秆、油菜壳的农家肥盖种！"瞧着郑天福一副较真的样子，笔者停下手中的笔，忍不住笑了。郑天福也停顿一下，说："说多了！习惯了！太较真了！拔不出来了！不好意思了。"接着哈哈大笑起来。

从郑天福的谈笑中，笔者深深感受到，近年来，罗江的制种产业之所以生机勃勃、名声赫赫，一个不足30万人口的区，油菜制种量竟然占了长江中上游用种量的20%，那是因为有一大批像郑天福这样的带头人和种植户，他们视种业为事业，毕生追求，一丝不苟，讲科学，讲奉献。

接下来，郑天福继续介绍他探索出来的育苗技术、大田管理、病虫防治、肥料施用、授粉技术，以及油菜制种田间去杂技术。

"去杂株，就是将与父本母本长相长势异样，比如株型、叶形等不一样的砍掉，以免杂株飞花散粉，影响种子质量。"郑天福说。

郑天福派出的驻村技术员，负责教导制种户识别杂株，并协同村组干部督促制种农户在规定的时间，下田进行杂株的砍除工作。郑天福还选择识别能力强，能吃苦、责任心强的年轻农民，组建专业去杂队，协助制种农户去杂株，并对农户去杂情况进行检查验收。

对油菜种子的收割、晾晒、存储等，郑天福都制定了严格的操作规程，确保制种的每一个环节、每一道工序都符合科学标准。

走访与郑天福联手的制种农户时，制种农户不仅赞叹福乐公司管理严格、科学有序、信誉度高，还对公司的奖励措施大加赞赏。

为了从源头确保种子质量，郑天福带领公司科研人员，对种子的发芽率、种子纯度、种子水分、种子净度等，都制定了企业标准，每一项标准，都超过国家制定的基本标准，在同类产品中具有更强的市场竞争力。对于达到奖励标准的，给予种植户奖励。2023年，公司共计发放奖金48万元。郑天福采取的奖励措施，已经连续实施了5年。在苏桥村办公室，笔者随手翻了翻农户获奖的花名册，上面的记录很清晰：龚世金2000元、刘坤700元，孙德喜976元、孙家品1411元等。获奖农户达到95%的比例，种植户都铆着劲头干，无人甘当尾巴。

郑天福说，每一次发奖金，场面就像过年一样喜庆，张灯结彩，敲锣打鼓，欢歌笑语，钱虽不算多，但拉近了企业与制种户的距离。村民在笑，企业员工在笑，我郑天福笑得更开心！

2024年，四川福乐种业的油菜制种面积突破1.6万亩，在罗江境内就有1.1万亩，制种户达到2000多户。2024年，收获油菜种子225万公斤，其规模和产值在罗江的制种企业中首屈一指。一提起这个数字，郑天福满脸笑容，答案都藏在笑意里。

第四节　逐梦长玉村

春夏之际，探访德阳市罗江区制种产业，笔者三次走进略坪镇长玉村，内心受到强烈震撼！

这是一片神奇的土地。湛蓝的天空下，渠路纵横，田野开阔平坦，像一张张绿色的地毯，徐徐展开来，堪比苏轼的激情描绘——"势若骏马奔平川"。

长玉村确实杀出了一匹骏马，他叫丁洪生，村党委书记、村委会主任。高挑的个头，眼眸深邃，散发着自信的活力。

耸立在村口牌坊上的金字招牌——"国家制种基地"，是他率领村民扛回来的。

他走过的路，用"聚心、聚力、聚变"来概括，恰如其分。

1976年，丁洪生出生在长玉村。不幸的是，疼爱他的母亲早早离开了他，那年，他还不到18岁。普通的乡村生活，特殊的家庭环境，造就了丁洪生勤学好思、追求梦想、挑战命运的秉性。他在村里读小学，在略坪镇读中学，高中毕业后自修大专。刚20岁出头，就只身外出打工，做汽车销售，先到成都干了一年多，又北上陕西，南下浙江，做服务业和物流，凭着一股子冲劲和机灵劲，丁洪生生意做得很火，收入很可观。

打工期间，丁洪生每次回家，总感觉故乡依旧，面貌如常，还有的土地撂荒，好端端的田地，蒿草疯长。说不清从什么时候开始，丁洪生萌生了改变家乡的念头。2007年，丁洪生因事回家；2008年，突如其来的汶川大地震抢险，锻造了丁洪生奉献家乡的情怀。

地震发生在下午2点多，上级要求略坪镇派人组成突击队，赶往绵竹重灾区抢险。长玉村有任务，老支书米德平看中了丁洪生，点名让他去。丁洪生二话没说，带上行装，背上背包，一路小跑，赶到略坪镇政府上车，下午4点刚过，便赶到指定现场。倒塌的房屋、堆积的废墟、垂危的生命，让丁洪生泪奔。他咬紧牙关，强忍内心的悲痛，奋力投入抢险。在绵竹雪花啤酒厂，东倒西歪的遇难者让他失声痛哭："都是农民工，他们还没有富起来，就这么走了啊！"

灾难洗礼灵魂，丁洪生决定不再离开家乡。前线救灾完成后，他回到村里，自觉参与灾后重建，清理垮塌房屋，发放救灾物资，准备农房重建，每天忙到凌晨两三点，饿了用面包饼干充饥。他的行动，老支书米德平看在眼里、记在心里。2009年，老支书考上了公务员，临走时，把丁洪生推荐给村两委，建议让他代理村委会主任。老支书说："丁洪生这个小伙子，第一有公心，第二有想法，第三有能力为老百姓做事情，正是长玉村需要的干部苗子。"

丁洪生也打定主意，自己不再外出做物流，即便自己少挣钱，也要留在村里，和乡亲们一道把村里的产业推上一个新台阶。

2011年，村两委改选，35岁的丁洪生担任长玉村村委会主任。2020年，丁洪生担任村党委书记。就在这一年，乡村机构改革推进，长玉村和文明村合并，两村共有1257户农户，新村名为长玉村。

上任伊始，丁洪生感到肩上的担子沉甸甸的。他知道，产业兴，则村民富，而产业路在何方？他伏案数日，挑灯夜战，开始梳理长玉村的产业发展历史路径。

1998年，罗江县开启第二轮农村土地承包，县镇加大基础设施建设力度，针对长玉村的发展情况进行区域规划和基础设施配套建设。村集体利用补助资金大力改造农田、改路、改水，为长玉村发展制种产业奠定了基础。

2011年，时任村党支部书记郑能全，带头进行水稻制种的先行先试，通过两年的寒耕暑耘，试种成功，长玉村水稻制种面积从800亩发展到1200亩；2013年，罗江被国家农业部门认定为首批国家级杂交水稻种子生产基地。

显然，制种是长玉村的优势产业。"这条路要坚定不移地走下去，要一届接着一届抓，一张蓝图绘到底。"在村两委会上，丁洪生提出建议，班子成员很快达成共识，会议室内掌声雷动。

回到家里，晚餐时，丁洪生向父亲谈起这事，老父亲即刻向他竖起大拇指，"洪生，这条路选对了！"父亲是老党员，担任生产队队长40多年，30年前就开始摸索水稻制种，最多时种过50多亩，"当农民不能手里没有种子！"是他经常唠叨的一句话。

经过广泛调研后，丁洪生有了新的设想，决定改变单一的种植结构，实施水稻油菜双季制种，这在罗江是率先探路。

探索，充满挑战和艰辛。

丁洪生谋划，2020年全村制种水稻种植面积1400亩，制种油菜500亩。双季制种是一条新路，不少村民初次尝试，信心不足。尤其是刚合并的文明村，不少农户对单一制种的技术都很陌生，更不要说双季制种。双季制种计划，涉及农户700多户，这么大的范围，做群众工作，困难如山。

丁洪生开起了"坝坝会"。月亮高悬，村民满座。谁知，话题一出，就炸开了锅——

"我种了一辈子的常规水稻，轻车熟路，制种这事，不会干，也不想干！"有农户说。

"种失败了，谁来兜底，口粮钱谁出？"又有农户说。

"双季制种？老脚老手的，一季都忙不过来。"还有农户说。

……

村民急，丁洪生不急。他耐着性子听大家讲，和风细雨给大家讲道理。丁洪生把"坝坝会"作为和村民沟通的好场所，把时间选在早上开工前，晚上收工后，针对不同话题、不同对象，分组、分户不断召开。

除了动员农户参与，丁洪生还借助水稻制种公司、研究院等多方资源，1400亩制种水稻按期推进。

9月上旬，是制种油菜的最佳播种期，令人意想不到的是，从9月初开始，天公不作美，一场大暴雨冲毁了刚刚出土的油菜苗。望着水汪汪的油菜地，丁洪生心里像打翻了五味瓶，五味杂陈，难受得不行。他在田埂上来回踱步，最后决定，等天放晴就组织劳力补栽。谁知，长玉村是黏性土壤，大雨过后出现内涝，土块板结，补栽的油菜苗成活率不高，生长缓慢，制种油菜面积下滑，计划的500亩实际落地的不足300亩。

正在这时，新任区委书记黄琦走进长玉村，专程调研双季制种情况，并反复叮嘱村两委干部，习近平总书记强调，农业现代化，种子是基础，必须把民族种业搞上去，种子是国家粮食安全的关键。

2021年，罗江区委、区政府决定通过高标准农田建设，为制种产业提档升级。长玉村有2000亩的项目整治面积，按照上级的要求，长玉村通过招投标的方式，迅速启动高标准农田整治。

统一规划，统一整治，小田变大田，斜坡变平地，长玉村迎来新的发展机遇。

摆在丁洪生面前的难题，还是做好群众工作。

有的村民一听将承包地纳入集中统一整治，就跟村干部急眼。还有的甚至发生了激烈的争执。

丁洪生的叔伯叫丁弟中，有3亩承包田，地处高标准农田整治规划区域的中心位置，他一想到统一整治后，自己的承包田就不见踪影了，夜里辗转反侧，压得床板嘎吱作响。丁弟中60多岁了，没有外出打过工，一直在家种包产地。他在田地里淌了多少汗水，踩了多少脚印，付出了多少辛劳，只有他自己最清楚。他对每一寸田地都充满依恋之情。因此，说什么他也不让施工队动他的承包田。

叔伯的思想工作，还得丁洪生去做。丁洪生一上门，叔伯叫得格外亲热。搬个小板凳，坐在叔伯跟前。丁洪生说，发展制种产业，是习近平总书记的号召，罗江区领导高度重视，我们村试种了多年，老百姓都尝到了制种的甜头，探索出来路子，会坚持走下去，无论有多大的阻力，也不会放弃。叔伯的3亩田流转出去，变成高标准农田，由集体经济组织统一管理，既有租金保障，还能就地务工，收入肯定翻几番，还没有风险，也不再劳神，多好啊！再说，把土地流转出去，为村里的长远发展做出了贡献，造福子孙后代，大家都记得叔伯的功德。

一席掏心的话，句句在理，说得丁弟中动了心，终于点头答应。

难关接二连三，丁洪生一个个突破。

2022年，搞规模化种植，在用工方面需求很大。村里的机械化程度一时跟不上。丁洪生便带着村组干部，到周边村去宣传动员，协调筹集劳动力。建国、高玉、广安、前龙、松花等，丁洪生几乎跑遍了略坪镇的所有村。双季稻制种，没有成熟的技术，丁洪生带领村组干部协调技术公司，在治虫、防病、抗霜冻等方面提出解决方案。

通过集体经济组织，整合高标准农田土地资源，租给适度规模经营的小农户，开办家庭农场，这一做法，引起了村民们的极大兴趣。村民谢安清激动不已，第一个站出来响应，他当了多年的杀猪匠，早就想改行搞农业，一直发愁找不到机会，这回，谢安清找到丁洪生，一开口就要租田200亩，还当场拍了胸脯："我从头开始学，保证干好双季制种！"

村民黄贵龙，50来岁，原本做农机服务，开收割机，这下也抓住机遇，开办家庭农场，租地300多亩。

2022年，长玉村以"联农带户、共享攻坚"为理念，积极探索社会化服务模式和农户增收长效机制，建立"村委会+合作社+公司+农户"的"1+N"合作模式，年分红高达205万元，农户每亩制种收入3500元，同时，带动附近1000余名村民灵活就业，每年发放劳务费130余万元。

2023年，转机突现。丁洪生打听到福乐种业有限责任公司制种技术领先、服务到位，于是，主动把公司负责人郑天福请进村，签订了合作协议，从此，他不再为技术环节的难题发愁。同时，村里通过村集体组织，把现有的农机进行整合，15架无人机、10台旋耕机、8台收割机、6台插秧机，由村里的农机服务队统一调配使用，不仅提升了本村双季制种的机械化程度，提高了劳动效率，还到邻村开展农事服务，让现代农机具最大限度地发挥效益。

2023年6月8日，中共中央政治局常委、全国人大常委会委员长赵乐际莅临长玉村，开展《种子法》贯彻实施情况执法检查，充分肯定了国家双季制种基地建设，更加坚定了长玉村发展双季制种、为打造更高水平"天府粮仓"贡献力量的决心和信心。

长玉村持续推动双季制种扩面、提质、增效，水稻制种达2700亩，油菜制种达1500亩，年产值达1300万元。

2023年，长玉村获得"国家级水稻油菜双季制种生产基地"称号。

丁洪生逐梦长玉村，先后获得罗江区的"脱贫攻坚先进个人""农村改革先进个人""乡村振兴先进个人""担当作为好支书"等多项荣誉称号。2024年，被德阳市评为"优秀共产党员"。

2024年3月，又到油菜花盛开的时节，略坪镇在长玉村举办了"时光里的乡村"摄影展暨"记忆农耕·长玉未来"乡村游活动，一色菜花千亩黄，花朵芬芳诱人，丛间蝶舞蜂飞，游客络绎不绝。

国家级水稻油菜双季制种基地，壮阔美丽，活力四射，成为游客热门打卡地。

第五节　探索者的足迹

"国家制种基地"的红色巨幅招牌，耸立在罗江种子区域辽阔的沃野，在蓝天白云下，显得高大气派，格外引人注目。走进田间地头探究，才知道，这块金字招牌背后，镌刻着一茬又一茬罗江制种人的梦想，嵌满了探索者辛勤的脚印，新盛镇金龙村5组的陈定金，就是其中的一位。

陈定金今年（2024年）67岁，身板硬朗，精神矍铄，脸膛放光。采访地点就在他家，一幢刚翻新的小楼，院坝里的海棠、玫瑰开得正艳。陈定金很高兴，说他家的住房从20世纪80年代中期开始，到如今已经翻修了4次，从两间土墙房变成了今天的小洋楼。

"这都是沾了制种的光啊！"陈定金一脸的兴奋，谈起制种经历，声音十分洪亮。

1978年，快满21岁的陈定金，选择了参军的路，到北京军区空军当雷达兵，驻守在天津某地。他是一名雷达操作手，每天的工作就是坐在荧光屏前，通过米粒大的飞机影像，判定飞机的机种和飞行线路。他说，在部队的最大收获，不仅是养成了军人雷厉风行的作风，还练就了一双火眼金睛，培养了良好的观察习惯。4年后，陈定金复员回到金龙村，他先后担任了民兵连连长、团支部书记，还负责过村里的房管、计划生育等工作。

1986年新春的一天，镇党委书记杨兴培带人来到村里，告诉大家一个好消息，打算在村里发展制种业，推广水稻制种，他说："农业要发展，种子是关键，手中无粮心里慌，但是，手中无种子，谈何种粮食！"他还说，制种可以致富，1亩田的收入是常规种植的3倍。一席话，说得村民们心里火热。

从那以后，德阳市种子公司的技术人员驻进了村。他们是邱洪刚、邓兴龙、钟德坤，他们在传播技术的同时，还打算在村里培养技术人员。他们一眼看中了5组组长（当时叫生产小队长）陈定金和2组组长陈明古，很快，两人都被派到德阳市种子公司参加技能培训。同时，村里成立了制种领导小组，村党支部书记胡德顺任组长，各小组长任组员。陈定金二人回到村里，和驻村制种技术员分组负责。金龙村一共有6个小组，陈定金负责5组、6组和石庙村1组。德阳市中区种子公司领导还直接参与，每7天到村里检查秧苗长势情况和追肥、治虫等情况。

陈定金接手这个任务，仿佛又回到了当雷达操作手的岁月，一丝不苟，两眼紧盯制种的每一个环节。

水稻制种，分为父本和母本种植，先种下父本。每年的3月23日，是父本育苗的时节。这天，陈定金早早来到育秧的大棚温室，手把手地教村民育秧。按种子公司规定，育秧共分为两期，第一期，每一株秧苗周边的距离是四寸见方，为了准确把握尺寸，陈定金先做示范，然后逐一对村民育秧的尺寸进行验收。间隔7天以后，进行第二期父本育秧，间距不同了，需要三寸见方。陈定金多次蹲在地里，不断提醒大家，还逐一丈量尺寸，直到准确无误。常常一天下来，蹲得腰酸背疼，晚上回家冲个热水澡，睡上一觉，第二天一大早，又往田间地头跑。7天后，父本开始催芽，要给父本追肥。5月7日，父本开始大田移栽，20日前必须栽完；同时开始进行母本育秧，并一次性追肥，6月7日开始栽秧，6月20日前必须栽完。陈定金做得认真细致，严格把握工作流程的每一个环节，确保在规定的时间内完成所有事情。

5组村民郑益金，50多岁的年纪，虽然家中只有他一人，制种的积极性却挺高。他将家里的7分田全部用于水稻制种，无奈年岁有些大了，虽然种了一辈子庄稼，学制种还是头一回。陈定金注意到了郑益金，主动上门施教。先教他种父本，一期二期种植都到现场指导。施肥需要体力，根据郑益金身体情况，陈定金想了个办法，让他每7天追一次肥，"少吃多餐"，既能保证肥力，又适应了郑益金的体力。

陈定金不仅种植技能好，还有一副热心肠，深得种子公司和镇领导肯定。后来，他们把邻近的石庙村都交给了陈定金负责。这个村的胡吉银，种了5亩水稻种子，面积大，农活多，陈定金三天两头往他地里跑，胡吉银说："要不是陈队长盯得紧，帮得勤，我也没有好收成。"

　　金龙村3组的杨方友，有一天找到陈定金，反映他家的水稻父本母本花期不相遇，父本已经开始吐花蕾，母本还是原秆，没有开花的动静。3组本不归陈定金负责，但他听杨方友说完，先是一愣，皱起了眉头，随后二话没说，手一挥，让杨方友带路，赶到他家田边。陈定金弯下腰去，看了看秧苗，随后挽起裤腿，光脚下到田里。当时正是7月底，头顶是炎炎烈日，脚下是闷热的稻田，陈定金全然不顾这些，蹚出哗哗的水声，走在稻田里。经过仔细查看，陈定金发现杨方友家的稻田父本水稻70%的部分已经出现花蕾，而母本还不足10%。杨方友知道这个情况后，感到了形势的严峻，急得在田埂上原地打转，不知如何是好。

　　陈定金定睛想了想，给杨方友支着。让他通过水量调节，来控制父本和母本的生长速度。提升父本稻田的水位，减缓生长速度；降低母本稻田水位，加快生长速度。同时，给母本追肥，加施肥料硫酸二锌钾，促其快速生长。杨方友听了不停地点头，转忧为喜，随后就动手实施。3天后，陈定金再次来到杨方友家的田里，查看水位调节情况和追肥情况，提出改进意见。一道父母本花期不相遇的难题，就这样迎刃而解了。

　　接下来，是水稻的父本和母本的人工授粉，这在水稻制种过程中是一个十分重要的环节，因为授粉的质量决定稻种的产量。罗江早期的水稻制种，都采用人工授粉的方法。陈定金介绍说，授粉人手执一根八尺或一丈长的竹竿，下到田里，用竹竿横推开花的秧苗，大家管这叫"赶花"，也有的叫"吆花"。每年的8月初到8月20日，是"赶花"的黄金时间。每一块田在初花期，每天要"赶花"二至三次；盛花期，每天要"赶花"四至六次；尾花期，每天要"赶花"三到四次。"赶花"必须从每天上午10点开始，到下午

3点结束。因为这期间在一天中花粉最繁茂，因此，无论伏天的天气如何闷热，陈定金都会在水稻田间忙碌，严把每一道关口。

尤其是在初花期，苗尖细嫩，如果操作不当，秧苗容易被折断。陈定金反复叮嘱"赶花人"，动作要慢，要注意幅度，不能用力过猛。为此，陈定金还编了顺口溜，一摇、二慢、三点头，让大家照此操作。同时，对每户人家在不同花期的"赶花"的次数进行登记，查看是否达到规定的次数。陈定金说："这样虽然自己累点，但心里踏实，确保了授粉质量。"

随着时间的推移，不少年轻人都外出打工了，村里缺劳动力，"赶花"又需要抢时间，怎么办？陈定金有办法。他长期干农活，想起了喷洒农药的机动喷雾器，凭借吹风的动力，可以让花粉飘移，实现授粉。这样做，比用竹竿"赶花"效率高。

除杂株，是授粉后的又一道重要工序。陈定金说，大田秧苗，难免长出杂株，通过观察，他发现，杂株比母本要高一点，开的花是灯笼花，有花粉，而纯母本就没有花粉，对杂株需要动手铲除。那段时间，他和种子公司的技术员每天来到田间，组织村民对杂株进行辨认，然后进行清除。

此外，还有除虫、施肥、收割、晾晒等一系列制种技术，陈定金都运用得十分娴熟。

陈定金回忆说，在金龙村，水稻制种盛行了10年，起于1986年，止于1996年。这期间，参与种植种子的农户达到99%。第一年制种，每亩产量最高可达200斤，最低的也有七八十斤。种子公司的收购价格头年为一元五角六，第二年价格涨到一元八角八，第三年涨到三元八角六。制种种子价格是种一般杂交水稻的5倍！

"1989年，我当上了万元户！"陈定金激动地说。他除了担任技术员，还将自己的3亩多承包田全部种上了水稻种子，第3年年收入突破万元大关。10年间，村民收入几乎都翻了10番，村里村容村貌大变样，泥巴路变成水泥路，小青瓦房摇身变楼房。谈起制种，村民们都喜笑颜开。

1996年，金龙村制种业跌入低谷，原因是市场价格连续两年大幅度波动，不可抗拒的因素让制种公司破产转行，农户由此失去销售渠道。于是，大家改种葡萄、柑橘等经济作物。陈定金也将稻田变成鱼塘，后来又外出浙江打工，蹚出另一条增收致富的门路。

陈定金感慨，金龙村的制种业虽然在20世纪90年代末遭遇了挫折，但我们探索的种业路，那是隔着门缝吹喇叭——名声在外，成功的经验在当年和以后都很有影响力，那是罗江种业蓬勃发展、一跃成为国家级制种基地过程中一段抹不去的历史记忆！

第六节　寻梦制种业

上午9点半，我们到达新盛镇政府大院停车场时，米博早已等候在大门口。这天是6月28日，水稻已经栽插完毕，新盛镇农事服务中心为了提升广大种植户的管理水平，邀请了省上农业专家对全镇种粮大户进行水稻田间管理专业技术培训，各村组的种粮大户正匆匆忙忙往镇政府赶来，有的开着三轮车，有的开着小车，有的开着农用车，米博在大门口等我们时，与这些"老实人"热情地打着招呼。

米博一眼看见了我们，热情地迎了上来。

米博，年近六旬，身材高大，留着米粒般长的头发，尽管很短，也能看出岁月晕染的霜色。

当他说出他曾经当过水稻制种大户时，笔者颇感惊讶。当他说出他妻子因为种制种水稻被评为省劳动模范时，笔者更为惊讶。

因为他以前不是农民，现在也不是，从学校出来就一直在乡镇基层分管农业技术。

不过，他的妻子是农民。

米博1989年毕业于绵阳农专农学系，分配到德阳市中区林业局工作。1994年调到德安镇分管农业。由于工作原因，他长期与农民打交道，对全镇农业生产和农民收入有着很深入的了解。那时，全镇主要种植水稻、小麦、油菜、玉米等常规农作物，除了自家口粮，粮食卖不了多少钱，农民收入低。多数人外出打工，村子成了空心村，撂荒地比比皆是。

作为一个镇分管农业生产的负责人，米博看着心痛，他一直想探索一条让农民致富增收的路子。2005年，他租了30亩老家的撂荒地，与一家水稻制种公司联系，种了30亩冈优188制种水稻，让家里农民身份的妻子负责经管。妻子是种田能手，在制种公司技术员的指导下，获得了丰收，1亩田的制种是4亩常规水稻的收入，让周边农户眼睛发亮，农户都找上门来，请米博帮忙联系制种公司，想要种制种水稻。米博种制种水稻的本意，就是让乡亲们看到制种产业能挣到钱。现在把大家的积极性调动起来，他们愿意种，米博就把种子公司引了进来。自这一年起，新盛镇的水稻制种产业迅速发展起来，两年内就扩大到5000余亩。

米博的妻子因为种制种水稻带动了村里人致富，还被评为省劳模，这是一个意外收获。

2006年，德安与新盛合并为新盛镇，米博被调到新盛镇农事服务中心任主任，负责全镇23个行政村的农业生产技术指导。这时，米博看到新盛镇有水源保障的村水稻制种都发展起来了，村民也依托制种产业逐步富裕，但没有水源保障的村，村民日子还是过得很苦。他又着手引进什邡孝楠农业科技公司（简称"孝楠公司"）来到东岳村做试点，想先在这个村发展油菜制种，然后带动周边村。

东岳村因缺水没有种制种水稻。当米博带着孝楠公司老总李孝楠来到东岳村，在村上召开动员大会宣传油菜制种时，村民因以前从没看见有人种过制种油菜，怕受骗，不愿意种。

米博并没有气馁，每天早上6点或晚上8点刚过，用背篓背着孝楠公司的制种油菜种子往东岳村跑，由各组组织村民开动员大会，他亲自宣传油菜制种在外面乡镇的效益：技术成熟，无风险，价格高，按照1∶3.5的常规油菜价包回收，签订回收合同书。组上开完会，再一户一户地去动员，把背篓里的种子发放给农户。通过多次动员，有部分农户答应种。但他刚回到镇上，有些领了种子的农户又反悔了，把刚领到手的种子送了回来。

"种得种不得，干部最晓得。"群众既然不信任，那就让村组干部先种。

米博深刻感受到，要推广一种新产业在一个地方扎根发芽，在保守偏僻的村子，真的很难。这一年，东岳村只有村组干部和少数农户种了可怜的100余亩制种油菜，孝楠公司还是专门派来一个技术指导员进行技术指导。收割时亩产仅70公斤，按1∶3.5的比例折算成常规油菜，产量达到240多公斤，比常规油菜高出100斤左右。村民们这才相信，种制种油菜真的能多挣钱。尽管第一年试种亩产70公斤很低，但调动了村民的积极性，第二年，东岳村一下子发展到500多亩制种油菜。

米博是学农学专业的，第一年试种，他一直在关注油菜制种过程，他觉得产量之所以没有提升起来，关键在于传授花粉不到位。他向孝楠公司总负责人李孝楠建议，引进蜜蜂进行花粉传播。李孝楠觉得这是个很好的建议，当即就同意了。米博便起了个早，赶公交车到距新盛镇9公里远的鄢家镇，找到鄢家供销社的职工陈光金，他是每年接待安置外地追赶花期的养蜂人的负责人。通过陈光金，联系到云南的养蜂人住进东岳村，让蜜蜂代替人工授粉。这一年，东岳村的油菜花黄得灿烂，勤劳的蜜蜂在村子里嗡嗡嗡地忙着传粉采蜜。收割时，制种油菜产量一下子提升到每亩120公斤，折算成常规油菜，亩产量达到800斤，每亩收入达到2000元，制种农户皆大欢喜。但养蜂人高兴不起来，吃亏了，他们的蜂蜜产量下降了，第三年再次邀请进村，养蜂人不愿意来。

这可咋办？米博与李孝楠商量，答应给养蜂人每箱蜂40元补贴。养蜂人觉得划算，此后，便每年都来，制种油菜产量也基本上稳定下来。

到2013年，东岳村制种油菜已经发展到1000多亩，以前很穷的一个村，依托油菜制种产业，一下子成为远近闻名的富裕村，村里的楼房修得比别的村漂亮。

新盛镇在米博的建议下，在全镇推广制种油菜，面积迅速扩大。到2015年，已经达到15000亩，每到制种油菜籽交售的那段日子，全镇发放现金达3000多万元，信用社、邮政储蓄的工作人员都纷纷出动，下乡吸纳储户存钱。

为保持好与孝楠公司的合作关系，让农户通过油菜制种多挣钱，长久挣钱，米博每年春节或其他节日，都会带上礼品前去什邡拜访李孝楠，交流油菜制种中的经验与国内行情，打"情感牌"。

米博没有料到，李孝楠也没有料到，由于农村产业结构调整和各种业公司制种面积的不断扩大，就在2015年种子出现滞销，孝楠公司积压油菜种子80万公斤。种子卖不出去，收购农户的种子款就只得拖欠着，但农民不干，每天吵吵嚷嚷要种子款。

面对冷峻的市场现实，李孝楠决定压缩油菜制种面积。新盛镇的油菜制种一下子减少到6000亩，只保留老君、木龙、金铃、土城四个村种制种油菜。

这个消息传到各村，村民们有如被泼了一盆冷水，刚热起来没几年的劲头被当头一击。

这年正当村干部换届选举，村民们对新当选的村干部提出要求："要是能让大家种上制种，就当。不然，自己下台。"

面对村民们的呼声，米博又想方设法主动联系制种公司，引进了国豪种业公司和星源种业公司，在先保证孝楠公司制种面积的情况下，这两家公司在新盛镇种了6000亩制种油菜。

这些年，因为农村劳动力越来越少，制种水稻需要人工下水田传粉，时间又必须在中午12点左右太阳最毒的时候，通过"一推二摇"的动作完成传粉。农村里几乎都是留守妇女和老人，他们看到逐渐发展起来的油菜制种更轻松一些，渐渐地，水稻制种一年比一年少，而油菜制种在新盛镇越来越强势。

2015年种子积压，孝楠公司坚持了一年，见种植市场还没回暖，公司承受着太大的压力，李孝楠无心种制种油菜，放弃了新盛基地，潜心研究他的彩色油菜去了。在其他乡镇的制种油菜，比如鄢家镇星光村、慧觉镇富荣村等，则交给他的女儿女婿管理。

2017年，一个叫郑天福的什邡人来到新盛镇，找到农事服务中心米博的办公室。米博不认识他，还在默默打量面前这个矮胖的不速之客时，对方开口说想在新盛镇发展油菜制种。

没有套话，没有自诩。米博喜欢跟这样诚挚、耿直的人打交道。交谈中，米博得知郑天福以前是跟着李孝楠学油菜制种的，是李孝楠推荐他来新盛找米博联系发展油菜制种。

郑天福的福乐种业是一家新公司，米博决定给他一片从没种过制种油菜的净土。他把郑天福带到原德安镇镇政府所在地——罗汉村转了一圈，考察了这个村的地理地貌后，米博问郑天福："这个村适合搞油菜制种不？"

郑天福对罗汉村的地理地貌非常满意，说："我就在这个村扎根了。"

又是开始开动员会。罗汉村人与其他村第一次种油菜制种一样的态度，也不愿意。为不耽误农户劳作，米博又采取以前的方法，同郑天福早上6点多和晚上8点多到每个组去一户一户动员，列举周边村组种制种油菜致富的典型户。米博用了一句最浅显最俗气但最容易打动人心的话："现在要发财，还得种制种。"

尽管米博和郑天福苦口婆心地动员讲解，从没种过制种的罗汉村农民还是习惯摸着石头过河，这一年全村只种了100多亩制种油菜。郑天福想：在这里一定要一炮打响，让农户看到制种油菜的高收益。于是，郑天福亲自指导，收割时达到150公斤1亩的高产量。

郑天福是李孝楠的学生。李孝楠在新盛镇制种油菜多年，尽管现在退出了，但他的名气还在，所以农户还是很认可郑天福的公司。因而，2018年扩面，对于已经停种制种油菜的村子来说是一个天大的好消息，各村组新上任的村干部为了不被群众"罢免"，纷纷找到米博和郑天福，要求在村上发展制种油菜。郑天福因公司刚成立不久，实力、销售渠道等多方面因素，不敢冒进，第二年只发展了2000多亩，以后，每年都在扩面。在罗江区政府制种扶持政策的鼓励下，这两年更是发展迅猛，到2023年，郑天福的福乐种业公司已经在新盛镇发展制种油菜面积达11000亩，制种油菜种子产量达到300万公斤以上，2024年更是创下新高，总产量达到320万公斤。

米博想在新盛镇培育制种大户，他内心里已隐隐意识到，种业现代化的推进，最终还得靠大户支撑，他们也更具有抗风险能力。正好2018年三系品种推出，这个品种不需要清杂，很适合大户种植。最先在天鹅村动员了几户大户试种，尽管长势没有二系好，产量也低于二系，但节约了人工成本，算收入，与二系差不多，觉得很适合大户种植。

因为需要培植父本和母本，虽然不清杂，但砍菜籽时父本与母本需要分开砍，略显麻烦。经过一番动员、讲解，彭飞、杨龙成、米桂琼等种植大户，每家都种了100多亩，每亩产量达到150公斤，除去成本每亩净赚1200元以上。新盛镇的气候与罗江区其他乡镇有所不同，每年5月20日左右雨水特别多，2018年收打油菜籽时，更是阴雨连绵，大多数制种农户的油菜籽都有发芽、霉烂等情况，公司不敢回收，只能自行处理。天气对农户种制种油菜的打击性很大，很多农户放弃了种制种油菜。但制种油菜不能搁下来，随着烘干设备在新盛镇的落地和农业社会化服务的普及，制种大户的风险和成本大大降低。于是，2019年在新盛镇出现了土地流转高潮，种植制种油菜达30亩以上的有60多户，100亩到400亩的大户也有10多家。

如今，新盛镇在区委、区政府制种优惠政策的扶持和鼓励下，在福乐公司真诚的合作下，在米博的引领下，已经建成国家级油菜制种基地，每年给国家提供安全优质的油菜种子达200多万吨。

第三章
播下希望的种子

《尚书》中有一篇著名的文章《洪范》，文中有言：洪范八政，食为政首。粮食安全是国家安全的重要组成部分。习近平总书记强调，我国是个人口众多的大国，解决好吃饭问题始终是治国理政的头等大事。保障国家粮食安全是一个永恒的课题。粮食生产永远在路上，保障粮食安全永远在路上。

民以食为天，粮食要安全。在罗江区，有这样一群执着的人，他们以土地为纸，以汗水为墨，书写着粮安天下的壮丽篇章。他们就是那群牢牢端稳饭碗的种粮人。他们不仅种粮，也生产水稻优良种子、油菜优良种子……

春播时节，他们在田间忙碌，播种希望；夏日骄阳，他们引水灌田，呵护秧苗；金秋时节，他们喜获丰收，笑逐颜开。他们用勤劳的双手，在罗江这片古老的土地上，种出了颗粒饱满的种子和粮食，也种出了生活的甜蜜和幸福。

他们是农业的坚守者，更是时代的弄潮儿。他们懂得科技兴农，积极引进新品种、新技术，提高粮食产量和质量。他们关注市场动态，调整种植结构，让饭碗里的粮食更加丰富多样。

他们还是乡村全面振兴的推动者，带领乡亲们共同致富。他们成立专业合作社，流转土地，实现规模化种植；他们参加培训班，学习种粮新技术，有的成为新型职业农民，有的成为种粮大户。

正是因为有了这样一群种粮人，我们的饭碗才端得更稳、饭吃得更香。让我们向他们致敬，学习他们的勤劳与智慧，共同为国家粮食安全贡献力量。

第一节 盘活"僵尸藕塘"

绿遍山原白满川，子规声里雨如烟。2024年4月12日，时近初夏，笔者踏着子规声声，来到绿意盎然的新盛镇老君村，这里丘陵起伏，形成一道道槽沟。槽沟里，连片的制种油菜已经结满密密麻麻的青荚子，在阳光下闪烁着的淡绿色的光芒，呈现出一派丰收在望的喜人景象。这时节，油菜清杂的工作已经完成，农人们正在修身养性，静待"红五月"丰收时刻的到来。

6年前，新盛镇老君村的盛夏，曾经是"清水荷塘、步步莲花"，数百亩面积的荷花竞相争艳，美得人心醉，香得人酥软，吸引了络绎不绝的游客流连忘返，是附近居民消夏游玩的亮丽景点。初冬进入采莲时节，一车一车婴儿腿杆般白胖的莲藕被运往全国各地。一时间，莲藕产业成为老君村的一个品牌产业，老君村村民的脸也笑成了一朵朵莲花。

可是好景不长。2020年，承包这片土地的老板欠下10多万元的土地流转费，卷起铺盖跑了，村民们脸上那朵朵艳美的莲花一夜之间凋零了。土地流转费不知找谁要了，老百姓的眉头一下子皱成了"川"字。别无他法，他们就只得成群来到村委会。老百姓认定，老板是通过村上来流转土地栽莲藕的，现在老板跑路了，不找村委又找谁？

说起土地流转，得回到2018年初。那天上午，一个湖北老板不知通过啥渠道找到老君村村部，说要流转400亩土地栽种莲藕，说老君村通过他的莲藕产业，不仅可以快速脱贫，还能带动旅游产业，成为周边村落羡慕的美丽新农村。想一想，到时村里"十里荷塘，十里花香"，那可真是美醉了，爽歪了。而且，老板主动提出的土地流转费每亩650元，给的也是当时周边最高的，就是放在现在，这个流转费也是偏高的。村上开村民大会，争取群众意见。村民们乐了，那些田大多是下湿田，正愁土地没人种呢，好多撂荒在那里，只有傻子才不会同意。

土地的流转，让农户去掉了一块心病，留守在家的人，还可以帮老板务工，再挣一份工钱。当荷香荡满老君村的时候，村子一下子美了起来，游人纷至沓来，老君村一下子成为一个欢乐的世界。

前3年，村民们领着满意的流转费，欣赏着家门口的荷塘美景，以为这幸福的花儿会长久开下去。谁能料到，老板与他的管理人员会在一夜之间从老君村蒸发，抛下400亩荷塘烂泥坑，任其野蛮生长。

村民们傻眼了，村干部也傻眼了，打电话联系老板，开始还接，说自己亏惨了，实在无力支付流转费，后来就打不通了。

这个烧脑的烂摊子，就这样被不守信用的老板甩给了老君村两委班子，每天面对群众对流转费的追问，头都大了，被扰得哪里还有心情办公谋发展，都恨不得把那个老板抓回来当着群众的面开个批斗大会。然而茫茫人海，他有心躲藏，到哪里去找呢？

2021年，本村青年米斌从外地务工回村，想为家乡做点事，被推选为村党支部书记，连村主任也一肩挑了，这就意味着上一届班子没解决的土地承包资金的遗留问题，米斌也一肩挑了。米斌的"胆大妄为"，让交好的朋友为他担心不已，当然，他的父母妻子更是为他担心，父亲甚至说他"莽撞"。

这个年轻的复员军人，还真有点不怕事大的胆魄。也许是经过部队锻炼，米斌身体敦实，皮肤黝黑，谈吐干净利落，一言一行都保持着军人风范。米斌出生于1986年，2004年参军，到湖北宜昌当武警。当了8年兵，2012年复员回村，用退役军人返乡创业补贴，在新盛镇开了两个手机售卖店。当时，乡村手机基本普及，生意做不开，开店1年后关闭。一心想创业的米斌又在朋友的介绍下，到旌阳区德新镇九禾农庄投资入股农业、餐饮产业，没想到，仅仅1年时间农庄也垮了。两次创业，两次失败，手头不多的现金都赔进去了。米斌沮丧不已，为下一步干啥迷茫了好长一段时间。他不敢，也没资本再去投资创业了，好在在部队学了网络安装技术，他应聘到罗江移动公司做宽带安装服务。为了积累原始资金，他这一干就是3年。稍微有点积蓄，富有挑战精神的米斌不满足现状，又辞去移动公司的工作，经朋友介绍，到中石油新疆油田公司当了1年钻井工。在去新疆之前，朋友介绍得天花乱坠，到了新疆才发现，整天面对戈壁、荒漠、风沙，那里也不是他想要的生活。

米斌打点好行囊，买了火车票，再次回到家乡老君村，已经是2021年。这时，村里的大小事务已经没人敢管了。因为老板跑路，欠下400亩藕塘流转费得不到支付，村两委班子的工作几乎瘫痪。

甚至有人扬言：“谁当村支书，谁就得把藕塘老板欠下的土地流转费解决了。”

好在这时镇党委承诺整治400亩藕塘还耕，给予政策上和项目上的扶持。米斌想着这些年国家这么重视农业生产，本镇一些村民靠种制种油菜都致富了，有二三十万元存款的农户比比皆是，他相信中国未来发展潜力一定在农村。想着这些年东奔西走的经历，他决定扎根家乡，干一番事业。米斌不愧是一个有担当的军人，他勇敢地站了出来，一肩挑了村党支部书记和村主任的担子，也担起了那400亩被老板抛下的、储满一池池淤泥的藕塘还耕的责任，还有10余万元流转费的债务。

老板为啥要跑路？笔者查询了一下，似乎恍然大悟。原来，种植莲藕一般4年就应该换种别的了。一是因为连年采挖莲藕，把老底的死土不断地上翻，塘里的土肥力跟不上来。二是连续几年，藕往地下越长越深，地下的土会更硬，不仅采挖难度大，而且上面的淤泥也会越来越厚，资本投入量大，产量越来越低。老板怕投入，在承包土地之前，就策划好了“吃一嘴就跑”。这些，村民是不知道的，只迷茫于莲藕长得好好的，老板为啥要跑。

米斌接手村上这个“烂摊子”，家人是反对的。但是，他是军人出身，也是党员，就应该有担当，村里这片被老板撂下的土地不能老是这样荒芜下去无人管。何况，保护耕地是国家的方针策略。

米斌这一年违拗了家人意愿，把自己辛苦打拼挣来的钱掏出来，把前任老板欠农户的10余万元流转费全部补上。这一举措，让他这个新上任的村支书赢得了群众的信任。

付了拖欠款，农户不愿收回那些为了栽莲藕被挖成的“水凼凼”，米斌不得不把400亩藕塘流转到自己名下。对于从没种过庄稼的米斌来说，如何盘活它们，让荒芜的烂泥塘长出绿油油的庄稼来？这是一种压力，也是一种责任担当。起初的一段时间，米斌每天有空都会去藕塘边转一转，看着那些渐渐枯败下来的荷塘，忧心忡忡地思考着：咋个办？咋个办？还有今后每年20多万的土地流转费，从哪里来？

在新盛镇，一般土地流转最高每亩600元，而那个老板把每亩价格抬高到650元。现在看来，他是早就打好主意，种上4年莲藕，狂捞4年，把土地油水榨干，然后溜之大吉。

那一段时间，睡觉向来很香的米斌失眠了。他想着怎样才能盘活这400亩"水凼凼"。他突然想到镇上很多村都在种制种油菜，若全种上制种油菜，就不愁了，不仅能把每年的土地流转费按时发给农户，自己的成本也能慢慢收回来。村里种制种油菜的农户，每亩毛收入都在4000元左右，还轮作一季水稻，每亩毛收入也在1800元左右，加上国家各种补贴和区政府每亩300元的扶持金，全部算起来，种田还是有奔头。

米斌对未来充满信心，把自己的想法跟家人说了，家人深知油菜制种是能赚到钱的，也就全力支持他。只是目前亟待解决的问题是怎样让泥沼荷塘干起来，成为粮田。

"这得投入多少人力财力啊，我们自己是承担不起的。"米斌父亲悲观地说。

好在有镇农事服务中心的极力支持，派出农技员到现场进行基础设施、藕塘返耕的改造规划，在项目资金上给予倾斜。尤其是农业服务中心的米博主任，多次到老君村来，对整片藕塘进行走访实地勘查，为土地整治、高标准农田建设做出指导性、可操作性的规划。

2021年秋，老君村的荷塘整改项目开始了。放塘水，清淤泥，捣堤埂，回填土……两台挖掘机在村子里轰鸣着。但是，因藕塘连年挖藕，挖掘机一不小心就会陷进泥坑拔不出来，只得用另一台挖掘机来拉，再不行，就请村民帮忙。这种现象几乎每天都会遇到。

由于藕塘面积宽，排水困难，米斌去找镇农技服务公司。服务公司按照高标准农田整治帮他设计方案，做到能排能灌，农耕机械能开进每一块田作业，新挖了排水沟，新修了生产便道。看得出，镇上为救活这一大片土地，也是倾尽了力气。

2021年秋播时节到来时，整治出来一半藕田，因事先没计划种植庄稼，就没有育油菜苗，再育苗已经来不及了。到了移栽油菜时，只得买来油菜种子进行撒播。在罗江本地，油菜育苗移栽已经推广几十年了，通过移栽的油菜，分枝多，荚子密实且长，颗粒饱满，产量比直播高一半。这些米斌的父母都清楚，他也清楚，但总不能让田荒着，以直播的方式种下油菜，都是没得办法的办法。

由于是新整治出来的田，大多是生土，油菜苗长势自然很差，管理经验也不足，到收割时，油菜几乎被野草淹没，请来帮工的村民都是从野草里面去找油菜，收入的油菜籽卖了，刚好够付工资。

2021年第一次尝试种油菜，米斌不仅没赚到钱，连人工、种子、肥料、药物的成本都没收回来，更何况整理土地时挖掘机的费用还有6万多元。而且，来年20多万元的土地流转费也该由他承担。

镇农事服务中心看到米斌第一年种的油菜那么糟，也痛心，加上每年还得付那么大一笔流转费，知道他的压力大，决定对米斌那一大片整改出来的农田进行全面的种植引导和技术帮扶。引导就是让他种制种油菜，并进行全面的技术指导。

整治出来的藕塘有100多亩能种制种油菜，其余的部分田有的还长着莲藕，有的只能种一季水稻，有的正在整治之中。

第一年种植水稻，因田是刚整治出来的藕塘，底子软，插秧机不敢下田，下去就会陷进泥淖里。若全请人工栽插，村里又差不多都是留守老人，找不到那么多劳力。镇农事服务中心基于这个考虑，帮米斌选择育旱秧，然后进行抛秧播种。这样既节约人工成本，又避免了机械沦陷。但是米斌不知道旱育秧怎么操作，问父亲和村民，他们也不知道怎么育。还是镇农事服务中心技术人员亲自上门做技术指导，帮选苗床地，选品种，让米斌去购买一种"旱育保姆"进行育秧。因现在生态好了，老鼠也多起来，为防止老鼠偷吃谷种，还买了辛硫磷和苗子出土后防治枯病的敌克松等，完成了旱育秧。

在镇农事服务中心手把手的指导下，米斌200多亩水稻全种上了节约劳力的抛秧。在镇农事服务中心统防统治的保驾护航下，水稻顺利生长到了收割期。当然，收割也很麻烦，收割机下田，一不小心就陷在田里，还得请挖掘机去拖。

种植水稻的收入比起油菜制种，低了两三倍。眼看20多万元的土地流转费又该付了，米斌整天眉头紧锁。

镇农事服务中心米主任看出米斌阴郁的情绪，给他打气鼓励："我帮你算了一笔账，只要你把制种油菜这一季种好，发了农户的土地流转费，每年都有10万元的纯收入，这还不包括水稻收入。当然，这不是头一两年就能达到的，需要土质培养、种植经验积累。你今年（2022年）就开始种制种油菜，从选种、育种到收割，我们镇农事服务中心全程帮你把控，提供技术指导、病虫害监测防治服务。"

米主任的一番话，给米斌吃了颗定心丸。到育苗时，镇服务中心把米斌纳入重点技术帮扶对象，育种指导、病虫害统防统治、除杂等，服务公司和福乐种业公司都派去专业技术人员进行指导。

2022年，米斌在镇农事服务中心和福乐公司技术员指导下，种了100多亩制种油菜。米斌把付老百姓土地流转费的全部希望都寄托在它们身上，他每天都会去油菜田边转一下，这样，他心里才踏实。前期管理都很好，到了花谢结荚的时候，米斌发现菜荚子上有斑点，马上折几枝去镇上找米主任问诊。米主任一看，认出是菌核病，便问米斌：严重不？米斌说他是早上才发现，他不知道严重不严重。

米主任立马重视起来，同米斌一起回到老君村油菜田查看。镇农事服务中心目前掌握的情况是，菌核病还没在其他村发现，老君村是第一个出现的。到现场走了一圈，米主任仔细查看后，看着一脸焦急的米斌说："还好，你发现得早，如果发现晚了，最少减产30%。你不用担心，我马上通知农事服务中心派植保机来进行防治。"

为保证全镇制种油菜稳产，新盛镇农事服务中心承担了对全镇制种农户统防统治的任务，每亩收200元药费和服务费，提供全程防治防控服务，直到油菜收到手。这项服务深受种植户好评。

从老君村发现菌核病开始到进行防治后，农事服务中心对全镇的制种油菜都进行了统一防治。

几天后，米斌再次查看油菜荚，菌核病不见了，油菜长势转为正常，荚子一天比一天鼓胀。眼见丰收在望，想着那20多万元的流转费有望了，心里也就有些踏实了。

收割时天气好，没下连绵雨，但收割时不好请人，等农户砍完自家的油菜，才能请来帮他砍，动手收割晚了两天。晾晒一个星期，该打油菜籽了。因天气干燥，村民们都在抓紧时间抢打自己田里的油菜籽，米斌的面积大，只得雇机械进行收打。开农机的师傅对风口仍按照往年常规力度设置，忽略了这年油菜籽比往年干，因而造成每亩30—50斤油菜籽被吹了出去。算一算，100多亩就少收5000多斤，这四五万元的红票子到手了又抛撒了出去。当然，这是他后来发现的，着实心痛不已。

油菜籽收回家后，因不能用烘干机烘，晾晒又难住了米斌。他又去找镇农事服务中心帮忙想办法，服务中心出面帮他协调到学校和粮站的水泥坝子里晾晒，才没导致霉烂。

卖了油菜籽一算账，还不错，这一年把所有成本除去，也赚了5万多元。看起来不多，就一个人一年打工的收入，但米斌却看到了农业产业的新希望，对今后行走的路有了信心。2023年，米斌雄心勃勃，能种尽种，400亩藕塘只剩下10亩没有整治了，种粮面积扩大到300多亩。米斌想，这么大的面积，老是请别人的农耕机械不行，费用太高，自己必须加大投入，将来农业产业发展必须走机械化之路。但自己是在欠债耕耘，资金从哪里来？好在政府有助农扶持资金贷款，区农业农村局还有农业机械购买补贴，买农耕机械可以享受补贴40%。到去年年底，米斌共贷款70余万元，买了拖拉机、收割机、插秧机等农业机械设备和其他农耕物资。

2023年秋，他的制种油菜面积扩大到300多亩。制种油菜的移栽，没有机械可用，全靠人工，他清楚周边农户到移栽油菜时节都要先干完自己家里的农活，才能帮他。米斌特意把自家的油菜苗晚育了两天。等乡亲们忙完了，米斌再去请他们。为赶时间，一天多达100余人，一栽就是半个月。这笔人工费用，算起来还是相当大的。

这时，米斌才明白，制种油菜之所以种子能卖到18元1公斤，是因为它的种植和管理流程都需要人工：栽种需要人工，除杂需要人工，收割时也不是像水稻收割那样，由收割机直接下田，也需要人工砍倒，晾晒几天后才能用机械收打，就是收打还是需要人工。

2024年4月12日笔者采访米斌时，他说，现在油菜已经除完杂，进入结荚壮籽成熟期。今年油菜比去年长势好，保守估计，毛收入也应该达100万元，但成本花费也很大，比如移栽油菜就花出去人工费10余万元，清杂7余万元，到时砍油菜打油菜还得花10余万元，还有土地流转成本。全部费用除尽，10余万元辛苦费是应该有的。

通过对米斌的采访，笔者了解到，老君村全村是2001年开始制种油菜的，从最初不愿意种到后来自觉种热爱种。村里人种制种油菜也很有经验了，知道不能种其他十字花科作物，比如青菜、萝卜、白菜、苤蓝等，村里有谁家种了，到清杂期间都自觉地砍掉。看到农户有如此自觉的制种意识，米斌决定2024年在全村1000余亩的制种面积基础上，再扩大400亩。

第二节　制种：义不容辞的职责

制种，对于罗江农民来说，是一条稳妥的致富路。新盛镇木龙村油菜制种始于2008年，全村靠制种油菜脱贫致富。村上能够种上制种油菜，与村党支部书记李忠孝有着至关重要的关系。

出生于1962年6月的李忠孝，当时任双石村村主任，2020年双石村与百善村并村，才更名为木龙村，快到退休年龄的李忠孝，现任木龙村党支部副书记。

李忠孝说："前年就该退休了，上级组织让我把这一届任满再退。"说起双石村当初发展油菜制种，李忠孝感触颇深。他说，那一年，因为经历了"5·12"汶川大地震，村里667户农户的房屋都受损，全村都在进行灾后重建。李忠孝就在这时上任为村主任。村民们看着受损的房屋，心里窝着一股气，有村民向他放狠话："李主任，你能带领我们挣到钱，就继续当你的村主任，若你没得这个能力，就自觉下台，让有能力的人上。"

李忠孝心里再明白不过了，他理解村民们的心情。这些年，村民们虽然都解决了温饱问题，但兜里还空瘪，住的房屋还是以青瓦房为主，所以受损才那么严重。大家都盼着快点让自己腰包鼓起来，住上好房子，过上好日子。不然，走出去看到别的村里的小洋楼就自卑，心里就有种隐隐的难受，被别人看不起，没面子。

其实，这也是李忠孝的想法。既然当上了村主任，村主任的职责就是为村民们找发家致富路，带领大家共同富裕。但李忠孝知道，只靠传统种粮，是发不了财的。一连好几个晚上，他都翻来覆去地想，现在农村种什么能挣到钱？以前村里试过种水果、中药材，养鱼，有的失败，有的不适合推广。想来想去，直想得头疼，都拿不准一个目标。

李忠孝也是一个见多识广的人。他知道周边有的村搞制种油菜、制种水稻挣到钱了，收入是种常规粮食的几倍，还适合所有农户种植。怎样才能联系上种子公司？李忠孝想到一个人，他就是镇农事服务中心主任米博，他是镇上工作多年的老农技员，接触面广，关于农村产业发展经验丰富。想到这儿，李忠孝有些兴奋。第二天吃过早饭，就骑摩托去到镇农事服务中心。

米主任见他急匆匆地走进来，问他："李主任，是不是庄稼出现了啥病虫害？"

李忠孝摇着头，连声说："不是不是。米主任，我是有事求你。"

米主任问他："是私事还是公事？"

李忠孝说："当然是公事了。你负责全镇的农业技术服务这么忙，我哪敢拿私事来打扰你？"

李忠孝自己在一个凳子上坐下，便把想在村子里搞油菜制种，帮村民们找一条致富门路的事跟米主任说了。米主任沉思了一会，对李忠孝说："那好，我跟县农业局的周述川副局长联系一下，他认识外面的种子公司多，等联系好了我就通知你。"

刚过了一天，米主任打来电话，通知李忠孝和他一起到什邡一家制种公司去对接一下，看看能不能争取到那家公司的制种授权。

管他能不能争取到，这已经是个好消息了。李忠孝很开心，立马准备动身。心想，咱农民也不能太土，得给人家留一个精明、能干大事的好印象。他便西装革履来到镇上与米主任会合，租了一辆面包车，开到罗江县农业局，接了周述川副局长，一道前往什邡市皂角农科园孝楠农业科技公司。

车上，周述川向李忠孝简单地介绍了孝楠农业科技公司的发展历史：孝楠公司是以全国劳动模范、什邡市皂角农科园技术总监、高级农技师李孝楠的名字命名。李孝楠可不是科班出身，他是土生土长的什邡农民，通过自己不断努力和钻研，选育优良品种，从"土专家"成长为全国个体油菜育种第一人。李孝楠年轻时就热爱农业技术，下决心要在土地上弄出点名堂来。也是机缘来了，20世纪70年代末，全国著名油菜育种专家、四川大学罗鹏教授和潘涛教授到他家乡来建育种点，还带来了育种亲本和选育方案。李孝楠是村里有点文化知识的农民，他热情地前去帮忙，并提出愿意用自己的承包地搞试验。于是，他以农民特有的诚挚和勤劳争取到给专家当助手的工作，从而迎来了自己人生中的重大机遇。

在专家的指导下，李孝楠整地播种、施肥打药、观察记录、对比选育、请乡亲们试种。经过5年的辛勤选育，李孝楠的德油1号油菜品种顺利通过专家评审并投入大面积推广。20世纪90年代初，为了进一步提高油菜产量，李孝楠开始向杂交油菜育种进军。对杂交油菜品种的选育，李孝楠投入了全部的精力和心血进行科学研究。经过多年的努力，先后选育出了德油2号、4号、5号、6号，早杂2号，科乐521和德油杂10号等多个杂交油菜新品种，其间自费投入的科研资金达10多万元，这在全国油菜育种领域里尚属首例。自2006年起，李孝楠所在的什邡市皂角农科园以"公司+基地+农户"的运作模式，已在什邡、罗江建立杂交油菜种子生产基地近1.5万亩，每年为家乡制种农户增收近1000万元。2006年以来，孝楠公司每年为全国各地生产杂交油菜种子百万公斤以上，其中为长江流域油菜产区提供1000万亩油菜优良品种，以每亩增产7.5公斤油菜籽计，累计增产油菜籽7500万公斤。以每公斤5.6元计，每年为全国油菜种植户新增效益4亿元以上……

为长江流域油菜产区提供1000万亩油菜优良品种，以每亩增产7.5公斤油菜籽计，累计增产油菜籽7500万公斤。以每公斤5.6元计，每年为全国油菜种植户新增效益4亿元以上……

听着周述川副局长的讲述，李忠孝热血沸腾。心想，这么硬气的公司，这次双石村要是能争取到他们的油菜制种项目，村民们就不愁挣不到钱了。

通过周述川副局长的引荐对接，孝楠公司负责人同他们见了面。当李忠孝说出这次来的意图时，对方却说，他们公司每年只发展那么多面积，都是有计划的，不敢随便扩大种植规模。不过，通过李忠孝软磨硬泡和恳求，公司答应派出一个生产经理到双石村考察一下，一是考察村里干部有没有带动能力，在群众中有没有威信；二是考察地理条件，有没有适合制种的先天优势。

公司派来双石村考察的生产经理名叫董明俊。当时正是流火的7月，村里的农户正在如火如荼地进行灾后重建。董明俊也是从生产一线成长起来的经理，他不怕烈日暴晒，让李忠孝带着他到村里四处转，汗水湿透了衬衣也不停歇。他从村民们老远就与李忠孝打招呼，感知到村干部与群众的关系融洽，然后又通过几天和村干部的接触和与村民们的交谈，他觉得双石村的槽沟形地貌是天然隔离带，很适合油菜制种，村两委干部也很硬气，在群众中有威信有组织能力。

董明俊回去向公司汇报后，孝楠公司就把双石村纳入油菜制种合作基地。但让李忠孝意外的是，好不容易争取到的项目，村上开了几次动员会，登记的时候，还是有一半农户不愿意种制种油菜，就是登记了的300多户农户，大都也是试探性地种一些，不愿拿出全部农田。

采访李忠孝时，他说："当时，不说群众不愿意种，就连我自己老婆都不愿意种。我一边给群众做工作，一边还要给家人做思想工作。我说我是村主任，制种油菜又是我跑出去联系到的项目，我们自己不带头种，咋个带动群众？最后终于说动老婆，把家里3亩田全部种上了制种油菜。"

这一年，双石村在党员干部的带动下，种了540亩制种油菜，在孝楠公司技术员的悉心指导下，长势喜人。但是，这一年春节还没过完，正月初二那天，公司驻村技术员就来到村上了，找到李忠孝，让他马上组织油菜制种种植农户到村部，进行制种油菜清杂技术培训，然后马上就进行清杂工作。技术员从清杂的重要性到如何清杂、清哪些杂都做了详尽的讲解。技术员又带领大家到田间进行现场演示、指导。种植农户发现，凡是花骨朵被挤出黄水的油菜都要砍掉，这一砍，有的田三四米宽都成空白了。每一株油菜都浇灌着农户的汗水和辛劳，现在要扬花结荚了，却因为是杂株就要被砍掉，实在舍不得。何况，那些杂株的长势比制种苗株还旺盛，却几乎每亩田要砍去一半，农户担心产量减半，会亏本，都闹情绪。在技术员和村主任李忠孝再三强调下，说要是不清除杂株，整片制种油菜就都只有按照常规油菜卖。

种植户想着种子价格比常规油菜高3倍，一咬牙也就下狠手，该砍的砍，该除的除。但技术员在检查时发现一户姓付的农户没参加油菜制种种植，他的田却在制种片区内，有1亩多，公司给他发了相应的隔离油菜种，他却没用，种的依旧是往年的常规油菜。这是个特别严重的问题，如果这1亩多常规油菜不砍掉，就会一个螺丝打坏一锅汤，其他制种油菜都会传上花粉，影响种子的纯度。

驻村技术员发现后，很震惊，马上找到村主任李忠孝，一起去找这家姓付的户主，责问他为什么不种公司发的隔离油菜种子。他却说："我为啥要种你们发的种子？万一没得收成呢，要是转基因呢，你们没说要负责吧？"一点道理都不讲。

第二天，李忠孝主任又去做思想工作，他就是不答应砍。这可把公司下派的技术员与李忠孝主任急得不行。油菜马上就要开花了，清杂的工作必须在开花之前完成，否则，通过花粉传递，收到的油菜种子就真成了"杂交油菜"了。李忠孝早上往付家跑，晚上也往付家跑，他却像煮不进油盐的四季豆。李忠孝又动员付家的亲戚朋友帮忙做工作，可他还是油盐不进。最后，眼看有油菜稀稀拉拉已经开花，不能再等下去了，村上只得请来派出所调解，给予了成本补贴，付家的那1亩多常规油菜才被清除掉。

农户自行清杂完成，技术员与村干部还要对每块田进行验收，有没除干净的，还得再次清理。

清杂环节完成后，油菜花盛开，进入传花粉的环节。以前常规油菜都是自然授粉，制种油菜不一样，需要保障油菜花全面授粉，这就得请养蜂人入住村子，需要向养蜂人支付每亩30元的补贴。村民想不通，说，种这么多年油菜，从没听说过请养蜂人运来蜜蜂授粉。通过苦口婆心地做思想工作，农户的脑筋才转过弯来。

当时，还没有收打油菜籽的机械设备，种植户砍倒油菜，晾晒够火候，都用连枷进行收打，晒干后种子公司开车直接到村部来收购。令种植户开心的是，制种油菜每亩也达150公斤以上，与常规油菜产量差不多，而价钱是常规油菜的3.5倍，就是说，1斤制种油菜籽抵3.5斤常规油菜籽。这一年，跟着李忠孝主任种了制种油菜的农户庆幸得不得了，没种的肠子都悔青了。那一段时间，每天晚上都有人到李忠孝家，说明年跟着李主任种制种油菜。

经济效益好就是最好的宣传广告。村里人第一年种制种油菜赚到钱了，老百姓就认这个理，种植户由去年的300多户一下子扩大到600多户，第二年几乎全村家家户户都要求种制种油菜。

李忠孝又去找米主任与种子公司驻村技术员，要到900多亩的制种面积，为避免去年出现的间种常规油菜情况，在村里划定了制种油菜区域，区域内严禁种植其他十字花科作物。

村民们知道制种油菜籽金贵，都按照驻村技术员的指导和要求进行育种、移栽、上肥、病虫害防治、清杂、收打。

第二年，制种油菜平均产量在140公斤左右，常规油菜一般产量是160公斤左右，产量比第一年降低了，但价格是13.6元1公斤，差不多是常规油菜的3倍。7月，种子公司来村上发种子款时，100元一张的钞票都是用麻布口袋装了足足一袋。李忠孝算了一下，这一年村里人仅油菜制种这一项，人均就增收1000元以上。尤其是村里几户种植大户，仅制种油菜收入就是好几万元。种子公司和村委都担心村民公开领那么多现金，放在屋里被坏人惦记，为安全起见，第三年改为银行卡转账了。

第三年，却发生了一起谁都没料到的事件。油菜到了收割时期，农户同去年一样，满怀激情地把油菜砍倒在田里晾晒。心想，几个好天气后，收打了油菜籽卖了，又只管数票子了。那天清早，有农户发现自家田里的制种油菜籽被人揉搓了一大半，捶胸顿足地在田坝里骂开了。其他农户听到后，赶紧跑到自家油菜田里查看，有几家农户的制种油菜也被偷了。

制种油菜因为价格高，居然让一些想不劳而获的人眼红了，一夜之间五六家的制种油菜籽被偷了。尽管只是毛糙地揉搓走了一些，但农户的损失也很大。竟然会发生这样前所未闻的盗窃事件，大大出乎村委的意料。村上立即向镇派出所报了案，当天晚上就组织村组干部巡逻，这类偷盗制种油菜籽的事件才没继续发生。

也许是产业结构不断调整，各地油菜种植面积减少的缘故，也许是油菜制种公司增多，油菜制种面积过大的缘故，油菜种子市场出现混乱，造成2013年油菜种子滞销，孝楠公司收购村民的制种油菜款一时不能兑现，双石村村民想着自制种以来收益不断增加，都胸怀感恩和理解，统一打了欠条，种子卖出去再兑现种子款。孝楠公司信守承诺，到下半年，种子销售出去，种子款得以兑现。

2014年，因为市场的原因，孝楠公司停止了在双石村的油菜制种。刚尝到制种带来甜头的双石村村民在声声叹息中，又种下了以前的常规油菜。这一年里，李忠孝在村子的路头路尾碰到村民，都会听到他们说同一句话：李主任，还是想办法搞制种吧。

这是村民的期盼。作为村主任，李忠孝也想为村里争取到可挣钱的种植业，这一年里，他一直在为全村寻找新的门路。找来找去，还是觉得制种油菜稳妥，适合全村农户种植。

2014年初秋，水稻即将成熟收割。水稻收完，接下来就是种油菜。村里群众种制种油菜的呼声越来越强烈。

你有所呼，我有所应。李忠孝又来到镇农事服务中心找到米博主任，问还有什么种子公司，帮双石村再推荐一个。米主任想来想去，想起有一家刚成立的福乐种业有限责任公司的基地设在本镇罗汉村，在当地发展小面积制种油菜。罗汉村是原来的德安乡政府所在地，撤乡并镇后属于新盛镇。

福乐种业负责人经米主任介绍，了解到双石村从2008年就开始帮孝楠公司种制种油菜，农户有制种经验，有制种优势，没去实地考察就答应了。因为福乐种业公司总负责人郑天福就是孝楠公司出来的，他信得过双石村的制种地理优势。

于是，从2015年开始，双石村又开始种制种油菜，由于外出人口的增多，种植面积比以前有所下降，但也一直稳定在550—650亩之间。制种油菜种子、技术、病虫害防治都由福乐公司和镇农事服务中心负责，农户只负责种植和收割，油菜制种成为双石村农户一项收入稳定的农业产业。

2020年罗江区乡村再次并村，双石村与百善村合并为木龙村，李忠孝由于年近60岁，担任村党支部副书记，木龙村仍然继续种植制种油菜，因罗江区着力发展制种产业，每亩还给予300元补贴，现在全村油菜制种面积已达到1400亩。

李忠孝书记说，他把这一任村党支部副书记的任期任满，也该退休轻松一下了，他这一生最值得骄傲的一件事，就是带领全村群众走上了油菜制种这条致富之路。

第三节　大凉山走出来的制种人

罗江居然有彝族居住！在新盛镇金铃村见到地木子坡时，笔者颇为惊讶。细问，才知道他家是近几年移民过来的。

地木子坡在定居罗江区新盛镇金铃村1组之前，从没听说过油菜制种。他在雷波县的老家种了40多年油菜，历来都是自己留种，直接撒播在大凉山的坡地里。2018年初秋的一天，地木子坡在院前的混凝土坎子里晾晒刚收回家的谷子，村主任李维福提着制种油菜种子来到地木子坡家门口，动员他育种，建议他搞油菜制种。他彻底蒙圈了，不明白为什么种油菜还要先育苗，更不明白什么是油菜制种。

地木子坡是彝族，老家住在雷波县雷池乡嘎窝村2组，60岁左右，长条形的脸被阳光侵蚀得黑红而粗糙。他有两个儿子两个女儿，大儿子早已成家，两个女儿也都出嫁，现在他们两夫妇同20多岁的小儿子生活在一起。

地木子坡的老家地处金沙江峡谷，过江后就是云南省的永善县。2015年，因为修建溪洛渡水电站，他们村子的农户被列入搬迁名单。先是他大儿子地木比坡一家领到搬迁赔偿款，经人介绍移民到新盛镇木龙村，捡了七八亩撂荒地耕种，当年在本地村干部和福乐公司技术员的帮助下，种上了制种油菜，等到5月收获的油菜籽交售给种子公司，出纳员将3万多元现钞递给地木比坡时，他都有点不敢伸手去接，他以为会计算错账了。因为，这里1亩油菜的收入就能抵上他在家乡一年油菜的全部收入。

地木比坡做梦都没想到，在罗江种油菜会这么能挣钱，便想动员父母和弟弟一家也迁移到新盛镇来。他在周边打听哪里有闲置农房，当地村组接不接受外来户。后听说金铃村主任李维福的房子闲置着，一楼一底，还在村水泥道边，罗江的交通比大山里的家乡便捷，罗江种地不只是养家糊口，还能致富。地木比坡把这边的优越条件跟父亲一说，父亲、母亲、小弟都满口答应。在得到相关部门的同意后，选了一个好日子，地木子坡包了一辆小货车，连人和舍不得抛下的家什一股脑儿从金沙江峡谷运到了罗江区新盛镇金铃村1组，欢天喜地住进李维福家的闲置房。李维福还把自己的2.1亩良田给了地木子坡耕种。

那是2017年5月，脱贫攻坚战正在如火如荼进行中，而新盛镇早些年发展起来的油菜制种产业，正成为本镇脱贫攻坚战中的一大支柱产业，播种遍及全镇。金铃村也不例外，几乎家家户户都搞油菜制种，如果哪一家不种制种油菜，种上榨油油菜，花粉就会被蜜蜂和风传去制种油菜田里，严重影响种子的纯度。

当地木子坡来到新盛镇后的第一个初秋来临时，村主任李维福第一次走进原来是自己的家、现在是地木子坡的家，动员他种制种油菜，地木子坡支支吾吾地"嗯嗯"着，他不太熟练用汉语交流，但大致意思还是弄懂了。李维福主任从顾全大局意识到油菜制种的几项关键技术，到制种油菜能带来普通粮食作物3倍以上的收入，慢条斯理地进行了讲解，直讲得口干舌燥了，地木子坡只回应一句话"我不会种"，这让李主任深深地叹了一口气，饱满的热情一下子奔泻了。但是他没有沮丧和放弃，继续引导、讲解。

地木子坡一家刚来到汉人聚居地，许多生活习俗、生产习俗都不习惯，村主任李维福主动承担了引导义务，不仅帮助他们适应当地风俗，与邻居和睦相处，更为重要的是让他们在这里生活得更好、对未来更有信心。这个信心就得靠油菜制种增加收入。

收完水稻，在种子公司驻村技术员的指导下，村里农户还没来得及休整，又开始忙碌地选择油菜苗床地，育油菜苗。制种油菜种子由福乐种业有限责任公司统一发放，地木子坡也领到2.1亩地制种油菜的种子。别的邻居都胸有成竹地去整理苗床地了，他却在家里看着种子发呆。在老家，把自家留下的油菜籽撒在地里就算播种了，就等来年5月收割。没想到这里种油菜居然这么讲究，要先碎土整地，再浇水润土，再撒油菜种子，再薄薄地覆盖一层细土。然后就是管理，听从李主任和福乐公司技术员的安排移栽。

村民们都是油菜制种的能手，每一个环节都做得把细。不把细不行，那是关乎着一家人全年收入的大事。所以福乐公司的杨玉东技术员对金铃村的种植户还是很放心的，唯独新迁移来的地木子坡一家让他放心不下。他像教小学生学拼音一样，一点一点教地木子坡。再就是给他讲解理论上的东西，到地里又带他进行实际操作演练。因地木子坡60来岁了，彝语说惯了，汉语沟通很困难，一些术语他听不懂，唯有亲自做示范。尤其到了油菜苗从苗床地往大田移栽时，老种植户都知道行距多宽、窝距多宽。地木子坡连行距、窝距是什么概念都不晓得。技术员杨玉东只得采用笨办法，用竹片量好尺寸，让地木子坡按照竹片尺寸拉线移栽。

通过手把手的示范教学，地木子坡一家人终于学会了油菜苗移栽，笔者采访他时，他虽然显得很腼腆，扭捏了一会，还是熟练地说出："行距一尺二寸，窝距8寸。"

移栽完后，接下来的农活就是制种油菜的田间管理。制种油菜与普通油菜不一样，尤其是地木子坡在雷波县老家那种种植模式，在罗江根本不适用。制种油菜需要在田间管理上多花费工夫，需要喷药防治油菜蚜虫，白粉病、菌核病等。当然，这些都有技术员观察病情，该防治的时候会统一由镇农事服务中心派出专业人员进行防治。而除杂则是一项烦琐的技术活儿，在油菜含花苞的时候，需要将每一株油菜的花苞掐一朵，用两根指头挤压一下查看，若挤压出的是黄水，就是杂株，就要砍掉，挤压出的是清水，才留下，这是种子。就是这个除杂，开始让地木子坡为难了好多天，他想不通为啥挤出黄水的都要砍掉，眼看就要扬花结荚壮籽了，砍掉多么可惜，而且这样一砍，地里有的地方空几米宽。后来，还是在技术员与邻居的劝说下，他狠心地砍倒了那些挤出黄水的杂株。

除杂一次不行，还得两次三次。不只是制种田里的要除，其他田埂、荒坡、菜园里的十字花科作物都得清理掉。地木子坡看到邻居清理，便跟邻居学，不懂就问，总算把除杂这一关过了。

地木子坡看到油菜要黄了，就开始霍霍磨起刀来，准备砍油菜了。邻居看到了，叮嘱他，油菜不能随便动手去砍，要听福乐公司技术员的安排，他说砍才能砍。地木子坡又迷糊了，自己种的油菜，自己花钱上肥、打药，油菜要成熟了自己居然连砍油菜的时间都没有权利决定？依他原来在老家的脾气，早就"日燃火"了，好在村主任经常到他家来进行移风易俗宣讲、法治宣传，教育他不仅要搞好家庭卫生，还要与邻里处好关系。他听了邻居的劝说，等到一个晴好的天气，杨玉东技术员到村里来，说就着好天气，可以砍制种油菜了。地木子坡同邻居们一样，天不亮就下地，趁菜荚子上有露水不易爆裂，开始了一年一季的小春收割。两天时间不到，地木子坡家的2.1亩油菜就砍完了。

几天的太阳一晒，到收打油菜籽的时候了，别人家都用机械收打，地木子坡为节约点机械费用，就自己人工打。收打油菜籽一般都是在午后天气最热的时候，地木子坡有这个经验，吃了午饭，两口子就拿着花胶布、连枷，冒着烈日到田里收打油菜。虽然累点热点，但卖菜籽的时候，因他人工收打的菜籽没有破碎，比机械收打的质量好，一斤多卖几角钱，可把那一张被太阳晒黑的脸乐开了花。

地木子坡第一年种制种油菜就卖了6000多元，除去成本，也有5000多元纯收入，这是他种庄稼几十年来，第一次得到这么高的回报。

地木子坡种制种油菜尝到了甜头，觉得多种点地收入会更多。正好第二年木龙村一个80多岁老头子找到他，要把自家的2亩土地给他种，还不要流转费。老人说他80多岁了，种不动地了，因为政府不允许有撂荒地，只得来请他把田种上。

现在地木子坡一家仅油菜制种这一季就有1万多元收入，他的小儿子还在绵阳务工，加上大春的水稻收入，一家人日子过得丰衣足食。采访他时，他那张黑红的脸上一直挂着幸福的笑容。

地木子坡说："我移居罗江，觉得比起我们乡的其他移民幸运，因为罗江这里种制种油菜，让我的收入增加了，这里的邻居对我也很友好，帮助我，关心我，让我慢慢地融入当地生活，过上了幸福的好日子。"

第四节　老队长黄继禄的制种故事

今年67岁的黄继禄，虽然看起来身体清瘦，两鬓斑白，仍然精神矍铄，仍然还在种制种水稻，而且还在担任长玉村5组的组长，还是丰乐公司在长玉村聘请的技术员。黄继禄说，他从1989年开始当生产队队长至今，已经有35年的队长工龄了。尽管他早已到了退休年龄，村上和群众信任他，还一直当着5组组长，当着制种技术指导员。

组上群众信任黄继禄，因为他为人正直、公正，还因为他带领大家坚定不移地种制种水稻20余年，让家家户户都过上了好日子，住上了好房子。他同长玉村其他组长一样，为村里拿下国家级制种基地招牌做出了重大贡献。

黄继禄说起自己最初当组长的经历，还有一段"波折"，让他感慨万千。至今他还清楚记得，那是1988年10月19日，在村干部的主持下，5组进行民主投票选举组长，31岁的黄继禄竟然高票当选，原组长脸上挂不住，很不服气。他想继续当组长，找村党支部书记，说黄继禄私下拉票。书记被纠缠得没法，又在1989年1月19日组织5组群众重新选举，黄继禄又当选了，票数比前一次还高。书记又来找黄继禄谈话，听取他的意见。黄继禄心中知道，群众推选自己当队长，是因为原队长处事不公，引起民愤，致使组上多家农户因不服而拖欠双提款不交。

黄继禄想，要是自己把这个组长位置让出来，不就凉了大伙儿的心了吗？不就对不起大伙儿对自己的信任了吗？他当仁不让。于是，黄继禄一咬牙，说："这个队长，我当定了。"

接手时，组上农户已拖欠双提款3万多元，是因为上一任组长在任时的一些遗留问题没有解决。催收双提款是每位组长的职责。黄继禄在插完秧后去催收，农户最直接的理由就是，我们种一季田，粮食卖了还要买下一季的肥料、种子，你把这点收去了，我们还要不要活？

　　这话没错，当时双提款高，粮价低，农民种田就只图个喂饱肚子，所以队上年轻人为了日子过得好一点，都纷纷外出务工。黄继禄想到一个办法：把不交双提款的农户的田流转到自己名下，田由他种，双提款由他交。他向镇上这样建议，但当时没有土地流转这一说，镇上不敢表态，他也就自己想想而已。

　　因为村民们穷，双提款确实交不起，大都还欠银行贷款，黄继禄的一腔热血冷了下来，组长当到1995年，村民拖欠双提款越来越多。他看到外出务工人员都挣到钱了，都比老老实实留在家里种田的人家日子过得滋润。黄继禄眼红了，他辞去了组长一职，让原组长继续完成他的组长梦。

　　黄继禄以前干过木工，带上工具轻轻松松就近务工去了。

　　2002年3月，组长又该换届选举，黄继禄没去参选，他在工地上忙呢。他想：谁爱当谁当去。可是，村民们不愿放过他，又选举了他。当组长一个月几十元务工补贴，不如他在外务工一天。他才不稀罕什么组长不组长呢，他想继续务工。晚上，村党支部书记米德平来到他家做思想工作。

　　米德平书记挨着他坐下，语重心长地说："继禄，你不能只顾自己一家富，你看5组群众这么信任你，是为的啥？他们穷怕了，是希望你带领大家致富啊……"

　　黄继禄说："米书记，组上这一个烂摊子，拖欠那么多双提款，不好弄啊。"

　　米书记鼓励他："群众信任你，我也信任你，你一定会带好5组的。"

　　村民们的苦日子黄继禄是看在眼里、痛在心里的，他一直都想让大家过上好日子。村支书和群众的信任，就是自己肩上的责任。

黄继禄答应了，再次挑起长玉村5组组长的担子。在他心里，早已认准了一条路：带领全组走水稻制种之路。

黄继禄已清楚了解到，2002年本村4组发展了50亩制种水稻，种植户已经获得常规水稻5倍以上的收入，他决定在2003年也带领5组发展水稻制种。包产到户这么多年，农民的温饱早已经解决，不愁吃不愁穿，但还愁腰包鼓不起来。

略坪镇在2002年就主导在一些村发展制种水稻，长玉村是其中之一，只因8组不同意，才没种。2003年，镇上再次宣传扩大水稻制种面积。在小春作物快要收割时，黄继禄很兴奋地召开了全组动员会，大多数人响应，有几户不愿意种，但他们的田在村上的规划片区内，他们又不愿意种隔离带。这可把黄继禄气得想骂先人。他还是忍住了，去挨家挨户做工作，村民张登碧不愿种，但她的田在核心区，黄继禄就拿自家的田给她调换。

这一年，在黄继禄的努力下，长玉村5组20户农户种了90亩制种水稻。插秧时，有没种制种水稻的农户不愿栽隔离带，仍然栽的是常规水稻。黄继禄去打招呼，对方不听，还说田是国家承包给自己的责任田，自己想种啥就种啥。你要喊种制种水稻，那你敢保证不会减产不？第一次种制种，黄继禄心中也没有底，他哪敢下保证，气得一跺脚，走了。过了两天，黄继禄发现，那家农户仍然自顾自栽他们的常规水稻。这不就要一个螺丝打坏一锅汤吗？黄继禄急了。他带领几个制种农户去帮那户人家栽隔离带，刚下田，对方就抓起一把稀泥甩他脸上了。他没有退缩，喊着那个人的名字，很严厉地向对方说："我今天带人来帮你免费栽隔离带，你再不通人情，那么这90亩制种水稻到时纯度不达标，你得全部买单。更何况，今年每亩还给你们补了200元。"

在众人的劝说下，那家农户自知理亏，不再生事了。秋收后，看到别人种制种赚到钱了，那家农户晚上悄悄跑到黄继禄家里，心怀愧疚地给黄队长道歉，请黄继禄明年把他家的3亩田也计划在水稻制种面积内。

黄继禄想起他甩稀泥的那一幕，本想好好教育他几句，又忍住了。毕竟人家主动提出种制种，也算是觉悟提高了。黄继禄沉默了两分钟，看着对方一脸尴尬之色，笑了笑，说："那好，我给你登记上。"

前两三年，制种都很顺利，德农种子公司也遵守最初的承诺，按市场稻谷价1∶5的比例收购制种稻谷，村民们腰包渐渐鼓了起来。但到了2006年，市场常规稻谷价每斤8角，按1∶5的比例，制种应该是每斤4元，可种子公司通报的收购价却是每斤3.5元。村民们想着传花粉时，正是三伏天，每天太阳正毒时还拿一根竹篙在稻田里走来走去，又累又晒，没有哪一个没中过暑的，大多一边喝着藿香正气口服液一边帮着父本母本传花粉，个中辛苦只有制种农户才知道，而他们说垮价就垮价，每斤少给5角，1亩田就得少收入两三百元。制种农户想不通，一邀约，都跑到镇政府去闹。他们认为，搞制种是镇政府倡导的，他们是相信政府才搞的。镇政府没法，只得找来德农种子公司负责人。种子公司负责人解释说，现在市场水稻种子过于饱和，加上这些年农村产业结构调整，整个农村经济林木增多，粮田面积退缩，市场种子需求量减小，他们也没法。最后，为表示公司诚意，每斤收购价提升1角。

村民们看到制种水稻降价，都扬言明年不再种制种了。德农公司根据市场需求，也缩小了制种面积，取消了在长玉村发展水稻制种。村支书米德平急了，眼看村民们依托水稻制种，都修起了楼房，日子一年比一年过得好，突然不种制种水稻，担心这好日子又会退回到从前。

"当时，米书记一定好长一段时间都没睡好觉。"黄继禄说。他说他那一段时间也焦急得很，想着要是不搞制种，又能给大家找一条啥门路呢？难道都去种蔬菜？略坪镇是德阳的蔬菜基地，种蔬菜有悠久的传统，但那是紧挨绵远河那一片坝区沙土地的专属，长玉村以前尝试过种蔬菜，实践证明不适合。

2007年，当米德平书记宣布长玉村继续种制种水稻时，笑容又回到村里人的脸上，黄继禄也长长舒了一口气。他不明白米书记是怎样把丰乐种子公司请来的，这是种业大公司，是上市种子公司，是国有企业。一直到现在，长玉村都是在帮丰乐业种制种水稻。丰乐实力雄厚，每年种子钱按时兑现，从不拖欠和打折扣。到2009年，长玉村5组的水田几乎全种上了制种水稻，面积扩大到210亩。

从2013年罗江被评为国家级水稻制种大县后，县政府更加重视水稻制种产业的发展，长玉村的基础设施都得到了改善，制种农户积极性再次高涨。

2021年并组，长玉村5组并进一个组，面积再次扩大到400亩。这一年，四川省农业农村厅把"五良融合"项目与灾毁项目落实到长玉村，而长玉村主要实施项目又在5组。这个项目是把小田改为大田，便于机械化耕作，并对毁坏的基础设施进行了修复。那段时间，黄继禄忙得不可开交，但想到今后种田基本上全机械化了，他觉得短时间的累是值得的，今后育种、移栽、病虫害防控、收割、烘干都一条龙由农联服务公司操作，自己只管数钞票，何乐而不为？他想起队上基本都是像他一样60多岁的老农在种田，体力早就不太适应繁重的体力农活了，幸好镇上在2018年及时成立了农联服务公司，解决了他们这一批老农民的后顾之忧。

这时，罗江区政府为把罗江建成国家粮油制种示范园，加大了对制种农户的补贴，每亩300元。就是说，水稻制种每亩纯利1400元左右，加上政府补贴，就有1700元，是种常规水稻的5倍多。2021年全村制种都实行了统防统治，还不收费，都由农联专业技术人员操作，农户不再担心病虫害。

在长玉村5组，土地没流转给大户，农户都自己种制种水稻，少数几户不种田的农户，也流转给本组农户耕种。制种户种田最多的1户也只有30亩，20亩的有5户，其余的都是散户，种自家那几亩承包田。黄继禄一个人在家，女儿嫁到德阳二重厂，妻子在德阳帮女儿接送娃娃上下学，他一个60多岁的人还是种了5亩多制种水稻。他说，从育种、收割到烘干卖给种子公司，他田都可以不下，只管收钱，这有点当上了地主的感觉。

但是，2022年，还是减产了。这一年的8月25日到27日，正是传花粉的时期，却遇到了连绵阴雨。遇到这样的天气，再有经验的技术员都没得办法。这一年，亩产才280斤。好在都买了保险，保险公司每亩赔了400元，丰乐种子公司也补贴了一部分，算起来还是比常规水稻高一点点。

2023年，村里开始尝试水稻油菜双季制种，村民收入一下子提升到每亩3000元，

笔者问及黄继禄一年的收入时，他说，他当队长每月700元，一年总收入8400元，5亩多制种收入1.6万元，每月能领到一两百元农村养老保险钱，这就是他一个人的全部收入，用是用不完。

笔者想，一个67岁的农村老人，每年能有近3万元收入，应该还是很幸福的吧。当问及村民们的变化时，黄队长说，2002年前，

队上90%都是贷款户，每年小春收后和秋收后，都有信用社的工作人员来村里催收贷款。当时，农户为贷款，都找黄继禄组长去担保，信用社门口排队的，大多是长玉村人。2013年后，再不见信用社工作人员来村上了。这时，家家户户基本上都有上万元的存款。现在更是不得了，一般的家庭都有几十万元存款。

第五节 "制种经纪人"胡兴安

"制种经纪人"这个新名词，是笔者采访胡兴安时，瞬间从脑海中跳出来的。

2014年4月末，川西坝子的油菜小麦正在由青转黄，一群群小鸟快乐地在田野间飞起飞落，公然偷吃农人的劳动果实。

长玉村国家级水稻油菜制种基地的制种油菜在制种人的呵护下，也已经悄然走向成熟。密集的菜荚子半黄半绿，闪烁着丰收的喜悦。胡兴安在田间走了一圈后，想着这一季的代管费又将到手，心情愉悦地走进长玉村部办公室，微笑着接受笔者的采访。

胡兴安身体敦实，面容黝黑，一眼就能看出是个勤劳、精明的能干人。他是长玉村2组组长，1969年出生，一直在家务农，2006年当选组长至今。当我们问起制种的事，他说："我们2组是从2003年开始水稻制种，由100余亩发展到2020年并组，制种面积也扩大到240亩，都是我带领2组农户一步步走过来的。"

2020年9月初，制种水稻早已收割完毕运送进烘房，田野如产后的母亲，安静地恢复着体力，等待下一轮的耕耘。一天上午，一辆小车开到胡兴安家门口。车上走下来一位陌生男子，60多岁的样子，穿着朴实，一下车就"鬼鬼祟祟"地向院内看。

胡兴安扛着锄头正准备去查看油菜苗床地前两天育下去的油菜种子出土了没，却见院门口来了一个陌生人向院内探望，怔住了。

陌生人面带微笑地给胡兴安递烟，问："你就是胡兴安胡组长吧？"

胡兴安诧异地看着对方："你是？"

"呵呵，我叫伍化田，调元镇的种粮大户。我是专门来找你洽谈一件事的，就是我想流转你们组上全部的制种田，每亩给600元流转费，你看如何？"对方说。

每亩600元？给的还靠谱，全部流转就是不晓得有些农户愿意不。胡兴安在脑子里飞快地想了一下，说："这个嘛，不是我一个人说了算，毕竟，农田是各农户家的饭碗，得开个社员大会，大家都同意，才行。我这里，是没问题的。"

"好，那我就等你的好消息。另外，胡队长，你还可以这么跟农户说，他们土地流转给了我，耕种需要的人工，我全请你们队上的劳动力，劳务费按每小时15元计算。"伍化田很爽快地握了握胡兴安的手。

下午，胡兴安组织召开了一个社员大会，提出土地流转的事，征求大伙儿意见，没想到的是，所有人都觉得流转价格合理，务工工钱也给得合理，几乎全部通过。胡兴安很了解全组状况，现在种田的都是60岁以上的人，他们种了一辈子田，这些年通过种制种水稻，已经不愁吃不愁穿，银行还有了存款，现在做农活越来越吃力，流转出去少操心少受累，也该享一下清福了。

长玉村2组的240亩制种田就这样顺利地承包了出去。令胡兴安没想到的是，伍化田居然打听到他是种田能手，尤其对制种有一整套经验，又找到他商量，请他帮忙，全权代管这240亩制种田的栽种、管理、收割，每亩给他50元的操心费。胡兴安想着，农忙就5月一个月，其余时间都很闲散，就一口答应了。

胡兴安一下子成为农村"新型职业经纪人"，负责安排伍化田流转本组240亩土地的育苗、栽插、病虫害防治、收割等一系列农活。其实这就是一名组长的分内事，现在还有1万多元的收入，比生产队长的误工补贴还高一点，何乐而不为？

但是，到农忙时，本组本村务工人员是很紧俏的，本村招不够，他得找熟人联系周边村镇的劳动力来帮忙。胡兴安说："我帮伍老板代管，从不敢对务工人员发一点火，生怕得罪了他们，两天就不来帮忙务工了。因为务不务工，都有吃有喝有钱花，才不会挣受气钱。我得小心翼翼地、和善地对待他们。每天务工结束，我清点了人数，算出每个人的务工时间，微信发给伍老板，他立马就把钱通过微信转过来，从不拖欠。我收到后，会微信的就微信转账，不会微信的就现金发放。因为每天都发现钱，务工人员兴致很高。"

2022年村里推行水稻油菜轮作制种，伍老板也觉得种制种油菜好，收入多。按照油菜制种公司安排，9月27—28日，是小春油菜的育苗时间。胡兴安向伍老板建议，240亩面积需要十几亩的苗床地，而制种苗床地需要沙土地，育种稳当，更便于移栽，本组没适合的，需要去邻村租苗床地。他向伍化田征询意见，伍老板说："全由你做主。"

胡兴安很意外，这个老板咋就不怕他坑？老板的信任，让胡兴安更是尽心尽力，他到紧挨绵远河的邻村租了河坝沙地育了种。

育种、移栽一切都很正常。半个月过去了，胡兴安到田间巡查时发现，本应该长势郁郁葱葱体胖叶肥了，而那些油菜苗却还是精神颓靡地枯黄着，没缓过神来。胡兴安扒开泥土看根部，新生侧根很少，根部奇形怪状地肿胀着，他急了。这一年提供种子的是什邡阳光种业公司，长玉村是与他们联合进行油菜制种的。胡兴安急忙打电话给阳光种业技术人员，他们来一看，说是根肿病，现在已无法挽救。胡兴安一打听，这一年全村的制种油菜都得了这种叫根肿病的病。他很愧疚地把这件事告诉伍化田，担心老板会扣管理费。伍化田却很宽宏大量，说："这事不怪你。"

听了伍老板这番话，胡兴安才安下心来。

这一年，伍化田的双季轮作制种失败。不只是他，整个长玉村试种的制种油菜，都得了这种病，减产一半。好在都买了农作物保险，获得了部分赔偿。

长玉村党委书记丁洪生不甘心，2023年又与在罗江口碑很不错的福乐种业有限责任公司合作。福乐种业公司防治根肿病很有经验，指导全村对所有苗床地、油菜田进行了深耕，使用石灰和药剂，居然把根肿病彻底控制住了。

胡兴安很兴奋地对笔者说："你们看，我们村里今年（2024年）的制种油菜长势好不好？我估计，今年的制种油菜亩产应该在300斤以上。"

这个，笔者信。因为在来长玉村过牌楼时，笔者已看见了油菜喜人的长势。

长玉村人以前不愿发展水稻制种，认为水稻制种麻烦，栽隔离带、传播花粉，这都是种常规水稻多出来的工序，但最近两年水稻制种工序已经改进，从育种到种子打包全机械化作业了。当村里2022年开始发展水稻油菜双季轮作时，才发现制种油菜工序更为繁杂，育种、移栽、收割都得靠人工，尤其是清杂这一道工序，需要花费很多人工。

2024年正月初三，人们还沉浸在新年爆竹声的喜庆里，福乐种业公司的3名技术员就早早地来到长玉村，通知各组组长，组织制种农户清杂，并对不懂的农户进行现场培训。

胡兴安心里焦急得很，本村的人都赶在这几天清杂，他经管的240亩需要几十个人才能在短短的一个星期内清完。到哪里去找人呢？

好在福乐公司的技术人员告诉他，金山镇、鄢家镇都制种多年，有闲余劳动力，并给了他联系电话。胡兴安喊了辆面包车，从鄢家镇、金山镇招来清杂工人，早晚接送，前前后后进行了4次清杂。通过这次清杂，胡兴安才明白，制种油菜在清杂过程中，还存在变异株。清杂结束，胡兴安算了一下，每亩人工费达500元，但想到油菜种子每斤18元，纯收入在3000元左右，也不用替老板担心亏损。更让他欣慰的是，通过这一年的清杂，福乐公司为本村培育了一大批清杂能手。

制种油菜的金黄花朵刚刚凋落，就到了制种水稻父本育种的时间3月22日了。不过，这个不需要胡兴安多操心，他只管与育种工厂负责人联系一下，把240亩父本种子的数量报上即可，育秧、栽插都不用他费力去请务工人员。现在农村的务工人员不好请，这是农业产业投资人的共同感受，胡兴安随时都要与本组的工人维持好关系，需要时才能开口即到。否则，工人就会被别人抢走。

作为农业产业经纪人，胡兴安时刻不敢粗心大意，随时都要盘算着时令，一旦误了时令，就会误土地一季，造成不可挽回的损失。因此，育完父本，他又要掐着指头盘算5月6日育母本的时间，不能浑浑噩噩过日子。而这时，也正是制种油菜的收割时期。制种油菜比常规油菜要晚些时间。以前，母本都是直播，种了制种油菜就不行了，因误了直播时间，会错过花期相遇，技术人员才推定在5月6日育种，将直播改为机插。

5月是农村最忙碌的一个月，大集体年代被称为"大战红五月"。抢收刚完成，5月中旬就要泡田插秧。插秧虽然是机插，但放水泡田这等农事，还得人工巡查管理，240亩稻田泡水，白天夜晚都得守护。

当然，这一个月忙完，秧苗移栽进了水田，胡兴安的工作要轻松许多了，只负责经管稻田的进水、放水、晒田、控制分蘖、除草。至于病虫害防治，都由农联统防统治。7月中旬，又该种业公司驻村技术员忙碌了。他们每天都要到种业园区查看，指导农户用肥料和药剂控制父本、母本花期，让它们的花期精准相遇。一直要调控到7月26日才结束。

水稻制种农户最担心的就是传花粉。因为头天下午打了"920"，第二天所有稻穗都齐刷刷长出来，在露水被阳光晒干后，就是传花粉的最佳时间，这个最佳时间段是上午10—12点太阳最晒人的时候，必须拿竹篙在稻田里来回赶动稻穗使其摇晃，以达到传播花粉的目的，头上太阳晒，脚下水汽蒸，很辛苦。所以，水稻制种农户大都患上了风湿性关节炎，每到要下雨的时候，都腰酸腿疼。因此，每年的制种水稻授粉，成了长玉村制种大户最头疼的事。首先不好找人，即使招到务工人员，还担心他们在烈日下中暑，藿香正气口服液呀啥的都得准备好。

现在好了。近些年，种子公司尝试用无人机代替人工授粉成功，开始在长玉村推广。2023年，长玉村的2500余亩制种水稻授粉也全部交给农联服务公司，由无人机传粉。公司动用了37架无人机，每天每架可以完成40亩水稻的传粉，收费500元。算起来，费用与人工差不多，人却轻松了、解脱了。村里的老农站在各自院门口，或三五成群，到田坝里生产便道边转悠，看着蜻蜓一样的无人机在绿浪涌动的稻田上飞来飞去。

"有了这个小东西，我们就解放了。"

"还不晓得产量如何呢？"

"肯定没得人工传粉做得把细。你看嘛，机插秧每亩就比人工栽的每亩少收几十斤。"

无人机在村里人的猜忌、怀疑中授完花粉，胡兴安把伍化田转给他的12万元服务费用转给农联服务公司后，不敢停歇，水稻除杂的活得马上进行。时间只有7天，每天至少要有30人才能在7天内完成240亩制种水稻的除杂任务。幸好他有经验，为防止本组劳动力被别的制种大户挖去，他早就打过招呼了。30人的除杂队伍在胡兴安的带领下，顺利完成了除杂任务。

授粉和除杂这10天，对于胡兴安来说，是最紧张最辛苦也是最关键的10天。老板了解，这10天特意给他涨了工资。

胡兴安说："老板与我之间的相互信任，是我尽心尽责的动力。"

8月25日左右，制种水稻开始收割。在长玉村的制种基地里，数台收割机在稻田里忙碌着，一块田一块田地啃食着金黄色的制种稻子。到这时，胡兴安一年的田间管理任务已基本完成。至于接下来的油菜育种，又该算是下一年工作的任务了。他的职业经纪人费用，伍老板自然会一分不少转给他。

胡兴安说："伍老板很少来长玉村查看，所有事务全权由我负责，务工人员工资等费用都由我统计汇报给老板，然后伍老板转账给我，再由我全权支付，这就是相互信任。正因为这种信任，我才敢放开手脚全力帮伍老板管理好这240亩制种田。"

当笔者问及务工人员一年最多能挣多少时，胡兴安说："挣得最多的务工人员一年能挣4万多元，二组有10余人。他们全组现在常住人口90余人，主要是60—90岁的老年人，其中还能下地干活的年龄在60—70岁，有40多人，其中有10多人长期在伍老板这儿务工，伍老板都给他们按照每亩7元买了保险。这是他们务农大半生从没享受过的待遇。

在2020年之前，胡兴安种了8亩制种水稻，另外还有2亩多旱地。收入也就三四万元，还得自己承担风险。

现在长玉村的3组、4组也以2组的流转模式，全部转让给大户种植，然后老板聘请本组或本村有经验的制种能人当职业经纪人，帮助管理。4组的老板今年也请胡兴安当经纪人全权代管，3组的土地流转给绵竹孝德镇的一个老板，请的是3组组长吴弟明代管，工资依然是按每亩50元给付。

长玉村党委书记丁洪生说："由于村里农民老龄化越来越严重，能下地干活的人越来越少，长玉村水稻油菜双季轮作制种，必须走大户制种之路，这样更便于农业机械化的推进和种子公园的发展。整组土地流转给大户耕种，是长玉村正在尝试的一条探索之路。"

长玉村这一敢为人先的举措，是否值得别的村借鉴呢？

第六节　子承父业

调元镇顺河村因每年举办油菜花节而远近闻名。在顺河村的村部，笔者见到了种粮大户刘孝东。这个出生于1985年的青年农民，身体敦实，笑容憨厚，有着农民固有的淳朴特质。同时，他的眼睛黑亮，闪烁着智慧和自信的光芒。

"现在罗江区正在创建国家粮油制种示范农业公园，调元镇就是核心区之一。我是种粮大户，又是忠全粮食种植专业合作社理事长、罗江区家庭农场协会副会长、罗江区政协委员，必须带头全力支持配合区委、区政府工作。我计划今年发展水稻油菜双季制种480亩，用自己的行动，带动乡亲们多种粮、种好粮，把饭碗牢牢端在我们自己手中。"一见面，刘孝东就说出自己的抱负。看得出，这是一个有着远大理想的农民。

本来，刘孝东是一名石油工人，在河北曹妃甸区的渤海湾一个小岛上钻井，领着每月8000元的高薪，每年享受一个月的探亲假，日子过得很幸福了。要知道，那是2010年左右，8000元可是一般工人工资的2倍以上。但是，在2014年的一天上午，家里的一个电话，让他彻底放弃了这份收入不菲的工作，回家当了一个种田的农民。

那天，天空晴好，海水与天空一样蓝得醉人。刘孝东与工友们在机器的轰鸣声中按部就班地工作着，以至于妻子打来的电话响铃都没听到，是他上厕所时掏出手机，才发现有三个家里打来的未接来电。他心里一惊：一定是家里出啥急事了，不然，妻子不会在他上班时间打电话来，因为妻子知道，上班时间他是听不到响铃的，平常要与他交流都是晚上。刘孝东急忙回电，电话里妻子泣不成声地说，父亲出车祸抢救无效去世了。瞬间，刘孝东如遭电击般，被这个噩耗惊呆了。父亲才50岁多一点，种800余亩粮田，那么强壮的身子，怎么说没就没了呢？

刘孝东强忍住泪水，向单位领导请了假，以最快的速度回到了家乡调元镇顺河村4组。处理完父亲后事，假期也快过完了，该回曹妃甸了。临出发时，刘孝东却犹豫了。他的大女儿刚上小学，老二还怀在妻子郭小艳肚子里，母亲又刚失去丈夫，情绪低落，他不忍心让她们成为留守儿童、留守妇女，还有他父亲同肖华叔叔合伙流转的那1400多亩农田，咋办？父亲一辈子都在种田，对土地对粮食有着深厚感情。当他看到周边的撂荒地越来越多时，心痛不已，便与父亲的朋友肖华叔叔把那些撂荒地和有人在城里务工没时间耕种的土地流转过来自己耕种。

是留在家乡当农民，学父亲从土里刨食，还是继续当钻井工人端铁饭碗每月按时拿工资？刘孝东面临着一个艰难的选择。

父亲走后，刘孝东似乎一下子成熟了。他是家里唯一的男丁，应该担起照顾这个家庭的责任。刘孝东思忖再三，一个电话打回曹妃甸渤海湾那个小岛，辞去了钻井工作，决定留下来，子承父业。

刘孝东与朋友聚会时认识了绵阳游仙区开服装店的郭小艳，然后恋爱，2009年结婚生子，并在安县清泉镇上开了一个孕婴店，由妻子经营，他经朋友介绍，去了曹妃甸的一座小岛当钻井工人。他从没种过田，连二十四节气都记不全，更不用说什么时候耕田、什么时候育秧、什么时候移栽、什么时候追肥、什么时候除草、什么时候进行病虫害防治……

面对即将秋播的近千亩农田，刘孝东两眼茫然。好在父亲的好友、他从小就认识的肖华肖叔叔是个种地的好手，有着丰富的种粮经验，他不懂就问他，也向邻家老农请教，才慢慢地把自己这个种田小白锻炼成一个种田能手，成为罗江区出名的种粮大户。

在这一年，刘孝东在县农业局的引导下，还注册了东娃子家庭农场。他想，既然决定子承父业种田当农二代，就要种出点名堂，以慰父亲在天之灵。

当时种田，主要靠人工，自己也没有收割机、插秧机什么的，只有一台拖拉机用于耕田。收割时节，外省的收割机大量入川进行收割服务，就请来收割，100元左右1亩，机械化收割费就要花费近10万元，还有平时播种、移栽、病虫害防治的人工费，全部扣除，赚钱不多，但是想着在完成父亲的遗志，心里踏实。他记得小时候，父亲经常说从前忍饥受饿受穷的故事，所以父亲才那么热爱种地，热爱庄稼，不怕劳苦。

尽管当初种粮遇到很多烦恼事，比如病虫害防治不经意就错过时间，肥料用多了作物倒伏歉收，尤其是粮食收回后，因当时没有烘干设备，遇到连绵阴雨天气，只好眼睁睁看着水稻霉烂、发芽，心痛不已。这些都不算什么，最让刘孝东担心的是每年水稻的病虫害防治。前些年飞防还没推行，每年都要请三四十名工人进行人工喷雾预防病虫害。这个时节正是夏季最热的时候，工人最容易药物中毒，尤其是请不到年轻人，都是60岁以上的老年人，他们对农药中毒缺乏认知，因天热，又不习惯戴口罩，很容易发生中毒、中暑现象。他印象最深刻的是2016年的水稻螟虫防治，就发生过一次严重的中毒事故。那天天气特别热，刘孝东特意让工人早点收工。中午收工时清点人数，发现少了一个人。刘孝东第一反应就是可能农药中毒了，马上发动大家去作业面的稻田里寻找。果然，那个工人昏倒在水田边，是一个60多岁的大爷。刘孝东赶紧用自家的面包车把那个大爷送到罗江医院抢救。还好他们发现及时，没造成严重后果，却给刘孝东留下了严重的心理阴影。之后，每到病虫害防治时，他都有一种紧张感。

劳力缺少、工人农药中毒、稻谷因阴雨天霉烂发芽……这些种粮的困惑、难题，一次次提醒刘孝东，农业必须走现代机械化之路。

在2017年水稻病虫害防治时，刘孝东听一个朋友介绍说，山东有家公司研究采用无人机对农作物进行飞防。他喜出望外，立马通过电话和微信联系，邀请那家公司的技术人员到调元镇顺河村做实验。当时这边还没有无人机飞防服务，顺河村属于全区首次使用无人机进行病虫害防治。区电视台得知这一消息，派出记者到现场进行了采访报道。2017年年底，刘孝东还获得了罗江区政府颁发的"农业科技示范户"荣誉称号。

但是，因无人机飞防正在实验阶段，这一年的飞防效果并不是很好。刘孝东找原因，除了那家公司飞防技术不够成熟外，还有农药的原因，药倒不是假药，是粉剂农药溶解没有水剂彻底，造成喷头不同程度堵塞，导致一片一片的水稻因为没有喷到药而出现病虫害。后来，他还特意向农药生产厂家建议生产水剂农药，厂家接受了他的建议。第二年，四川眉山有服务公司用大疆牌无人机对外接受农作物飞防业务，刘孝东就邀请了过来。这次，他用的农药全是制药厂听取他建议后生产出来的水剂农药。这次飞防，收到了像人工防治一样良好的效果。但他发现，这种大疆牌无人机有一个缺点，就是负荷轻，得不断地飞回来取药。不过，2018年，大疆牌无人机制造公司采取用户建议，技术成熟了，农药生产厂也根据无人机的负荷量，针对种粮大户按照50亩和100亩的容量进行生产包装。这样，使用起来既方便又节省时间。

可以说，2016年以后，刘孝东近千亩庄稼的病虫害防治都是依托无人机进行，既解决了缺劳动力的难题，又让他不用再担心农药中毒事故再度发生。2023年，他干脆自己也买了一台性能良好的无人机，用于庄稼飞防和水稻制种传授花粉。

不过，这几年来，在罗江区推广水稻制种、油菜制种的同时，农联服务公司的服务项目也不断完善和深入，机耕、机播、育苗、机插、飞防、收割、烘干实行一条龙的服务，种粮户不用操心播种和收获，更不用再为找不到工人而焦急，他们只管规划种什么、关注粮价。当然，这只是针对水稻、小麦的种植。油菜播种和收割，暂时还得依赖人工。

2021年，罗江区争取到省上的"五良融合"项目，"五良"即"良种、良机、良法、良田、良制"。项目落实在略坪镇的长玉村和调元镇的团堆村。刘孝东农场流转的土地在顺河村有，团堆村也有，安州区的清泉镇也有。

2021年，罗江区扩大水稻制种面积，在调元镇规划了一个制种核心区域，结合省上推行的"五良融合"项目在团堆村实施，规划面积2100亩的水稻制种产业园区。2022年，刘孝东开始试种56亩制种水稻，区政府每亩给予300元补贴。从这300元补贴中，刘孝东感受到了国家对粮食制种的重视，他也重视起来。因本地育种工厂不愿接受制种育苗服务，担心育瞎了赔付太高，他只得通过朋友介绍，选择了三台县一家有丰富制种育苗经验的育种工厂，每亩260元育种费用。栽插时，一直在追求科学种田的刘孝东了解到拔苗机插秧不易伤到根系，醒苗时间快，不易错过花期。于是，为了稳妥起见，他没请本地插秧机栽插，而是请来了三台县专门用于水稻制种栽插的拔苗机。前期工作做得稳妥，父本、母本的花期在授粉时间准确相遇，刘孝东第一年制种水稻就获得丰收，亩产达到330斤，虽然产量属于中等，但他已经很满足了，毕竟是第一年制种，经验不足，有许多地方还没做到位。2023年的水稻制种，也获得丰收。这一年，他特意人工栽插了部分制种水稻。收获时与机插田的产量对比，发现人工栽插的产量更高，亩产达到400斤。

第一年种制种水稻，每亩收入3000元左右，除去所有成本，每亩净得1300元。第二年产量均达到每亩400斤，加上政府补贴的300元，每亩净收入2000元。刘孝东算了一下，比他种常规水稻收入高1000多元。他多年前制种的愿望，在2022年，罗江区政府帮他实现了，刘孝东真正感觉到自己生活在希望的田野上。

连续两年制种水稻试种，刘孝东尝到了制种带来的甜头，心中也有了底。2024年，刘孝东根据政府扩大制种面积的规划，决定把水稻制种面积扩大到140亩，其中新增加的80亩在调元镇顺河村。他计划这80亩进行机插，团堆村60亩全部用人工栽插。他算了一笔账，机插和人工栽插成本都差不多，但人工栽插产量每亩却要高出几十公斤。

2023年，镇政府给村上下达水稻油菜双季轮作制种的任务，并规划了制种油菜片区。尽管当初很多农户不愿意种，但刘孝东一听说，内心就涌出莫名的冲动，第一个报名，愿意将规划片区内的360亩全部种上油菜制种。他知道罗江区在2023年已经获评国家级油菜制种基地，而且他已经从水稻制种中尝到甜头。现在区政府顺势而为，力图扩大油菜制种规模，让罗江安全良种种进全国更多的粮田，不仅每亩给予300元制种补贴奖励，农业农村局还指定由略坪镇农联服务公司负责免费收割，这一项免费服务可为种植农户每亩节约100元左右成本。刘孝东算了一下，仅这一项，就可为自己节约36000元左右的成本，相当于一个人在外务工一年的纯收入。

由此可见区政府对良种制种的重视。刘孝东觉得自己身为区政协委员、家庭农场协会副会长，没有理由不积极配合。

刘孝东是农二代。从2014年回乡接过父亲留下的800余亩粮田耕种到2024年，历经10年的磨砺，从一个种田小白到现在种粮经验丰富的家庭农场主、罗江区的种粮大户，他一直都在不断地探索进取、外出参观学习，不断提升自己对种粮意义的认知，明白这是关系到国计民生的大事。他很感激这么多年来区农业农村局对自己的扶持和关爱。

从2017年开始，区农业农村局组织全区种粮大户到四川的邛崃、崇州、眉山、广汉、绵竹、南充，以及广西、重庆等多地参观现代农业种业园的机械化推广应用，各种先进的育种、种植技术，他都在应邀之列。2021年，区农业农村局还把包括他在内的一批优秀家庭农场主送到雅安的四川农业大学参加农业领军人才培训班，为期半个月。在那里，他第一次学到了农业生产的理论知识，为了让学员理论结合实际，学校还组织学员到雅安周边参观了当地的现代农业产业园，学习他们的现代农机化推广应用和先进的农业生产经验。2023年正月，区农业农村局又安排包括他的罗江新农人去北京农业大学参加农业农村部为期20天的培训，在这里，他的理论知识得到进一步提升，对种粮的意义有了更深刻的认知，粮食销售理念也有了进一步提升。

2023年4月，刘孝东又被区农业农村局推荐参加省农业厅举办的"耕耘者"振兴计划10万新农人培训班，培训班为各县区培训新型主体、家庭农场主、农业生产经营者的领军人物。这是农业农村部办公厅为贯彻落实党中央、国务院关于全面推进乡村振兴的决策部署，发挥好社会力量助力乡村振兴的作用，推动农业农村人才队伍不断发展壮大，2021年与深圳市腾讯计算机系统有限公司签署"耕耘者"振兴计划战略合作协议，面向乡村治理骨干和新型农业经营主体带头人开展的免费培训。在前期探索培训模式、建立制度机制和开展试点培训等筹备工作基础上，2022年全面启动实施"耕耘者"振兴计划。

看得多，学得多，思考得也多。刘孝东把外面学到的、看到的适合本土应用的先进技术、先进理念引进来，为自己的现代农业种植服务。比如，2021年开始种水稻制种，育秧就遇到大麻烦，本地有两家育秧工厂，他去接洽，都被拒绝了。拒绝的原因是制种谷种太贵，万一育坏了赔不起。幸好他参加过多次外出学习，每次都建了学员微信群，他在学员微信群里交流时，得知三台县的育秧工厂育了多年的制种水稻，有经验，便马上联系上了这家育秧工厂，并把第一年的56亩制种种子交给他们育苗。也是在2021年，通过学员群，刘孝东了解到一种先进的"无纺布育秧"技术，这种育秧技术操作简便，省工省力省心，不用揭膜，膜会自行融化，不像以前的塑料薄膜，不会造成环境污染。在刘孝东带动下，周边的种粮大户都采用了这种育秧技术。

刘孝东一直在追求科学种田，走现代化农业发展之路。他的家庭农场土地规模常年保持在800亩左右，经营发展到现在，无人机、大型打田机、收割机、烘干机等现代化农机设备应有尽有，机械化率在95%以上，只有最基础的环节需要人工。

在农业领域摸爬滚打多年，刘孝东深知好种子有多重要。为此，他积极与种子公司、科研院所合作，开展新品种、新技术的实验、应用和推广。他曾拿出一块田给专业机构做实验。他说，不需要投入额外成本，我能掌握第一手实验数据和资料，新品种上市还有优先使用权。在刘孝东看来，这是稳赚不赔的生意。

2022年，他拿出50亩土地，与四川省农业科学院水稻高粱研究所（四川省农业科学院德阳分院）合作开展脆秆水稻实验。这是秸秆利用的实验，如果实验成功，就可以与饲料厂谈合作，将难以处理的稻草二次利用做青贮饲料，赚取双份收益。实验表明，脆秆水稻与一般水稻品种相比产量稳定，现已得到大面积推广。

刘孝东很感谢父亲给他留下的这800余亩"遗产"，是这些土地让他10年来陪伴家人，共度风雨，不用远走他乡，体验别离乡愁，依然能获得比去外面务工还多的收入。

现在，他的大女儿已经上初中，小女儿也在县城实验小学读二年级。妻子郭小艳觉得自己也该下到田间一线参与劳作了。自她生下第一个孩子后，就在家带孩子，接送孩子上学、放学，后来又生了二胎。等两个孩子能脱手了，一耽误就是10年。她老觉得这10年没为自家的家庭农场做什么贡献。其实不是这样的。刘孝东说："妻子为家庭生下两个孩子，就是最大贡献。何况，这10年里，她一直默默地做着后勤服务。我们2009年结婚后，妻子在清泉镇开孕婴店，2014年我回村继承父亲产业当农二代后，郭小艳也把孕婴店关了，回家带孩子做家务。孩子在罗江县城上学，每天都是她开车早晚接送。到农忙时节，农场需要大量工人帮工，本村请不到那么多人，就从宝林、鄠家等地请民工，也大都是60岁左右的人，需要每天接送，接送任务全部落在妻子郭小艳身上。她凌晨4点刚过就起床，开着自家那辆面包车，几个乡镇跑，接了工人，还赶着送娃上学。请的工人多时一天上百人。郭小艳送完娃，回来又要忙着烧开水往田间地头送，中午送盒饭也是她的活儿。"

刘孝东说，妻子对家庭农场的付出其实是很大的，她还总觉得做得不够。就在笔者采访的前一天，她还非要学开旋耕机，刘孝东就依了她，亲自教。郭小艳会开小车，基础好，一上午就学会了，下午就能独自下田耕地了。现在种粮，得到政府的大力支持，得到家人的大力支持，刘孝东越种越有信心，越种越有干劲。他认为，我国的大豆、玉米种子一直被外国"卡脖子"，现在我们搞水稻油菜制种，是在帮国家打"种子保卫战"，只有把安全良种掌握在我们自己手中，我们才不会被外国打压。所以，他积极响应，为国家尽自己一份绵薄之力，也为自己的家庭农场做大做强而努力。

一晃10年过去，刘孝东从种田小白成长为种田专家，在家乡的土地上实现自己的农业现代化理想，也带动了周边上百户农民增收致富。

第七节　大胆尝试

2024年4月末，笔者第二次走进调元镇顺河村，连片的制种油菜枝头结满密密实实的菜荚子，在阳光与节气的催促下，正在走向成熟。

看着丰收在望的制种油菜，顺河村党总支部副书记李中洋的眼睛放射着喜悦的亮光，说："这是我们顺河村第一年种制种油菜，在四川德油生物种子公司三名驻村技术员的悉心指导下，长势喜人，丰收在望，获得成功，我相信，我们村在今后制种油菜的推广中会更加顺利。"

不远处的田埂上，四川德油生物种子公司的技术员小陈、小冉正在田间巡查。李中洋书记介绍说，他们从4月20日就开始忙碌，每天到制种田里巡查，发现成熟一块就通知组长，再由组长通知农户进行收割。制种油菜的收割，必须由技术员把控时间，不能像常规油菜那样，农户想收就收。

顺河村是2020年由顺河村与双堰村合并而成，紧邻㳇水河，依山傍水，景色秀美，油菜种植历史悠久。每到3月，油菜花盛开，遍地金黄，吸引远近数万游人前来观赏。近些年，顺河村顺势而为，每年都举办油菜花节，成为罗江乡村旅游一大亮点。

顺河村以前从没种过制种油菜。2023年，罗江区被评定为国家级油菜制种基地，区委、区政府认真学习习近平总书记在海南考察种子实验室时的重要讲话，尤其是"种子是我国粮食安全的关键。只有用自己的手攥紧中国种子，才能端稳中国饭碗，才能实现粮食安全"，决定扩大油菜制种面积，倾力创建国家制种农业公园，规划了"一园两团、多点连片"的策略，略坪镇与调元镇并列为核心组团。任务落实到调元镇，调元镇镇政府就把任务落实到顺河村。

顺河村两委班子感受到压力。尽管顺河村地理条件很适合种植油菜，但从没种过制种油菜。因此，在第一次组织各种植大户和社员代表召开动员大会时，大家都怕冒风险，都愿意种植熟门熟路的常规油菜。一时半会油菜制种任务落实不下去，村上又组织种植户到制种多年的新盛镇、略坪镇走访、参观，请当地制种农户现身说法，讲解制种的收益与风险。

通过参观走访，大家有些心动了。当得知油菜制种从育苗到收割，都由制种公司的专业技术人员驻村进行技术指导，农户的顾虑打消了。尤其是区上给制种农户的优惠政策，更是增加了大家制种的信心：一是全区每亩补贴300元；二是病虫害防治全由农联服务公司免费统防统治，收割也全免费；三是对全村水渠、生产便道等基础设施进行全面完善，更便于机械化作业和排灌。

顺河村的青壮年大多在外面上班务工，土地80%都流转给了种粮大户。村党总支部副书记李中洋就是其中之一。李中洋职高毕业后回村做农资生意，由于农村青壮年大量外流，生意越来越不好做，他看到村里撂荒土地多，就流转了300多亩，边做生意边种粮。2014年当选双堰村村主任，2020年并村后担任顺河村党总支部副书记，现在种了450亩田。这些年来，李中洋也尝试过蔬菜种植，但没赚到钱，看到长玉村、团堆村的农户种制种都赚到钱了，他和其他大户也想搞制种，但想到制种需要隔离，流转的土地比较凌乱，与别人家的农田交叉，隔离难度大，也只是想想而已。

现在区政府这样大力支持村里搞制种，经过几次动员后，李中洋带头登记了280亩。在他的带动下，村里其他种粮大户也不愿失去这样好的机会，纷纷登记。其中，刘孝志种360亩，黄龙喜种80亩，张应扶种120亩，廖晓军种100余亩，陈孝军种80余亩，陈孝亮种80余亩……还有80多户农户参与了油菜制种。顺河村第一年搞油菜制种，就发展了1600亩。

区委、区政府布置下来的制种任务一下子得到落实，村两委感觉肩上重任一下子轻松了。但是很快他们的心情又沉重起来。村上在划定制种片区时，才发现有三家不愿搞油菜制种的农户农田夹在规划片区内，种子公司技术员说，片区内必须百分百种制种油菜。这三家农户，一家姓黄，两家姓余，共有7亩多田。村干部和种子公司的三名驻村技术员都上门做动员，进行除杂讲解，嘴皮磨起茧疤，他们就是不愿种制种油菜。田是他们自家的责任田，种啥子都是人家的自由。实在没办法说动他们的时候，种子公司技术人员向村上建议：就算把那7亩多土地以村上的名义流转过来，也要种成制种油菜。

这是唯一的解决办法了。李中洋去找三家商量流转的事，三家像商量好了似的，700元不流转，800元不流转，900元也不流转。最后，村上以每亩1000元的费用流转过来，但村上没有能力种植，村两委班子商定，交由副书记李中洋来种，由他向村上交回常规土地流转费。

栽油菜比栽水稻麻烦。水稻从育种、栽插到收割，全部都可以依赖机械化作业，而油菜从育秧、移栽到砍倒都得使用人工。

李中洋种的280亩制种油菜，移栽时可把他急坏了。留守在家的农户，都要忙着栽自家的油菜，他全村跑遍了也没请到几个帮工。好在制种公司在罗江区范围内推广油菜制种多年，帮他在金山镇、新盛镇、慧觉镇等地请来几十名工人，尽管大多是60多岁的人，但移栽油菜是手脚活，不用大力气，栽了20多天，终于把280亩油菜移栽完成。为此，在2024年区农业农村局邀请一家农机公司举办油菜机栽现场会时，李中洋特意去慧觉镇观摩学习，希望以后再不为请不到人务工而焦急。但是观摩后他觉得效果不理想，比插秧机的效果差远了。但他相信，近几年内农机设计师们会设计出更好更科学的油菜移栽机械设备，这是亟待解决的事。

正月初三，村里人还沉浸在过年的喜庆里，德油生物种子有限公司的三名驻村技术员就来到顺河村，教授并组织制种油菜清杂。清制种田里的杂株，大家都很积极，但制种油菜的清杂范围很大，不只是农田里的杂株，田周边的杂株也得清除，包括菜园里的十字花科蔬菜也得砍掉。大家都不愿意了，认为外围不属于自家的，不该自己去清除。村上顾全大局，为在村里继续推广油菜制种，便由村集体出钱，请了务工人员同各组组长组成清杂组，对全村制种田外围的地方进行了全面清杂。

清杂组清到一些农户的菜园里时，受阻了。尽管栽种时村上开了会，说好菜园里禁止栽种十字花科菜类，大家也都点头答应了，但是大多没按要求，同往年一样，青菜、萝卜、苤蓝、白菜等十字花科蔬菜一样不少地种了个遍，到正月清杂时，长势正茂，自己舍不得砍了，见清杂组要砍，追着清杂队员谩骂。清杂队员怕挨骂，不敢进菜园。作为村党委副书记的李中洋，亲自带队，一边向农户做思想工作，一边清杂。这样，才把全村油菜制种的清杂工作做完。

由此可见，任何一个新产业的落地，都不是一蹴而就的，都是要经历一些波折与探索。但顺河村油菜制种产业的落实，不仅使顺河村完善了以前在高标准农田整治中没完成的一些基础设施，还促使村里新修了生产便道两条共800米，新修水渠80米，维修水渠800米，维修了一条600米的沟渠渗漏裂口，硬化了一条一直没有完成硬化的200米断头路面。

这些基础设施的完善，都是区政府发展油菜制种的配套项目。顺河村人也看到了区委、区政府对制种的重视，尤其是今年制种油菜丰收在望，更增加了他们坚持搞油菜制种的信心。

第八节　金山镇的制种坚守

金山镇位于成德绵经济带核心区域，地貌类型为浅丘，镇区西部地势平坦，属于湖盆平地，东南部多丘陵。它的交通十分便捷，高铁、高速路、108国道都通，经济发展具有良好的地理条件，是罗江区第一大镇，2017年入选全国特色小镇，2019年入选全国农业产业强镇建设名单。

金山镇水稻制种已有40余年的历史，油菜制种也有20年的历史。制种曾经是金山镇的一大支柱产业，为当地群众脱贫致富做出过重大贡献。随着罗江区工业园区在金山镇建成，越来越多的青壮年从田园走进了工厂，农村劳力严重缺失，而制种又是需要大量人工的产业，加上一些种业公司拖欠农户种子款使农户留下心理阴影，致使很多农户放弃了水稻油菜制种，制种面积不断萎缩。尽管如此，仍然有富荣、二龙、谭家坝、马驰等村部分农户和一些种粮大户在坚持水稻油菜制种。

一个人的制种坚守

金山镇谭家坝村20世纪90年代就开始种制种水稻，全村18个组，每个组都种，面积有600亩左右，那时亩产在300斤到400斤。后来因劳动力缺乏，制种农户逐渐减少，直到现在，只有刘兴春一人还在坚持种制种水稻。

"咋才你一个人种制种水稻呢？"笔者问。

"我们村的田地不便于机械耕种，制种水稻的移栽、传粉都靠人工，累人，现在日子好过了，别的人家都不愿受这份苦了，就我这个残疾人还在坚持种。"刘兴春微笑着说，见笔者瞪大了眼睛，又补充道，"我有一条腿是四级伤残。"

当笔者听到刘兴春说出这样的话时，顿生惊讶和敬佩。

金山镇谭家坝村刘兴春今年62岁，曾是村委干部，刚退休两年，儿子媳妇在德阳上班，妻子也去了德阳帮儿子媳妇照看孩子，他一个人留守在家，成为"留守男人"。但他退而不休，种了260亩制种水稻。为此，他在2023年被德阳市乡村振兴局、人力资源和社会保障局评为"双创先进户"。

刘兴春是谭家坝村6组人，在2013年任村文书之前，是6组组长。那时，他家种有1.6亩制种水稻，每年有4000元左右的收入。2014年，种子滞销，种子公司拖欠和压低种子回收价格，一多半的农户拒绝了水稻制种。后又因劳动力缺失，制种农户越来越少，而村里撂荒地越来越多，就有些留守在家的老人把那些撂荒地捡来种，但他们舍不得投入，种得很懒，庄稼基本上都被野草淹没。

2020年，刘兴春快到退休年龄，想着退休后干啥？自己没有别的爱好，又是个闲不惯的人，就想到把村里那些撂荒地流转过来搞制种，制种比种常规粮食划算，而且他有制种经验。刘兴春就去找以前在村里发展制种的力星种业公司，询问可不可以与他们合作种制种水稻。公司负责人说，可以种，便签了制种合同。

刘兴春先流转了70多亩土地，在谭家坝村重新开始了水稻制种。这几年，谭家坝村同金山镇其他大部分村子一样，已经没有农户种植制种水稻。刘兴春成为谭家坝村唯一的制种水稻种植户，力星公司为他提供种子、技术。对于水稻制种，刘兴春轻车熟路，这一年刘兴春的制种水稻获得丰收，卖了30多万元。因他腿有残疾，自身不能下田干活，又没有农耕机械设备，田也零散，大都不适合农耕机械耕种，人工成本费用高，但除去人工、机械服务费、化肥、农药等全部费用，他还净赚5万多元。一个残疾人，从村干部职位上退下来的乡村老人，还能在家里依靠制种水稻挣到一笔不菲的钱，刘兴春已经很满足了。

周边不愿种田的农户得知刘兴春在流转土地种制种水稻，纷纷找上门来，要把自家的农田流转给他，给多少流转费都不计较，因为他们要在工业园区的厂里务工，土地流转了，心里少牵挂。刘兴春想，少是种，多也是种，尤其是县上还给制种大户每亩补贴300元、100斤化肥。政府这样支持，自己还有什么可担心的？

2021年，刘兴春正式从村干部岗位上退下来，开始专心种制种水稻。这一年，他手中土地流转到180亩，有160亩可以种制种水稻。到2023年，刘兴春手中已经流转土地260亩。这时，村里的劳动力更为紧缺，就连60—70岁的人也很难请到。插秧时节，刘兴春的260亩田，因为没有进行高标准农田整治，大多开不进插秧机，全靠人栽。插秧那天，他头天晚上请好的本村20多个插秧人，价钱也说好了，140元一天，第二天早晨，却有七八人没来，一打听，才知道这几个人被村里另一家种粮户以每天多给10元挖了墙脚。

刘兴春栽的是制种水稻，必须在种子公司规定的时间内栽完，否则就会错过花期，造成减产。刘兴春心急了，多方打听，最后通过熟人介绍，从中江县黄鹿镇招了30多名务工人员，每天每人多花100元作为车费补贴，请来干了10多天，每天上岸就发现钱，每天支出2万多元。

种子公司考虑到刘兴春是单家独户制种，便于小品种种植，从2023年开始，让他种一代亲本76亩，因带试验性质，收成不稳定，公司便给他兜底，按照每亩4500元计算收入，但要求纯度达到99.9%。看起来收入很不错，但要达到这个纯度，清杂需要花费的人工更多。因此，打了"920"后，在公司技术人员的指导下，每天都有40多人下田清杂、传粉。因正是高温天气，不仅给每个务工人员买了务工保险，还得另外加高温福利，比如藿香正气口服液、矿泉水、雪糕等。这一季做下来，仅清杂就花去人工费4万多元。

2023年，刘兴春种制种水稻、小麦和油菜，靠一己之力，为国家提供种子338000余斤，给国家贡献小麦120000余斤、油菜籽30000余斤，毛收入达90余万元。

说起种田的辛苦，刘兴春有一肚子的苦不愿向人说。他说，表面上看，他是制种大户，是种田老板。其实，很多时候，他都心焦得睡不着觉。比如，雷雨之夜，他会整夜担心稻田被水淹没，担心田埂被水冲垮，不得不起床，穿上雨衣，扛把锄头去巡查。因腿脚不方便，很多时候，一不小心，就摔到排水沟里或秧田里。放水泡田，水源最为紧张，要从4公里远的石庙子去放，每年都得请4个放水员沿途守着，一不留神，就会被沿途的农户开口，让水流进别人家田里。所以，自己还得沿途巡查，瞌睡来了就靠树干打一会盹。晚上的露水蚊子多，一会儿，额头、脚杆鼓满红包，又痒又痛。

就这样，刘兴春一个人在谭家坝村坚持水稻制种。他说，这全靠一种情怀。20世纪90年代，是水稻制种让他家和村民们修建了楼房。现在，尽管他不愁吃不愁穿也不愁钱了，但政府每年给种田补贴鼓励种粮、鼓励制种，他又不愿看到村里土地被撂荒。这些，都是他坚持种田的动力，直到种不动为止。

最早的油菜制种村——富荣村

金山镇富荣村是由营煌村、龙王村、富荣村合并而成，地处原慧觉镇场口，与绵阳市涪城区金峰镇连界。现有农户1197户，人口3600余人。

富荣村一直以制种油菜为主导产业之一，2023年制种油菜1000余亩，其中蜀粮源公司制种油菜500余亩，农户制种油菜400余亩。虽然面积不大，但油菜制种产业在富荣村从没有间断过。

村党委书记李念介绍，老营煌村早在2003年就引进什邡市孝楠公司开始制种油菜，是罗江区最早种制种油菜的村之一。第一年农户不愿种，是在村干部带动下种了100余亩，由于当时技术不够成熟，产量低，亩产仅70余公斤，折算成常规油菜收入，每亩仅多收入100多元，但还是调动了老百姓的积极性，2004年富荣村就有一个组主动联系孝楠公司，20多户农户签订了油菜制种协议，种了70多亩制种油菜，亩产100多公斤。当时，种子收购价格是常规油菜的3.5倍，就是说1斤制种油菜可以抵3.5斤常规油菜的价格，这很划算。

从那时起，油菜制种就在富荣村一直发展到现在。

因为农业农村局给制种户提供许多优惠补贴政策，比如统一飞防、免费收割、送肥料、现金补贴等，富荣村有两个有水源保障的组开始水稻油菜双季制种，水稻300余亩，油菜1000余亩，都是散户种植，每亩毛收入在10000元左右，除去所有费用，纯收入在3500元以上，有种粮大户来村里流转土地，村民不愿意。

但也有很多农户因年事已高，缺失劳动能力，不愿意种或种得不好，导致种子收入不高。针对这种现象，富荣村于2019年把这些农户的土地收集到一起，进行了综合整治，使之成为便于农机耕种耕作的标准化农田。正好，调元镇的蜀粮源农业科技发展有限公司在找农田种粮，他们四处询问土地流转的信息，后在网上看到富荣村土地流转信息，分两年在富荣村流转土地1500亩。

2023年，他们在富荣村种植600亩制种水稻，900亩制种小麦。

蜀粮源公司负责管理种植基地的人是范建平。范建平是调元镇双堰村人，出生于1977年，职高毕业后买了一辆货车跑货运，1998年入股蜀粮源公司前身——星桥粮油加工厂，2018年公司变更名称，他任法人。这一年，公司在继续大米加工生产的同时，开始租赁土地种粮。公司三个合伙人中，他负责种粮，另外两人，一个负责大米加工，一个负责销售。

富荣村一直在与多家种子公司合作，比如四川油研种业、绵邦农业科技等。由于村里老龄化越来越严重，劳动力缺失，散户种植不利于机械化推广，蜀粮源进村流转土地，带动了富荣村农业机械化的推进。他们流转土地，初衷是种植常规粮食，但见村里一直有制种油菜的传统产业，且能挣到钱，他们便在小春种植制种油菜和制种小麦，在大春全部种植常规水稻。

2017年，蜀粮源公司购买的稻谷加工出来的大米，监测时发现重金属超标的问题，给公司造成较大损失。公司三个股东一商量，决定自己从源头抓起。他们四处寻找土地种粮，有的村土地不成片不适合农耕机械耕种，有的村种出的粮食重金属超标，后来问到富荣村，与村上领导班子交流，说出有流转大量土地的需求，村两委干部非常高兴。这两年来，村上越来越多的人不愿意种田地了，更不愿意制种了，他们年事已高，而年轻人大都外出务工或就近进了金山镇工业园区的工厂。种田不仅累，而且一户人家就那么两三亩土地，即使种一季油菜制种，两季收入也不到10000元，又脏又累。没有外出的农户，守着几亩田耕种，加上政府的补贴，也很划算。但是，他们这一代已经开始步入老年了。这是农村面临的现实，村两委必须重视。而范建平的来访让富荣村村两委看到了村子新的希望。他们问范建平需要流转多少亩土地，范建平说至少1500亩，但公司想要便于机械化操作，还要保障重金属不超标。

范建平拿了富荣村稻谷去相关部门进行了重金属检测，指标完全达标。这是一个惊喜，他马上打电话告知村上，说决定在富荣村流转土地。富荣村开始从农户手中回收土地，签订流转合同，然后村上买回农耕机械，对土地进行集中整治，成立专合社，再由专合社流转给蜀粮源公司。2018年，流转给蜀粮源800亩，2019年又连续流转700亩，村上收取每亩40元的管理费用。

蜀粮源公司负责分管种田的范建平，职高一毕业，就开货运车，后入股蜀粮源公司，从没有种过田。所以他种粮，都是跟富荣村老百姓学，跟制种公司技术员学。第一年种制种油菜，全请村上土地被他流转了的农户，尽管他们都六七十岁了，但他们以前种制种油菜近20年，育苗、移栽、除杂、收割等，经验丰富，他们现在种田吃力，但是出来务工，做这些轻松活儿，还是没问题，不担风险，高兴了就去做，不想做就上街喝茶，没有一点儿压力。富荣村的这些人力优势，是范建平决定种制种油菜的信心。

村民对范建平很是友善，公司需要劳动力，他一开口喊，都愿意来务工。这些农民，尽管年龄偏高，但他们诚实、肯干，如今把土地流转给了他的公司，作为农民，手中没有农田，等于演员没了舞台，他理解他们的心情，因而，尽管一般的土地流转费是在12月底前付清，他却坚持每年在8月底付清。

范建平说，要是不搞制种，种粮食是赚不了多少钱的。他以种1亩田一年两季成本投入粗略算了一笔账：小春制种油菜收获300斤，8元1斤，2400元，常规稻谷亩产1200斤，收入约1700元，合计毛收入4100元。制种油菜田旋耕100元，移栽400元，肥料150元，除草施肥200元，清杂300元，砍收150元，收割机100元，制种油菜合计成本1400元，1亩赚1000元。农户自己种植，除去人工，每亩净收入加上政府补贴在2000元左右。常规水稻种植，除去旋耕100元，育秧100元，移栽200元，肥料300元，飞防加药费150元，收割80元，烘干50元，种子60元，每亩加国家补贴，收入在800元左右。

这样一算账，有务工能力的劳动力留在家中种田，确实收入不高，而大户种植，积少成多，收入还是很可观的。但农户把土地流转给大户，然后自己帮大户务工，远比自己种两三亩田划算。比如，富荣村一个名叫谢守德的村民，62岁，与妻子留守在家，2亩多土地，通过村专合社流转给蜀粮源公司，去年他一个人在公司务工90余天，加上在附近其他大户处的务工，共做了150多天工，收入20000元左右。仅他一个人务工，就比自己种田多收入好几倍。6组一个名叫邓培香的女人，一个人留守在家，通过帮公司移栽油菜、清杂、收割等，一年的收入也在10000元以上。

蜀粮源公司在富荣村种田，用工最高时期，每天达300多人，主要是插秧和制种油菜移栽、除杂、收割，每年给村里村民发放误工费100万元左右，他的公司每年制种油菜种子达70多吨、小麦达600吨、稻谷达1000多吨，蜀粮源公司总产值在8000余万元。

范建平说，随着农村老龄化、空心化，乡村需要更多种粮大户的参与，他们是乡村振兴的参与者，也是农业现代化发展的推进者。

金山镇是罗江区的工业重镇，不在国家粮油制种示范农业公园核心园区，但是他们获得了"全域土地综合整治试点"项目，全省20个乡镇，德阳市就金山镇一个。这是一个十分难得的机遇。

罗江区委、区政府对这个土地综合整治项目十分重视。区委书记黄琦说：要把握金山镇全域土地整治全国试点机遇，聚焦德阳"建设城乡一体的高品质生活宜居地"的战略目标，优化生产、生活、生态空间布局，着力把金山打造成为"良田集中连片、农业绿色生态、农村整洁安宁、农民和谐富足"的大美乡村罗江样板。

金山镇陈希镇长介绍，2024年主要推进土地调整和建设用地调整两个项目。土地调整就是对土地进行连片改造，小田变大田，坡地改梯田，目的就是便于农耕机械操作，推进农业现代化进程。建设用地调整就是动员散居农户到安居点聚居，缩小城乡差距，让自来水、天然气在金山镇实现全覆盖。到时，7个居民聚居点建成，宅基地复耕可为金山镇新增加耕地4900亩，还会配套建一条6米宽的生态观光彩虹道，将7个聚居点串联起来，发展乡村游，为罗江区国家粮油制种示范农业公园增加亮点。土地进行连片整治后，各村会成立专合社，再由专合社将土地流转给种粮大户，实行"公司+种粮大户+农户"等模式，进行统一规划经营，配合区委、区政府"国家级制种基地"的发展战略，积极融入国家粮油制种示范农业公园，根据需要，预计至少可扩大制种面积到2万亩。

2024年10月17日，由中交广航局第五工程有限公司负责实施的金山镇全域土地综合整治国家级试点项目正式启动。项目施工工期为1035天，主要对金山镇范围内约4.41万亩农用地进行整理，对4000余亩农村宅基地进行复垦，对273亩废弃工矿用地进行复耕修复，对参与全域土地综合整治的约6000户1.8万人进行建新安置。

第四章

朝气勃勃的新农人

在罗江的广袤田野上，有这样一群年轻人，他们怀揣着对土地的热爱和对农业的执着，用青春和汗水书写着属于自己的农耕故事。他们是90后、00后的大学生新农人。

这些年轻人，放弃了城市的繁华，投身乡村。他们有着新的理念、新的技术，为传统农业注入了新的活力。

他们懂得运用"互联网＋农业"的模式，通过直播带货、电商平台等渠道，让罗江的优质农产品走向全国乃至全球。他们还善于利用新媒体，宣传推广罗江的农耕文化，让更多的人了解和喜爱这片土地。

他们不仅是农民，更是创业者。他们成立农业合作社，吸引更多的年轻人加入，共同打造罗江的农业品牌。他们还开展农业研学活动，让城市的孩子亲近自然，感受农耕的乐趣。

在他们的努力下，罗江的农业正朝着现代化、规模化、品牌化的方向发展。他们用实际行动证明，年轻人在农村也能大有作为。

让我们为这些90后、00后的大学生新农人点赞吧。他们的青春在田野飞扬，他们的梦想在土地绽放。相信在他们的带领下，罗江的未来会更加美好！

第一节　他像一颗闪光的麦粒

在顺河村村部的院坝里，我们刚下车站了两三分钟，一辆皮卡车就开了进来。

"我们等的人来了。"宣传部的小刘说，"他是我们今天要采访的对象之一。他是一个90后，农二代，名叫张恒，出生于1997年。"

"多么年轻的农民！"当时，笔者情不自禁地感叹了一声。前些年，在笔者走过的村子，看到最年轻的农民也就是70后，现在，居然还有90后大学生回村当农民，甘愿面朝黄土背朝天种庄稼，实在让笔者颇为惊讶。

张恒身穿灰色短袖T恤，皮肤黝黑，像一颗闪光的麦粒推开车门钻了出来。他一下车，就与我们打招呼，说："不好意思，来晚了，让你们久等了。"张恒的确很年轻，娃娃脸上荡漾着真诚的笑容，"我正在团堆村指挥收割机收小麦，以前是请外省的收割机，现在好了，我们罗江成立了农联服务公司，就直接请农联机收，价格还优惠。"

笔者这才记起，现在正是"大战红五月"的"双抢"时节，为耽误他的农活感到一丝愧疚。

张恒开来的这辆车很特别，是农村里少见的皮卡车。现在的年轻人，一般都选择很拉风的越野型小车，他为什么开一辆带货箱的皮卡？

张恒见笔者惊疑地看着他的"别样"专车，笑着说："这样的车对于我们家庭农场主来说，很实用，前面有两排座位，便于农忙时接送务工人员，后面的小货箱便于携带肥料、种子、农具。你们看这车厢栏板上沿，两边都钻了两个螺丝孔眼，这是飞防时，将一块钢板用螺丝固定在车厢上，作为停放无人机的'机场'，自家农场飞防或者帮邻近农户飞防，我的无人机就在这平台上起飞、降落，我则坐在驾驶室里操作，打游戏一样，好玩又有趣……"

张恒微笑地介绍着，我们好奇地听着，并不住地夸赞他的好创意和不随波逐流的好品德。

张恒出生于1997年，是我们目前采访到的最年轻的90后农民。他2018年毕业于成都农业学院，2019年毕业于四川文理学院。作为一名农民后代，他也同众多农家子弟一样，苦读寒窗10余年，也想留在大城市，这也是父母供他上大学的初衷。毕业后，他去中化公司应聘，并顺利被录用。但公司安排他到离家乡三四十公里远的中江县黄鹿镇，在那里的石化公司服务点做推广种子、农药、化肥的服务工作。这个工作与他的初心差得太远，留在大都市工作的梦想破灭了，工作起来也就没有多大激情。不过，他通过这个服务工作，从当地前来购买农资的农民口中得知，国家对农村的扶持力度越来越大，尤其对种粮大户的重视和帮扶更多。

张恒从工作一线与农民的接触中，看到了中国农村未来的希望。继续上班还是回家种田？他做了很长一段时间的思想斗争。最后，他决定辞职回家跟着父亲学种田。

当时，他家已经种了1000亩农田，是罗江区有名的种粮大户，父亲一个人忙不过来，他想帮家里做点事，便把自己的想法跟父亲说了，父亲当然很高兴，这些年他依靠种粮，让自己的小家过上了比一般人家更为富裕的日子，便说："我就等着这一天。"

张恒父亲名叫张应扶，出生于1974年，贩卖过水果贩卖过鱼，还当过包工头……手艺有七十二行，最后，他还是回归到种田的老本行上。2015年，顺河村不愿种地的人越来越多，张应扶把别人不愿种或已经撂荒的田地承包了70亩，种菜、种粮食。第二年，又有几户主动找上门，要求把土地流转给他种。这时，张应扶手中的田有100余亩了，通过自己合理安排，虽然累，一年也能挣10余万元。张应扶尝到了种田的甜头，对乡村发展充满了希望。他不再外出做生意务工了，开始安心种田。后来，他的田越种越多，越种越有信心，到2021年，已经是种有1000亩田的种粮大户了。张应扶种的田分布在调元镇顺河村160余亩、团堆村600余亩、金山镇新塘村200亩，他早已忙不过来了，请了几个长期帮工。现在儿子主动提出要回来帮忙，当然是再好不过的大喜事了。

中江县的黄鹿镇与罗江区的新盛镇连界，距离顺河村不到30公里。张恒辞职从黄鹿镇服务点回到家里，正是春播时节。晚上，父亲张应扶对他说："我把金山镇新塘村那200亩田交给你去管理，从种到收你全部负责，敢不敢接手？当然，我不会袖手旁观，你不懂就问我，遇到解决不了的事，就跟我说，我来解决。"

张恒一听就明白，父亲要锻炼他。他想着自己都下决心回来种田了，新塘村的田父亲都种了几年了，加上有父亲做后盾，还有什么不敢的。

张恒说："爸，我现在就是你的兵，全都听你的指挥，你指哪，我就打哪。"

张恒的态度让父亲张应扶很是欣慰。

当时是5月中旬，小春已收割完毕，正该放水泡田插秧。放水泡田，本是很简单的一件事，却是张恒初试牛刀遇到的第一个大难题。200亩田，需要请一个当地人专职负责管理这一季稻田的秧水。他找了好几个本村农民，不是说没空，就是说工资太低。可父亲以前也是以这样的工钱请的管水员。张恒跑了一天，腿都走软了，还是没请到一个管水员。没辙了，只得请父亲出马。

时令不等人，放水泡田刻不容缓。张应扶接到张恒电话，立马来到新塘村，分别找到3个组的组长沟通——因为这200亩田是流转3个组的。很快，管水员在组长的协调下，确定了下来。张恒不得不佩服父亲的经验。

该插秧了，许多田用不了插秧机，还得靠人工栽插。张恒按照父亲以往插秧时的承包价每亩200元人工费，在新塘村招人承包栽秧，却请不动人。他后来才知道，新塘村的农民都买了社保，他们不缺钱，为了请他们，张恒不得不每亩多给20元人工费，才有人愿意接单，最后才达到满载满插。

插完秧，转眼间就到了水稻螟虫防治期。父亲四处请人进行人工防治。张恒在新塘村请人务工已经大伤脑筋。他想到了用无人机飞防。张恒在学校学的专业涉及适应现代农业的机电一体化知识与技术，何不学以致用呢？吃晚饭的时候，他向父亲提出购买一台无人机进行飞防，父亲担心他不会操作。张恒说："爸，我学的就是现代农机操作技术，还担心啥呢？"

有张恒这句话，张应扶不再多说，也放心了，问他需要多少钱。张恒在网上查了一下无人机价格，说，6万多元。父亲放心地转给张恒7万元，让他去买。张恒选的是最新换代的大疆牌无人机，花了6万多元。令张恒和他父亲意外的是，政府部门居然给他补贴了3万多元，自家等于就只花了3万多元。

人工喷药，一天最多10亩，还随时担心务工人员中暑和药物中毒。现在有了无人机，一天能喷200亩。几天时间，自家的水稻螟虫防治在张恒一个人操控下就完成了。因工人不好找，周边种粮大户也都来请张恒用无人机进行飞防。这一年，仅两周时间，张恒不仅把自家水稻的飞防完成，还为周边种粮大户飞防了5000余亩，每亩收服务费8元，这一季就把买无人机的成本挣回来了，以后，这架无人机就等于免费给自家使用了。

到了收割水稻的时候，张恒心慌了。他不知道第一年开始管理的200亩田是增产还是减产，他心中没底。不过，卖了稻谷后他心里踏实了，父亲让他管理的那200亩田，不仅丰收了，还遇到稻谷涨价到每斤1.5元的机遇，收入达到15万元，这是父亲以前从没卖到过的高价。父亲本来想，只要他管理到不亏本就行，目的是让他得到锻炼，没想到收入居然比以前的哪一年都高。

有了第一年的管理经验和丰收的喜悦，张恒种田的信心大增。

9月和10月，小春种完，农村进入冬闲的11月，刚松了一口气的张恒接到区农业农村局通知，推送他去雅安的四川农业大学参加乡村振兴培训，时间15天。张恒没想到，他还会再次走进大学校园，他再次感受到本地政府部门对农业的重视。他欣然去了雅安的四川农业大学，培训了15天。这15天里，张恒学到了在成都农业学院专科机电一体化学习中没学到的作物生长理论知识，更明确了乡村全面振兴进程中农村未来的发展方向，增强了他当好一个新型农人的自信。

2021年，团堆村抢抓"种子芯谷"建设机遇，整合高标准农田、五良融合等项目，初步建成2000亩现代化制种产业核心基地，带动示范连片万亩粮油产业园区建设，打造杂交水稻种子生产示范园区。这一年，罗江区进行了水稻油菜制种产业镇级片区规划，按照"一园两团、多点连片"的架构，打造50平方千米国家级制种基地，调元镇是片区之一，而团堆村是调元镇规划的水稻制种核心基地，面积1000亩，分三个标段。张恒家的600亩农田都在片区内，都该种制种水稻。但是因团堆村是第一年制种，种子公司要求每户制种农户只能种50—100亩制种水稻。张恒家顾全大局，因没经验，自家只计划种50亩，把规划片区内几百亩让出，与田块不在规划片区内的大户对调。

张恒是真的没经验。这一年，他在制种父本移栽前，按照惯常做法，给水田打了除草药，而除草药打后一般要过7天才是安全期。因怕误了花期传粉，他只得冒险按照种子公司技术员指定的移栽日期，在施除草药后的第3天就进行了一期父本移栽。父本移栽后，张恒每天都要去巡田。他是农业学院毕业的，知道移栽时还没过除草药的安全期可能会死苗，一直担心着，也一直盼望着奇迹发生。一个星期时，稻秧没转青，还是黄蔫蔫的。张恒心慌了，蹲下拔起一株查看，没长出一点白根须。奇迹终究没有发生，他仿佛被鞭子狠狠抽了一下。张恒想着自己还是农业学院的专科生，怎么会犯下这样的低级错误？他内心特别懊悔和自责。

好在种子公司为保险起见，还备有二期父本，因二期晚一两天移栽，但仍然不在安全期，所以二期也只活了一小半。这可把张恒一家人急坏了。区农办和制种公司技术人员知道后，及时给予指导，让他用磷酸二氢钾、叶面肥等药物进行挽救。还好，救活了一些秧苗。

这一年，收成自然是减产了，每亩仅达到300斤，但对于张恒一家来说，已经很不错了。他们领到区政府制种补贴每亩300元，还有庄稼保险赔付，加一起，收入还是达到每亩1000元，还是比种常规水稻划算。

第一次种水稻制种，虽然历经挫折，但张恒认为，他家的制种仍然是成功了，他会从中吸取教训，今后肯定不会再犯，何况，还有区农办和种子公司技术人员保驾护航。

2022年下半年，顺河村开始发展水稻油菜双季制种。张恒家把制种面积扩大到120亩，栽种了120亩制种油菜。油菜制种让他少操了很多心，清杂都是种子公司安排熟手进行，他不用为请不到务工人员而心焦了。他觉得，油菜制种公司服务太周到了，他家几乎只管出田地，育种、移栽等与常规种田一样管理即可，其余的都由制种公司驻村技术员操心，自己只管等待收获。

张恒说，他家的制种油菜在2024年5月7日开砍，在5月13日笔者采访他时，制种油菜刚收打完成，每亩产量260斤，因清杂、病虫害防治是种子公司安排进行，交售时扣除服务费每斤7.5元，收入也很可观，比种常规粮食翻了2倍。

笔者问他今年还会不会扩大油菜制种面积？张恒说："制种油菜从栽到收，主要靠人工，今年砍制种油菜，每天都有40个工人劳作，承包给他们每亩150元，连续砍了3天。一般一人一天至少能砍1亩，有厉害的角色，一天砍2亩。因本村种粮大户多，不好招工，这些工人，几乎都是在金山镇那边请的。"

最后，他像表决心一样说："尽管如此，我家也要积极配合支持区政府'打造50平方千米国家级制种基地、梯次建设3万亩水稻油菜双季制种"五化"基地'的任务目标，在2024年，将水稻制种面积扩大到600亩，制种秧苗都已经育好了，现在就等泡田移栽。"

笔者问："水稻制种也需要人工除杂，将来对人工需求量更大，你不怕招不到工人？"

张恒说："工人确实不好招，且人工费用比机械耕作费用高得多，我们更看好农业现代化的发展。去年，全镇就新购买了10台大型农机，6台智能化大疆T60无人机。我家的家庭农场也一直在向着现代化农业生产的方向走。这些年来，我家已购置耕田、播种、施肥一体化的东风井关牌拖拉机和插秧机、插秧机专用秧盘，2023年又购买了一台全智能化T60无人机，能智能识别农田上空的电线、电线杆，我操作时，不用像以前那样，拿着遥控器跟着飞机跑，坐在自己那辆皮卡车驾驶室就能安全操控。现在有农联服务公司，他们的机械设备齐全，自己的机械设备不够用或忙不过来，都可以请农联的机械设备上门服务。比如插秧机、收割机等。"

听完张恒一席话，笔者不得不对这个90后农民刮目相看了。

张恒不仅勤勤恳恳种田，也积极参加市团委、区团委的各项活动。

2023年夏天，张恒接到罗江区团委电话，通知他参加2023年共青团德阳市委深入实施德阳创业新星计划活动。这个计划每年提供1000万元资金，评选100名"创业新星"，每名发放10万元创业无偿扶持资金。区团委需要先组织"创业新星"演讲评比活动，选出优秀者参加市团委路演评比。他写了一篇《种子芯谷，致富稻路》提交给区团委，区团委在"罗江人才中心"举行路演选拔，由专业老师指导。那次，罗江选出张恒等7名回村大学生去参加德阳市路演竞赛。在德阳，共40多人参加，罗江有4人通过，其中一个就是张恒，他得到了10万元创业扶持资金，一家人都为他高兴。但是，张恒却感受到这10万元创业基金的责任与担当，他不敢乱花，他想好了，要全部用在自己家庭农场农业现代化建设的投入上。

让张恒意外的是，三个月后，市团委还专门回访了他，问他资金的用途，问他还有需要帮助解决的困难吗？虽然是简单的回访，传递的却是关爱与温暖，让张恒很感动。

张恒父亲在2019年就注册了家庭农场，家庭农场的名字直接用的张恒姓名，叫"张恒家庭农场"。张恒觉得太土了。笔者开玩笑说："这是你父亲对你寄予的希望和信任，要你用姓名担保将来家庭农场的兴旺，哈哈。"

张恒也腼腆地笑着，笑容中充满了自信。他说，在调元镇，与他一样返乡种田的90后还有好几个。这句话提供的信息，让我们感到兴奋和惊喜。

第二节　种田的"包工头"

采访完张恒，我们又驱车前往百花村。听张恒说，调元镇百花村有一个90后，2022年前，在城里承包幕墙工程当包工头，2023年回村种田了。不只是种了几亩、几十亩，而是种了400亩，还开创性地给每一块田都安装了进水开关，买回了罗江区第一台平地机……

怀着敬佩之情和一名纪实文学写作者的责任心，尽管时间已经是下午5点了，笔者采访完张恒，还是驱车前往百花村2组见到了他。他的家乡紧邻泞水河畔，顺着河谷，山丘挟持的是一片地势开阔平坦的沃野，当地人把这片沃野叫作云龙坝。提起云龙坝，罗江人都知道，罗江清代才子李调元的祖父李家旺就出生在这片土地上。

5月中旬的云龙坝，正处于"双抢"时节。田野里，油菜已经收割，收割后的油菜田正在进水泡田，为制种水稻父本15号移栽做准备。连片的金黄麦田里，收割机正在突突突地忙碌着收割。

我们的采访对象站在生产便道上，查看一块正在被一辆拖拉机翻耕的农田的水位，似在准备着随时关掉水龙头。

这个90后名叫罗乔，家住百花村2组，1991年出生，2010年毕业于四川通用电子科技学校。

生产便道的另一边，是成片的小麦，在静待收割机的光临。

"那边的小麦还没收，咋这边就进水泡田翻耕准备插秧了？"笔者费解，问罗乔。

他说："这些田是刚收完制种油菜，为了赶栽制种水稻父本，才急忙泡田翻耕。距移栽只有两天时间了。"

百花村不在调元镇制种核心区域，他种制种油菜，是在种粮大户伍化田的介绍下，私下对接，联系上科乐公司种的，他种了80亩，余启贵种了60亩。昨天才完成收割，腾出田来轮作制种水稻。

笔者问及油菜制种产量，罗乔表情有些悲观和沮丧。他说："明年不种了。"

"为啥？"

罗乔少年老成般地叹息一声，说："种子公司的技术员好多时候都不在村里指导，自己又没经验，没防治好菌核病，等发现发生了菌核病，油菜已经到了传播花粉的时期，这时我们已经请了养蜂人的蜜蜂帮助传播花粉，每亩费用20元。有了蜜蜂传粉，就不能施药，会把蜜蜂毒死，又恰遇阴雨天气，造成制种油菜平均亩产量可能不会超过160斤，今年每斤价格也比往年低1元多。不过，今年小麦丰收，也算有了点安慰。"

"明年不种制种油菜了。"罗乔似乎下定了决心，重说了一遍。

"那，全种常规粮食？"

"不。我要种制种小麦和制种水稻，这个也可以轮回制种。"罗乔眼睛亮了一下。

笔者所了解到的，罗江这两年极力推广油菜水稻双季轮回制种，这个90后罗乔居然要独自尝试小麦水稻双季制种，真有种初生之犊不畏虎的闯劲。

据笔者了解，罗江区没有推广小麦制种。问罗乔，他说这是他私自与一家小麦制种公司定下的协议。

通过简短的交谈，笔者发现罗乔身上有一种敢为人先的精神，这正是我们这个时代所需要的，也是乡村全面振兴道路上所需要的。一切落后的按部就班的传统种植模式，在新时代乡村全面振兴进程中，已经逐渐被现代化的先进机械和技术取代。

我们跟随罗乔从农田边回到他家的四合院，100余平方米的院坝里堆满了黑色油菜籽，这是他家刚收获的制种油菜籽。此时太阳已经落坡，他的母亲——一个50多岁的女人正在用木推子一推一推地收拢，很快院坝里堆起一个小山丘。

罗乔就忙着给我们抽板凳，拿矿泉水。我发现他家堂屋门旁放着好几件矿泉水，我猜，是为他家请来务工的工人准备的吧。

聊起罗乔的过去，才发现，这么年轻的他，经历却很丰富。

2010年，罗乔从技校毕业后，为了让他不再种田，父亲拿了一笔积蓄给他，让他在罗江县城租房开了一个小卖店，烟酒副食啥都卖。在城里，这样的店太普通不过了，因缺特色，生意自然不好，一年不到，罗乔就彻底失去了在城里开店的信心，关店大吉了。第二年，他跟村里人去了江苏务工，先在皮革厂干，后又进了一家食品厂。这一出门打工就是7年才回家。那是2019年，他父亲在村里承包了40亩农田，他回来是想在农业种植方面做点事。因为他在外务工时认识一个上海朋友专门投资农业产业，还赚了大钱，鼓励他按照他的模式进行农业产业投入，但要100余万元，罗乔一听就吓傻了，他家哪有那么多钱，便放弃了。父亲和母亲身体都好，种40亩田不算多，就让他们继续进行传统粮食种植。罗乔决定继续外出务工挣钱。

在一个朋友的介绍下，他去了成都，在一个做幕墙的公司里打工，与老板对接时，说好每天200元工钱，每个月结清。

罗乔出身农村，干活很卖力，从不懂得偷奸耍滑，几乎每天都是干了睡，睡醒又干。他的吃苦耐劳，被老板看在眼里，第一个月发工资，就发给了他1万元，这让他太意外了。拿着这么高的工资，老板人又这么好，罗乔舍不得耽误，做工更是卖力，一连干了3个月都没回家，赢得老板信任和赞赏。

3个月后，老板发现罗乔还会识图，问他："你咋个学会看图纸的？"

罗乔不以为意地说："技术学校学的呀。"

老板惊讶身边还有一个这样的人才，这是他一直没寻到的，便收他做徒弟，还提拔他当领班。

工地当领班，就是给工人派活，指挥他们照图施工，把好质量关，顺便帮着公司做招投标、工程预算等。活路轻松多了，罗乔的技术在师父的指导下，也日益精进。半年后，师父觉得他可以独当一面了，直接把简阳一栋标志性高楼层建筑的幕墙工程给他做，工程款就有400万元。

在打工圈子里，有一句流行语："活路好做钱难收。"这句话在罗乔身上就应验了。简阳的这处工程做了一年半，交工了，但甲方拖欠了罗乔30多万元工资款。

简阳工程完了，罗乔师父又介绍他到宜宾、成都、绵阳等地做了6个项目，干了3年，结账时几乎每个项目都或多或少拖欠几万元或上10万元工程款。这3年里，罗乔边做工边催收拖欠款，但对方都找一堆理由推说没钱，一次次地讨要，一次次地空手而归，这让罗乔越干越心冷。

2022年10月，百花村2组、3组有高标准农田整治项目，这是区政府分下来的任务，就是把村里农田收拢，便于一起进行机械化耕作、排灌的农田整治，然后承包给种粮大户。一天晚上，罗乔父亲打电话跟他商量，问他做不做田，家门口那一大片田都整治成高标准农田了，全部可以进行机械化耕种，现在浇灌比以前方便多了。

因连续几年的工程拖欠款都没收到，同时好些企业、门店都在关门。罗乔感觉到外面的钱越来越不好挣，他心灰意懒，心里早已不想干了，他立马回复父亲："种呀，家门口的田，再高的流转费都给我拿下100亩。"

这几年，每想到外面欠下的工程款，罗乔就心烦头疼，睡不好觉，要是能承包下那些高标准农田，安心回家种粮，对于自己来说，也是一种治愈。他虽然人在城里，但他一直在关注"三农"，他看到国家对农业的扶持与投入，重视程度越来越高，他常在夜里想着乡村未来的走向，振兴与发展。外出务工这10年来，罗乔学到了很多，经历了很多，也思考了很多。他认为，回乡种田一定会大有作为。

2022年11月20日，村上举行了竞标会，当时罗乔在绵阳工地忙，没有空回百花村，是他妈妈去参加竞标会的，后来以每亩800元承包费承包了110亩高标准农田。其实，这也是整治后高标准农田承包的统一价格。以前，罗乔父亲流转的那些土地费都很低，有200元1亩的、300元1亩的，最高价400元1亩。

流转高标准农田到手时，已经错过小麦播种时令。他父亲还是请了播种机，全种上了小麦。他父亲说："晚就晚点，大不了少收一点，总比荒着好，流转费那么高，收到的粮食卖了也可抵一些流转费。"

以前父亲种那几十亩田，都是人工，尽量自己干，少请人节约成本。现在田多了，他不得不依赖机械。

因为种小麦错过了季节，把小麦卖了一算，平均每亩收入就900元，因小麦成本在850元左右，这一季算是亏本了。收割了小麦，罗乔把绵阳的幕墙项目完成了，就没再接项目，回到家乡正式接手种田。他算了一笔账：请拖拉机，每亩100元，油钱最多耗费20元，如果自己有，这1万多元就自己挣了，一年两季，就节约2万多元。把自家的活干完，还可以为周边农户服务，自己不空可以请人帮忙，还是可以去外面挣钱。2023年，他一接手种田，就拿自己做工程挣到的钱买了一台拖拉机，政府给了将近一半补贴，自己只花了7万多元。罗乔算了下，只需三年时间，成本就回来了。

罗乔说："比如，你们这时采访我，我请人开拖拉机，这时我还是在挣钱。这就是我下决心买拖拉机的原因。"

笔者听了，不得不佩服他的经济头脑。他还说，去年年底，他还定了一架大疆无人机，今年水稻病虫害防治之前交付使用。

罗乔说，区农业农村局有一个针对种粮大户扶持补贴项目，包括农业机械投入、农田基础设施改造投入和种子、化肥、农药等，补贴比例接近一半。这个补贴让罗乔热血沸腾，他去年总投资37万元，买了拖拉机、无人机、插秧机，还买了11万元的农业灌溉水管，接通了每一块田，并在每一块田进水口安装了水龙头。这样，他就不用请人管理放水，每亩可以节约100元人工费。而且管理田间用水特别方便，他把无人机放出去飞一圈，就可以观察到哪块田水够了，哪块田缺水，然后出去开关一下水龙头即可。

罗乔颇为自豪地说，他家是罗江区第一个安装灌溉管道的。不久，五星村一个种粮大户看了他的灌溉管道，觉得很不错，也给田里安装了灌溉管道。

笔者有些疑惑，问："为啥其他农户不安呢？"

罗乔说："主要是种田不是很赚钱，一般的人都舍不得投入这部分资金。"

罗乔现在还在默默地干一件大事——着手改善土壤质量。以前，百花村因办过化工厂，造成土壤重金属污染，每年收到的稻谷检测都重金属超标，让百花村出产的粮食卖不了价钱。他去年就开始用一种名叫"史丹利"的肥料对被污染的土壤进行修复，每吨5400元。

罗乔说："虽然投入高，但我既然下决心种粮了，就要种出安全粮、放心粮，去年收到的粮食已经通过达标检测。"

眼下，正是抢收抢栽的"双抢"时节，罗乔很忙，他家的制种油菜刚收回家，小麦还在农田里，得马上腾出田来，赶紧栽插制种水稻。今年，调元镇扩大800亩水稻制种，罗乔计划种100亩，苗床里的秧苗长势很好，他正在全力泡田耕田。他说："水稻制种技术人员叮嘱过，5月15日父本一期二期都要栽下田，不然，会耽误花期相遇，会减产。"

罗乔去年还流转了90亩旱地，都是百花村2组的撂荒地，今年又流转了200亩旱地。旱地是一般种粮大户都不敢接手的，因为旱地都在山坡上，农耕机械去不了，都得靠人工。但是，罗乔视野开阔，他在抖音上发现了一种专门用于帮助旱地耕种的平地机。去年，他通过抖音平台联系到供应商，是山东德州的，觉得技术含量较一般，没下手。今年他又看到黑龙江佳木斯市一家工厂生产的"卫星平地机"，可以通过卫星调节铲板高度，从而达到平整度误差小于3厘米的水平。

他说，这种平地机需要拖拉机带动，原来一台拖拉机忙不过来，今年，又买了一台，花了17万多元，因不在去年那37万元补贴项目内，这次只享受了2万多元国家补贴。

罗乔的平地机也是罗江范围内第一家家庭农场买回的新型机械设备，大多数人听都没听说过。刚买回来，周边的种粮大户闻讯就找上门来，签订了800亩的平地作业合同，每亩费用250元，插完秧就可以去干了。他说，这800亩地平完，机械成本就收回来了，今后使用就是赚到了。白马关镇、新盛镇的政府部门也来邀请他参加高标准农田改造的平地项目，因忙不过来，拒绝了。

到2024年为止，罗乔手中已经有400亩水田和旱地，水田主要种制种，旱地主要种玉米。罗乔说，他先把这400亩土地种好，因为不好招工人，还得先把务工人员稳定下来，再做其他打算。关于种田，他还有许多想法，他都会一步一个脚印走实，敢为人先去探路。比如，他还计划给旱地安装灌溉系统，让旱地不再望天吃饭，也能旱涝保收；改良土壤，少用农药化肥，种出有机粮食、生态粮食，保障粮食安全。但是，他又说，他接手种田不到两年，步子迈得太大，投入有点多，资金压力大，正在反思。

最后，罗乔很高兴地告诉笔者，就在他接受采访的前一天晚上，什邡市在百花村罗乔的小麦田边开现场会，因罗乔试用了他们的增产配方技术，小麦亩产达到1300斤。今年的小麦，超过了历年的产量。

罗乔感慨地说，前几年，每次收不到拖欠的工程款，自己都心烦意乱，茶饭无味。现在回家一心种田，政府有补贴，制种有技术人员指导把关，庄稼买了保险，收入有保障，不用担心亏本，心里早已把那些收不到的烂账放下，过得很踏实。

采访完罗乔，已是傍晚，但笔者觉得值。笔者发现他是一个很有抱负的90后新农人，他正在一步一步地按照自己的理想和规划前行。笔者相信，他会在乡村全面振兴进程中干出一番事业。

第三节 福乐种业的两兄弟

福乐种业是以油菜新品种研发为核心的公司，2013年注册成立，在罗江区、旌阳区有两处基地，罗江区以科研、生产、新品种展示为主，科研基地约有130亩，常驻研究人员有6人。生产基地约有7000亩，常驻技术员有12人。旌阳区以仓储为主，仓储面积约3000平方米。公司的科研方向主要是核两系、核三系、质三系的耐病、抗倒、高产量、高含油性状研究。公司创始人名叫郑天福，什邡人。

2024年5月14日，笔者在罗江区新盛镇罗汉村福乐种业基地采访了公司的两名90后技术人员，也可以说他们是福乐种业公司的油菜制种二代。

郑飞

郑飞，出生于1993年，2016年毕业于四川邮电职业技术学院，2023年四川农业大学本科农学专业毕业。郑飞是福乐种业创始人郑天福的儿子，2017年到罗江区新盛镇罗汉村基地工作，一直到现在。笔者有些诧异，一个从小在什邡城里长大的90后，居然在这样偏远清寂的乡村一待就是8年。

8年的乡村一线生活，已经把郑飞陶冶出一身"农人味"，皮肤黝黑，笑容淳朴，谈吐真诚。

他是怎样挺过来的？

郑飞的老家虽然在什邡县城里，但童年时光几乎都是在马祖镇乡村度过。20世纪90年代到2000年初，父亲在什邡一所科研院所上班，从事油菜制种研发，院所基地在马祖镇。2006年，他父亲到德阳的四川科乐油菜研究开发有限公司上班，已经是公司技术骨干。这时的郑飞还在什邡上学，2009年到2013年，在绵阳、德阳读完高中，之后到成都上大学。这时，他的父亲决定自己创业，在罗江区新盛镇罗汉村选定了油菜制种基地并落实，成立了福乐种业公司。这一年暑假，郑飞第一次来到罗汉村，制种油菜已经收割，公司正在收购当地农户的制种油菜籽，每天开货车出去，收满一车又运回基地。因人手不足，正好郑飞放暑假来了，就让他帮忙。天那么热，他心里不想做事，但看着父亲他们一整天地忙不停，还是做了，收购、发货、育种，等等。每天从早忙到晚，每天都汗流浃背，他忍着。因为，他看到父亲公司的其他员工，干的活都比他累。

此后，几乎每个寒暑假他都在新盛镇罗汉村度过，顺便帮帮忙，当成打假期工。

2016年郑飞大学毕业了，说实话，他不想到父亲的种子公司上班，便在成都一家种子公司找了一个销售种子的工作，很轻松，不晒太阳不淋雨，但上了半年班，他觉得不适合自己。这半年里，他一直在想，自己总不能就这样碌碌无为地过吧？2017年2月，郑飞辞了职，来到了新盛镇罗汉村父亲的种业基地。当时他并没想到去基地上班，只是一时迷茫，不知道自己何去何从。耍了两个月，觉得耍着也很无聊，就跟他父亲说，想找点事做。

2月下旬，正是制种油菜清杂的忙碌时节，公司的技术人员从早到晚，都各跑各的定点村，指导检查制种农户清杂。而他，一个成年的大小伙，整天耍着也不成体统，父亲就跟他说："你跟李叔到天鹅村去，我跟他说了，让他带你。"

父亲口中的这个李叔名叫李军，是父亲公司的技术骨干。第一天到天鹅村，李军不只教制种农户清杂的方法，也顺带教郑飞。第二天郑飞就能按照李军的方法对农户清杂后的制种油菜进行质量检查，若发现有没清除的，再指导农户继续清除。油菜清杂不是一两次就能清除干净的，需要连续检查清理三四次，才能保障种子的纯度。

生产忙完了，父亲就让郑飞跟着他观察科研材料。材料室是公司的核心"芯片"，一般人是进去不了的。郑飞感受到了父亲对自己的厚爱。"材料"是制种人惯常的叫法，其实就是公司的种子资源。公司的种子资源有三四千种，通过观察，选择自己认为比较适合市场需求的材料。因为种子是杂交的，材料不是都能用，必须是优中选优，通过不断的观察，选出最优质的父本或母本。到现在，郑飞父亲公司已经储存了1万多份材料（种子）。郑飞说："这1万多份材料，就是我们制种公司的'芯片'，不能轻易传给外人。"

在公司实习两年时间，油菜制种的全套技术郑飞已烂熟于心。2019年，父亲觉得他可以独当一面了，安排他到旌阳区黄许镇宏山村当驻村技术员。宏山村种了制种油菜600亩，郑飞去时是宏山村第二年搞油菜制种。黄许离德阳很近，他白天去宏山村上班，晚上回德阳住。从指导农户清杂到收割，郑飞每天都往宏山村跑，风雨无阻，从不耽误。他想，父亲信任自己，第一次当驻村技术员，他必须认真负责。努力没有白费，宏山村这一年的制种油菜没出一点纰漏，丰收了，制种农户个个见着他都脸上堆笑，会亲切地打招呼，送自家果树上的水果给他吃。

农民的淳朴让郑飞喜欢跟他们打交道。

2019年9月，刚指导农户育完制种油菜苗，是油菜制种公司工作人员稍微轻松的时间段。郑飞在心里计划着去哪里游玩几天，放松一下。四川农业大学吴永成教授却对他说："小郑，你是你爸公司的未来，我建议你去川农大系统地学习半年理论上的东西，这是你欠缺的，也是未来必须掌握的。"

吴永成教授是研究油菜制种方面的专家，是父亲以前在德阳科农公司就认识的老朋友。吴教授的建议正是郑飞一直的想法。他这两年来通过指导农户制种，跟着父亲学习观察材料，只是掌握了实际应用技术，有了现场实践经验，但就是弄不懂一些理论上的知识。吴教授的建议激起了郑飞的求学欲望，他跟父亲说出自己的想法，父亲非常赞同和支持，说："为了公司的长远发展，你去学，要认真学。"

吴教授把农学相关课程的时间安排给了郑飞，让他自己把握好时间，并把教材都给了郑飞。

郑飞去了，他要在半年之内把大一大二大三的农学方面的科目修完。但2020年突发的新冠疫情，阻碍了出行。疫情过后，他又去了四川农业大学继续学习。

郑飞说："通过这一次的学习，收获最大的就是以前在现场实际操作中郁积在心中的许多'为什么'得到了解答，专业理论知识得到提升和充实。"

2020年9月，公司继续安排郑飞一个人负责黄许镇宏山村600亩的油菜制种。按照惯例，由村上组织制种农户进行一次育苗前的制种知识培训讲座。以前郑飞从没当着那么多人面讲过制种课，这次虽然是第一次，但经过四川农业大学的学习深造，有知识做后盾，他一点也不紧张，面对众多双眼睛的注视，仍能镇定地侃侃而谈。他特别强调了父本母本不能混淆育种，菜园里不能种十字花科蔬菜，比如苤蓝、白菜、青菜、萝卜等，否则清杂都会被砍掉。

9月是油菜育苗的时候，尽管他在培训会上重点强调了不要把种子的父本与母本育混淆了，村里1组的李大婶还是犯糊涂，育苗时混淆了。这天是10月20日，从苗床地移植大田，郑飞巡查时发现的。郑飞当时很惊讶，幸好他发现得早，要是发现晚了就只能当杂株全部砍掉，农户损失就太大了。郑飞马上联系1组组长，一同找到户主李大婶。李大婶50多岁，男人在外务工，她一个人留守在家。1组组长告诉郑飞，李大婶神志有些恍惚，脑子不好使，家庭状况也不是那么好，问郑飞有什么挽救方法。

郑飞说："唯一的挽救方法就是清除父本与母本，重新栽种。"

李大婶说："我认不出来哪是父本，哪是母本呀！"

"我帮你认。"郑飞说。

连续两天，郑飞都在李大婶的菜田里，帮着分辨出父本与母本，进行重新移栽后，他才放下心来。

2021年2月，宏山村油菜清杂工作开始了，大多数农户都很支持，甚至主动把菜园里的十字花科蔬菜砍掉，但5组有一家农户不愿意砍，他说："菜长得正好，砍掉太可惜，自己下不去手。"

郑飞说："你要顾全大局，不砍，全村600亩制种油菜纯度达不到标准，你赔得起吗？"

"你以为你是谁？让我砍我就砍？"那个人蛮不讲理地回答。

组长说："我不敢去砍，怕挨骂。那家人自家没种制种，心里不平衡。"

郑飞说："那我去帮他砍，我不怕挨骂。"

作为公司外派驻村技术人员，他必须对宏山村全体制种农户负责，何况，这一年这个村种的是贵州的一个新品种，不能因为一个螺丝打坏一锅汤。第二天早上，郑飞巡查到那户人家菜园，青菜已经出花苔了。清杂时节，他巡查时都带着砍刀，他立马将那几株菜砍掉，自然迎来菜地主人的一顿谩骂。"骂就骂吧，我郑飞该做的事还是要继续做。"第二天，他又去砍了几株，第三天、第四天……每天砍掉几株，直到把那家菜园里十字花科蔬菜全部砍完。

那家主人骂了两天，自然受到村里人指责，自觉理亏，不再骂了。后来郑飞巡查路过他家院门口，还喊郑飞进去喝茶，态度来了个180°大转弯，让郑飞颇感意外。

清杂期间，还发生了一件意外的事。那天早上，郑飞刚从德阳来到宏山村村部，1组的制种农户就围住了他，弄得郑飞一头雾水。

一农户说："我们组的油菜，比其他组的油菜长势又瘦又小，杂株也多，青芽期又病重，肯定是你们的种子不正常的原因，你得给我们一个说法。这杂我们也不清了。"

郑飞这才记起，1组种的与其他组品种不一样，是第一年试种的新品种，来自贵州，种了160亩。郑飞便同1组组长刘祖荣一起去一家一户安抚情绪，由他向1组20多户制种农户保证：别的组制种农户亩产达到4000元，公司保证他们收入也达到4000元。但是，1组农户不愿意清杂了，说责任全在公司。郑飞觉得公司应该承担这个责任，便从金山镇、鄢家镇招来民工对1组160亩制种油菜进行了清杂。收购油菜籽时，公司给他们按照其他种子的1.5倍价格收购，保证了1组农户的正常收入。

因为这件事处理得让村民满意，他们对福乐公司更是信任，与公司的人至今都相处得非常融洽。

郑飞说，收购种子的时候，是自己最开心的时刻。因为那些种子，从育苗、移栽、清杂、传粉、除草、病虫害防治到收割，每一道工序，都由自己指导、监管，为农户制种保驾护航，直到丰收了，看见农户幸福的笑脸，自己也有满满的成就感。

收购种子，公司开货车去，他需要监测水分、净度，然后装车、下车、入库，正是大热天，看起来轻松，其实是很辛苦的，每天的衣服都会湿透。这些苦是别人不会了解的。有时还被农户冤枉，内心就更难受了。

就在2023年夏季，收购宏山村油菜籽时，农户刘翠芳两口子种了11亩制种油菜，自己开一辆三轮车运到村部收购点来卖，车厢上码得老高。过完秤，在蛇皮袋上写下农户的名字，就直接搬运上了公司的车。刘翠芳清点她家的油菜籽袋数时，发现少了一袋，当时就大吵大闹，说郑飞他们贪污了他家一袋油菜籽。

郑飞安抚刘翠芳说："收购的油菜籽都码在公司派来的货车上，即使贪污了，也应该在车上。"

回基地时，郑飞让刘翠芳跟车到公司基地，下车时一袋一袋清查，每一袋都有各家制种农户的名字，刘翠芳家还是那么多袋，她再无话可说，公司又派车把她送回宏山村。后来，郑飞再到宏山村，村里人说，她家的油菜籽在运往村上收购点时，掉了一袋在路上，被别人捡到了。

原来是这样一起乌龙事件，闹得双方心情都不好，刘翠芳每次在村里的路头路尾碰到郑飞，都勾着头，流露出一种愧疚感。

但也有很多欣慰的事。比如，2023年9月，公司选育的黑正3系，在苗床地里看起来很一般，到2024年4月，发现株高比一般油菜低。郑飞把这个发现告诉了他父亲。郑天福十分惊喜，说："这种油菜抗倒伏能力强，今年长江中下游正需要这种材料，这是一种意外收获。我们两三年内，肯定能培育出这种低株抗倒伏的优良品质。"

不过，公司的优良品种，总会被别人惦记，偷去作为他们的材料。2021年12月，一个朋友在绵阳三台的一家制种基地，就发现一个组的油菜株型、叶片与福乐公司的亲本相近，郑飞和他父亲听了都很震惊，决定去核实一下。他们父子两人同公司陈经理悄悄地开车去取了叶片，送省农科院质检所检测。福乐公司申请了植物新品种保护，留存有种子基因。通过检测对比，得出结论：相似度达90%。很明显了，这就是他们公司的原种。回到罗江，福乐公司向罗江区农业农村局汇报了此事，由区农业农村局出面联系那家制种公司。那家制种公司自知理亏，答应协商私自解决。因为他们发展这种品种有300多亩，若按照法律，需要全部铲除，若真要全部铲除，当地有几十户制种农户肯定不依不饶，一起群体事件是避免不了。福乐公司本着宽容态度，双方通过协商，赔付了60万元，公司与他们签订了授权生产合同，这事就算了结了。不然，那300多亩制种油菜如果被铲除，那家公司仅向农户就要赔付100多万元。

从2021年至2022年，公司的种子还发现被其他两家制种公司偷种，面积小一些，确认后，都做了低调的协商赔付处理。

郑飞说，经过这几起事件，公司注意加强自身的防范意识，要求每个村的驻村技术员加强防护。这几起事件也充分证明，福乐种业公司制种油菜的领先性、前卫性。

现在，郑飞几乎不外出驻村当技术员了，他在基地办公室，全面负责公司的核心技术研发和良种选育。

郑阳

郑阳是福乐公司新招进的另一名90后技术员。他是2021年3月进的福乐种业公司，是郑飞的堂弟，郑天福是他大伯。

郑阳出生于1998年，2019年毕业于成都航空职业技术学院，数控专业。毕业后在贵飞飞机制造有限公司上班，月工资在7000元左右。按说，这份工作也不错了，郑阳却觉得每天按部就班，生活平淡如水，没有奔头，离家也远。在贵州上了一年半班，他辞去了工作，决定回到德阳家乡，跟着"飞哥"超。

郑阳的父亲在什邡市政府部门上班，他从小就生活在城里，从没接触过农村生活，居然选择来农村吃苦。笔者见到他时，他圆形的娃娃脸、粗壮的手臂都晒得黑红，要是他父母看见他被太阳晒得这样黑，肯定会心疼死了。

郑阳却说："在贵飞上班，太轻松了。我还年轻，我想，人生还是有过拼搏和奋斗，才算精彩。"

郑阳刚到公司，自然啥都不懂。别人天一亮就起床吃饭，他也起床吃饭。饭后，别人都忙自己的事去了，他却无从下手，显得很是尴尬。郑天福让郑飞带他，郑飞首先抱了一摞公司制种油菜管理和技术资料给他看，让他从油菜病虫害防治开始自学，有不懂的问题就问。5月，公司要下去收购油菜籽，需要人手，郑阳就跟车去，帮着打杂。到9月，公司把郑阳纳入正式技术员队伍，安排他到新盛镇木龙村当驻村技术员。当时，他没有经验，心里很虚，但堂兄郑飞跟他说过，木龙村已经制种油菜多年，老百姓都有经验，实在有解决不了的问题，立马打电话问公司其他技术员或者问他。堂兄郑飞给他吃了颗定心丸。

在木龙村，郑阳实习了3个月。到12月，公司就让他独当一面了，安排他去三台县立新镇新民村当驻村技术员。

新民村是个深丘小村，由几条夹皮沟组成，山包起伏比罗江区的浅丘地形要高大一些。来到这人生地不熟的地方，一种孤独感包裹着郑阳。

新民村给他在村部安排了一间住房，很小，最多10平方米，里面有一张床，一张书桌，一条凳子，是以前脱贫攻坚战中驻村工作人员住过的房间。村部没有食堂，饭都得自己做。郑阳从小没做过饭，自然不会做饭，他每天不是喝一袋牛奶吃两个面包，就是泡方便面充饥。

"今年福乐公司派来的这个技术员，还是个学生娃娃吧？"

"不晓得他懂不懂哦，莫给我们把这一季种瞎了。"

"这么年轻，说不定还要我们教他呢。"

郑阳第一天在村里巡查时，听到村民们在背后议论纷纷。他装着没听见。他想到一句名言：走自己的路，让别人去说吧。

这时的制种油菜苗已经移栽到大田两个多月，油菜苗正在蓬勃生长，阔大的叶子遮住了裸露的泥土。细心的郑阳在资料上了解到，这个时节油菜最容易得根肿病。每走进一个组，他都要蹲下去细心查看。巡查到6组的制种田，他居然真的发现了根肿病，后又在7组田里发现了这种病。郑阳再次到其他组的制种油菜田进行复查。还好，没有再发现，只有6组、7组，说明才刚刚发病，还有药可治。

油菜根肿病的症状通常出现在根部，这些"肿瘤"呈纺锤形或不规则畸形，主要发生在主根上，侧根上较少。在初期，"肿瘤"表面光滑、呈白色，以后颜色会逐渐变成褐色，表面粗糙，时间长了还会出现龟裂。这些龟裂的"肿瘤"容易被其他病菌侵染而腐烂、发臭。发病初期，在中午时，由于气温高，油菜的蒸腾作用增大，散失很多水分，而且此时由于根部遭到了"肿瘤"的破坏，根部吸水、吸肥能力已经降低，因此在缺水的情况下，病株的地上部分易出现萎蔫现象；早晨和傍晚气温较低时，油菜的蒸腾作用小，水分散失少，所以不会出现萎蔫。随着病情的继续恶化，病株会萎蔫甚至死亡。

尽管是早期，如果不及时防治，就可能造成油菜严重减产，甚至绝收。郑阳立马指导这两个组用药治疗，同时，也让其他组进行了药物预防。这一年新民村油菜丰收了，当地农户也改变了对郑阳的看法，以至于2022年公司派他去三台县新鲁镇高步村当驻村技术员时，新民村的村民还恋恋不舍。

2022年，罗江区略坪镇长玉村尝试制种油菜水稻双季轮种，制种油菜患上根肿病，因原来合作的那家种子公司没能及时根治，造成油菜制种失败。村委又与福乐公司联系，邀请合作，福乐公司答应了。2023年秋收后，公司派出郑阳和另外两名新招的00后技术人员到长玉村任驻村技术员。

长玉村真的很重视油菜制种，他们从2020年就开始探索的水稻油菜双季制种发展之路，前两年因种种原因，产量不是很理想，能不能成功，今年是关键。村党委书记丁洪生亲自给他们安排了一处村民家的空闲住房，地理位置特别好，一眼可以纵观全村。

长玉村去年因根肿病蔓延，才造成制种油菜严重减产。因根肿病主要病菌来源于土壤，郑阳他们指导制种农户从苗床地到大田，都进行了一遍深耕，撒石灰增加土壤碱性调剂，移栽时用1000倍福美双做定根水，并推迟播种，让油菜错过根肿病高发期。

我们采访郑阳时，他刚从略坪镇长玉村回到基地，从他的黑红手臂和黑红脸庞，可以看出他每天都在阳光下工作。他说，长玉村制种油菜已经收打，5组农户张向英家亩产高达410斤。张向英60岁左右，两口子种了3.2亩制种油菜，全用连枷打，抛撒少，比机收高产20—30斤，亩产达到4000元。这样高的收成，只有小户通过精耕细作才能达到。

郑阳回忆，去年在长玉村，有一件事差点难以收场。2023年11月，郑阳在巡查时发现油菜制种片区居然有100余亩榨油的常规油菜，他震惊了。不是规划片区内都栽种制种油菜吗？怎么……

他猜测，一定是去年农户制种油菜减产了，不愿种制种油菜了，才隐瞒村上，悄悄种了常规油菜。郑阳感觉到事态严重，赶紧把这个发现告诉了长玉村党委书记丁洪生。丁书记问郑阳咋办，郑阳说："只有全部清除，不然，今年制种又要失败。"

丁书记立马登门，给那些农户做思想工作，要求各自清除。有的农户听话，自己动手砍了。有的农户不愿砍，村上动用了拖拉机进行铲除。

今年长玉村制种油菜获得喜人丰收，郑阳满满的成就感。郑阳谦虚地说："长玉村今年油菜制种能够成功，不只是我们公司的功劳，还在于长玉村党委丁书记有魄力。要知道，那是100多亩常规油菜啊，当时我好担心清除工作难做。结果，丁书记雷厉风行，很快就全部铲除了。"

2024年，福乐公司给郑阳安排了两名新招的00后员工。去年，福乐种业从德阳农业科技职业学院招收了7名员工，走了4名坚持不了的，留下3名不怕吃苦的。具体有多苦，郑阳说："不说其他的，就是每天走路巡查，都在3万步以上，我带的一个00后，一天走路最多达4.8万步。"

郑阳说，他现在已经喜欢跟农户打交道了，他们淳朴、待人真诚，说话也幽默风趣，身上有很多劳动人民的传统美德值得我们年轻人学习。

第四节　他们都是00后

2024年6月，福乐种业公司外派驻村技术员都回到了公司基地或仓库工作，不用再在田野上走来走去，沐风浴雨晒太阳。因为，公司在罗江全区各乡镇发展的油菜制种已经全部回收归仓。

福乐种业公司在罗江区内有两处仓库，一处在新盛镇罗汉村制种基地，另一处在金山镇工业园区内。公司驻村的技术人员一部分回到新盛镇罗汉村基地，一部分回到金山镇工业园区仓库。

金山镇工业园区仓库有200多平方米。高大的仓库内堆放着麻袋打包的制种油菜籽，占据了大半个仓库，一台种子精选机械设备正在运行着，对从制种农户家回收进仓库的制种油菜籽进行精选。

在这里，我们见到了3名00后技术员，他们分别是贺堂元、伍锡佳、谢长根。他们3人都是福乐种业公司2023年8月从德阳农业科技职业学院招聘的学生，当时共招聘了7人，有4人可能耐不住乡村的寂寞或者是苦累，离开了公司。

00后通常指出生于2000年至2009年的一代人。这一代人成长在数字化快速发展、信息高度流通的时代。他们在消费观念、生活方式等方面呈现出一些独特的特点。在教育方面，00后享受到了更为丰富的教育资源和多元化的教育模式。在科技领域，他们从小就接触互联网和各种智能设备，对新技术的接受和运用能力较强。在消费观念上，他们从小就受到长辈的宠爱，注重个性化和品质，追求自我表达和独特体验。

当然，这只是对00后这个群体的整体概括，而每个个体都有其独特的性格、兴趣和追求。

是什么力量或者说信仰，让00后的他们坚持留在农村，与农民打交道，与农作物打交道，与黄泥巴打交道，与晴天雨天打交道？

带着这样的疑问，笔者特意来到金山镇工业园区福乐公司的仓库，采访了他们。

贺堂元，2003年出生，四川宜宾人，德阳农业科技职业学院2024年毕业，2023年8月校招进福乐公司。微胖，眯着一双小眼睛，人很腼腆。

伍锡佳，2001年出生，四川内江人，德阳农业科技职业学院2024年毕业，2023年8月校招进福乐公司。小个子，还是一副学生样，书生气十足。

谢长根，2004年出生，四川通江人，德阳农业科技职业学院2024年毕业，2023年8月校招进福乐公司。瘦高个，蓄长发，侃侃而谈，年龄最小，却最沉稳。

3人都学的是现代农业技术专业，涉及植物生长与环境、种子生产技术、作物栽培、病虫害防治等。他们不仅是同班同学，还都有一个共同特点——家都住在农村，父母不是在外打工就是在家务农。

2023年8月17日，福乐种业公司派了一辆专车，把他们接到新盛镇罗汉村油菜制种基地。罗汉村是一个很偏远的村，与中江县青市镇连界，离罗江县城30公里。没多久，有4名同学耐不住乡村寂寞，离开了基地，去繁华都市另谋出路去了，他们一咬牙，留了下来。

"我觉得我们学的专业更适合在乡村发展。"其中一个人这样说，其他两个年轻人都点着头。

从8月17日到9月1日，公司对他们进行了油菜制种专业培训。尽管他们上大二时，就开始学习油菜种植生产技术，但课本上全是常规油菜种植的相关技术知识，而油菜制种的种植技术，远比常规油菜复杂得多，技术要求更高。通过半月的油菜制种专业知识学习和培训，他们对油菜制种过程有了全面的了解。

9月初，是制种油菜育苗时节，他们被下派出去当驻村技术员。贺堂元、伍锡佳跟随技术员郑阳入驻长玉村。这是公司第一次与长玉村合作，试种水稻油菜双季轮作制种，长玉村是国家级制种基地，公司很重视。谢长根则独自去了旌阳区黄许镇宏山村当驻村技术员，这个村已经种植制种油菜数年，农户和村干部都有制种经验了，基本上没有多少突发事件，所以就派出他一人在村里锻炼。

即便如此，公司老总郑天福还是每三四天就去看一下。

贺堂元、伍锡佳跟随郑阳来到长玉村，村上将他们安排在一处地势较高的闲置农院，一人一间房，自己煮饭。长玉村是去年开始种制种油菜，因发生严重根肿病，制种严重减产，许多农户成本都没有收回，村上才决定换很有油菜制种经验的福乐公司合作。公司了解到长玉村去年发生严重根肿病后，制定了预防和根治根肿病的方案和措施，由郑阳带领贺堂元、伍锡佳两人指导制种农户实施。

这里得介绍下郑阳。郑阳其实比他们两人就大三四岁，他出生于1998年，2021年进入公司，先后到新盛镇木龙村、三台县立新镇新民村等地当驻村技术员。

长玉村有10个组，郑阳让贺堂元、伍锡佳各负责5个组的技术指导，他则负责全村技术指导。针对去年长玉村制种油菜根肿病严重的问题，他们入村后，在育苗之前，对全村制种农户进行了根肿病防治的培训讲座，建议农户在村外选择苗床地，或选择本村没有育过油菜苗的二台土做苗床地，然后把公司的种子分发给每一户农户，再到田间指导农户育种。要移栽了，他们更不敢懈怠，每天都在田间跑，监督指导农户在耕田时深耕，把生石灰和药物撒进土壤进行消毒杀菌处理。

伍锡佳说："第一次对老农'指手画脚'，真有点不好意思，尤其是有的老农比自己的爷爷还年长。好在他们去年吃过根肿病的亏，说怎么做就怎么做。"

10月中下旬，是油菜移栽时节，他们又开始向农户进行移栽技术传授，主要是窝距、行距的尺寸，还要帮助农户算好氮磷钾肥的配用比例，指导施肥，算好病虫害防治的用药比例，监督兑水时的浓度是否正确，等等。这些，都是他们每天的日常工作。从早走到晚，一户一户地查看、指导，手机上的计步器上，每天都在3万步左右。

在种业公司上班，尤其是驻村，他们的工作时间不是朝九晚五，农民出工，他们就得出工；农民收工，他们才能收工。刚开始那段时间，每天都走得腿软，饿得发晕，回到驻地，一坐下就不想站起来。之前，在家里都从没这样辛苦过，都是父母宠爱着的"独苗苗"，但想到自己已经成年，是在上班拿工资了，得对公司负责，对农户负责，对自己学的知识技术负责，就每天这样坚持着，寂寞、快乐、充实。

11月底至12月初，郑阳带领贺堂元、伍锡佳净父本。这个技术他们只在课本上学到，还没实践过。好在郑阳已经经验丰富了，一演示就一通百通了。杂株少的很快就净完了，6组的陈舟富家有1.5亩，杂株特别多，他们3人从早到晚，清理了一整天，才弄完。以前只听父母、爷爷奶奶干完农活说累得腰酸背痛，这回，他们也在人生路上第一次感受到了什么是生活的苦与累。一想到农人们几乎长年累月这样辛苦，自己偶尔这样一天就微不足道了。

陈舟富家杂株清除后，剩下的父本太少，会影响产量，必须补栽。他们找到陈舟富，建议他补栽，陈舟富为难了："你们给我把杂株清除那么多，让我到哪去找父本苗子补栽？"

这是个必须解决的问题。他们又在村里转悠，走了大半天，找到一户农户的父本苗床地还保存有苗子，又带陈舟富去扯苗补栽。

做一件事要有始有终。这是他们给自己定下的原则。

2024年1月7日，按照公司的要求，开始指导制种农户清杂。这也是他们第一次脱离课本上的理论知识，来到寒风呼呼的现场实践。贺堂元、伍锡佳除了给不懂的农户讲解怎样清理外，更重要的任务，就是每天对农户清理过的制种油菜田进行检查，没清理干净就指出，让农户继续清杂。这是一个漫长而必须严格的过程，需要一个半月，直到油菜田里不见一株异株。到3月5日，他们3位驻村技术员组织村里各组组长和制种大户30余人，对全村制种油菜田进行了最后一次检查和清除，油菜除杂这一项工作才算告罄。

当驻村技术员，每天的工作就是走路、查看。有一天，他们意外发现村里有一大片100余亩的常规油菜时，惊讶不已。常规油菜与制种油菜苗株是没有多大区别，尤其是当一个组一大片常规油菜种在一起，是很难发现的。他们立即汇报给长玉村党委书记丁洪生，丁书记也很意外，问郑阳："那该咋办？"郑阳说："唯一的办法，就是铲除。"

丁书记是个做事雷厉风行的人，马上去给那一片地的常规油菜农户做工作，要求铲除。农户肯定不甘心，铲除了，这一季就等于荒芜了。最后，丁书记通过协商，还是做通了农户思想工作，用铲车对那片常规油菜进行了全部铲除。

相比贺堂元、伍锡佳，被派驻黄许镇宏山村的谢长根要孤单得多，至少，他们驻长玉村是3个人，可以相互陪伴，谢长根却是一个人驻扎在人生地不熟的宏山村。

本来，谢长根最先是被派驻在鄢家镇万安村，带他的是公司生产经理陈万勇。2023年9月4日吃过早饭，谢长根见陈师傅迟迟没安排当天工作，便问陈万勇："师傅，今天干啥？"陈万勇说："先等会，你另有安排。"

不一会儿，公司郑天福老总开着车子来了，让他带上行李上车。谢长根也没问去哪里，从住房里拖出行李箱放进车后备厢，就上了车。坐进车里，郑天福才告诉他是去旌阳区黄许镇宏山村。谢长根不知道宏山村在哪里，也不好多问，就在车里默默刷手机。

大概一个小时就到了宏山村。郑天福找到村党支部书记，交代了一番，又对谢长根叮嘱了几句，就开车离开，忙自己的事去了。谢长根被村支书安排在他家居住。

宏山村是个丘陵村，大巴山里长大的谢长根，突然来到丘陵地区，觉得这里的路远没有山路好记，都大同小异，而且多如蛛网，多如村里的藤蔓，以至于每次巡查完毕回去吃饭，都常走错，走错了又回转，他不知道村里人背后嘲笑过他没有。直到10天后，他脑海里才有了全村大致的方位图。

因为人不熟悉，村里又大多是中老年人，很难看到年轻人，没有人交流，他感觉很孤单。而郑天福老总要三四天才来村里一次，在全村走一圈查看完，没发现啥大问题，就匆匆离开了。

就在这一段时间，与他一同校招进福乐种业的7名同学中，有3名离开了。他们跟谢长根一样，面临着驻村的孤单和寂寞。在宏山村，谢长根没有一个熟人，那些农户见他这么年轻，看他总是带着不信任的目光。谢长根每天就一个人在田野上走来走去，很多时候一天连一句话都说不上。一个同学曾微信问谢长根走不走，当时，他都有点动摇了，但想到自己学的专业就是服务农村，去繁华的都市是没有用武之地的，咬咬牙，谢长根坚持了下来。

11月中旬，油菜苗已移栽20余天。一天，他巡查时发现有油菜得病了，但他说不准是得的什么病，很无助，就拍了照发给公司的成贻聪老师，他是公司资深技术人员，50多岁。成贻聪老师看了他的图片，通过他口头描述，立马断定油菜得了白叶病。他说，是因为今年气温高而引发，其他油菜制种的村这两天也有发病，如果不马上防治，很快就会大面积扩散，到时就很难治了。

幸得谢长根巡查认真，宏山村油菜刚发生白叶病，就被他看到了。按照成贻聪提供的防治方法，谢长根指导全村用噻唑锌进行防治，但只起到缓解作用，效果不是很好，病株还在蔓延。

月底公司有例会，各驻村技术人员都要回到公司，汇报驻村的制种油菜管理情况，普遍反映白叶病严重，常规药物噻唑锌不太见效。大家都你看我我看你，希望有人提供一个见效快的良方。

驻长玉村的郑阳说："长玉村的油菜也发生了白叶病，我们在不同的组试用不同药物进行防治，最后确定了几种颇为见效的药物在长玉村推广使用，很好地控制住了白叶病的蔓延，白叶病得到全面根治。我发给大家。"

谢长根带着郑阳分享的良方回到宏山村。

由于宏山村施用噻唑锌后，白叶病防治效果不是很好，宏山村人更是轻看谢长根。他在村里巡查时，农户都把一种不信任的目光投向他。1组一个姓袁的农户曾对他说："福乐公司派你这青屁股娃娃来指挥我种油菜，怎么可能？我指挥你还差不多。"

谢长根微笑了一下，没有搭理他。他有福乐公司做后盾，内心有底气，最后说了一句："你可以不信任我，但你要信任公司。我驻你们村，是代表公司。"

这个袁某家的田也得了白叶病，他自作聪明去黄许镇庄稼医院买了药，防治了3次，钱花了很多，不见效。而其他农户都采用谢长根从公司带回的郑阳提供的几样药物进行防治，效果明显，很快得到了控制。那天下午，袁某拦住谢长根，很恭敬地说："谢老师，你看我那油菜用啥药？"

谢长根就把郑阳提供的几样药写在纸上，让他按照比例进行防治，3天就见效了。之后，谢长根说啥他都赞同，再也不违拗了，路头路尾碰到，都尊敬地喊"谢老师"，让谢长根有一种成就感。

2024年5月20日左右，制种油菜就收割完毕，他们驻村的工作基本完成。6月4日，三人都被公司调到金山仓库，对种子进行精选、包衣等处理，然后就是包装、发货。在仓库里，他们要工作20多天。公司在川西高原上的理县还有制种基地，那里油菜成熟晚两个月，7月，他们将被调派去那里工作。8月回来，接受公司下半年的工作分配。

他们每个月有4天假，油菜制种关键时间段不能休假，可以积攒起来，或回老家休假，或出去旅游。

最后，笔者问他们："为啥选择扎根农村？"

他们说："我们学的这个专业就是面向农村，能从事与所学专业相关的工作，我们很满意。国家正在推进乡村全面振兴，尤其对粮食安全十分重视，而种子安全又是粮食安全的基础。我们作为新一代良种制种人，就要用自己所学的技术知识，为国家尽一份自己的责任。"

原来，这些00后也懂得担当和责任。这是支撑他们在乡村坚持下来的最大信念。

第五节　种田的理科生

太意外了。这个面目清秀文雅的00后小伙子，本来学的是能源与动力工程专业，却自愿回到了农村，和父母一起种田，居然还说："能源与动力设备生产流水线同种粮生产流程一样，是互通的。"

小伙子名叫杨超富，2023年才从西华大学毕业，学的是能源与动力工程专业，毕业后去了重庆普氏新能源集团下属的一家子公司上班，这是一家从事发动机研发、制氧控制设备制造的公司。他觉得这些生产流程与家乡的水稻制种步骤差不多，水稻制种需要选种、育苗、先移栽父本，2天至15天内移栽母本，然后除杂、传粉、收割、销售，工厂里产品的生产流程也一样。

在厂里实习了半年，他就回家过年了。

过年是村里人气最旺的时候，外出务工人员都陆陆续续回家团聚，有一大部分人外出务工二三十年了，还是没积攒多少钱，像候鸟一样，每年在家乡与异乡的轨道上飞来飞去。杨超富联想到自己若继续在外上班，将来可能就同村里这些人是一样的命运。他决定不去外面上班了。

2024年2月，他辞职回到了农村，想在家乡创业。

父亲杨建军不希望儿子像他一样，天天"揉黄泥巴"，问他："你回家种粮，大学里学的专业不就没用了？"

杨超富说："发动机研发、制造过程，与水稻油菜制种差不多，只要每一步都做扎实，就会生产出合格的产品。"

杨建军惊讶于儿子对于水稻制种过程有这么深的见解。他都忘记了，2020年新冠疫情期间，学校没开校，杨超富在家待了半年多，帮着家里砍油菜、开收割机收割小麦、育秧、移栽父本母本、防治病虫害，他啥都跟着父亲学过、干过。在防治病虫害和制种水稻传粉时，他还建议父亲买了一台无人机，由他操作对自家1100多亩稻田进行了飞防。在制种水稻传粉前，学校开学，杨超富去了学校，父亲杨建军操作无人机对制种水稻传粉，按错了键，无人机失控摔坏了。

"至今，我父亲还留下后遗症，不太敢操作无人机。"杨超富说。

在现在的家庭组合中，杨超富的家可以说是一个大家庭。家里有婆婆、爷爷、父亲、母亲，还有一个正上初中的妹妹，共6口人，种了1100多亩农田。他家本来不在罗江区的，是安州区塔水镇桂溪村，因在罗江流转土地耕种，才住在罗江区调元镇。父亲杨建军是个木工，常年带着母亲在外打工，杨超富从小就跟着爷爷婆婆生活，读小学四年级时，他太调皮，爷爷婆婆管不住他了，父母才回到家乡，母亲留家管教他，父亲则在附近的罗江、德阳城里承包一些装修工程做，还在调元镇汽车站旁开了一个家具店，做桌椅、茶几、衣柜、床、沙发等家具卖。开始农村新建房屋的多，老家具需要更新换代，添置家具的人家也多，生意很兴隆。五六年后，生意就越来越淡，父亲想着另谋出路。在2019年，也就是杨超富考上西华大学那一年，父亲杨建军的一个姓肖的好友建议他说："现在农村荒地这么多，何不流转些农田种粮？你看，临近调元镇的那些种粮大户都挣到钱了。"

杨建军说："罗江那边的扶持政策好，购买农机补贴也高，当然能挣到钱了。"

"你也可以到调元镇去承包呀。"

杨超富认识父亲的这个要好的肖姓朋友，从小他就喊他肖叔。

杨超富说："2019年，父亲在调元镇团堆村流转了150亩土地，钱不够，还在肖叔那里借了5万元。肖叔在镇上开农资服务点，父亲种田的肥料等农资物品都是在肖叔那里赊的。"

杨建军第一次流转土地种庄稼，恰遇风调雨顺的年景，粮食丰收。细算了一笔账，扣除所有成本，还赚了5万多元，还只是一季庄稼的收入，4个月时间。他觉得在家种粮，不仅可以照顾家里老人和孩子，还比外出务工多挣钱。杨建军种田的信心倍增。这一年中，还有不少外出务工的农户过年回家来找他，愿意把土地流转给他。杨建军觉得这是一个机会，决定继续流转土地耕种。但因为耕种只靠人工和请别人的机械设备不行，成本太高，他买了东风井关收割机和拖拉机。

有了种田最重要的机械设备，杨建军有了底气，2020年又在调元镇流转了100多亩。这年新冠疫情蔓延，学校停课，在成都西华大学上学的杨超富被困在家里，正好帮忙。也就是这7个月，杨超富全程参与了油菜、小麦收割，水稻育秧、泡田、移栽、飞防、晒田控苗、收割的过程，才让他在后来的工作中，把厂里生产机械设备的流程很自然地与粮食生产和良种制种流程联系起来，让人不得不佩服他融会贯通的智慧思维。

因为罗江区对种粮大户的优惠政策多，杨超富父亲流转耕种的土地也越来越多。种了两年田，就关闭了调元镇上的家具店，专心致志种粮。2022年，他已种有500亩田。这一年，团堆村发展水稻制种，杨建军有60亩在罗江区规划的种子公园制种核心区域，他按照本地产业布局，把那60亩全种上了制种水稻。令他意外和感动的是罗江区为鼓励农户制种水稻、油菜的积极性，每亩给予300元补贴。

杨建军说，尽管我不是罗江人，但因为种的是罗江区的农田，罗江本地种粮大户享受的优惠政策，我都享受到了。罗江区的包容性、开放性情怀，让他敢于放开手脚在农村广阔天地大干一番。

2024年，调元镇发展水稻油菜轮作制种模式，杨建军有220亩在国家粮油制种示范农业公园，他遵守调元镇政府的统一部署，全都种了制种。

　　杨建军觉得自己很幸运，居然有220亩在制种核心区，每亩可享受300元补贴，220亩就可享受到66000元补贴，自己投入的成本大大降低，想着就美美的，一种在罗江当农民的自豪感油然而生。但他在这些年的种田过程中，也深感自己的文化水平太低，对现代农业先进技术吸收慢，好在上过大学的儿子杨超富自愿回来帮他。他有一个长远梦想：在调元镇办一个大米加工厂，自己生产的粮食，由自己加工成成品。但办厂就是做生意，需要方方面面的经验，与各种人物打交道。为此，他想让儿子杨超富去贵州他做生意的朋友那里学习与人打交道，与社会形形色色的人接触。

　　杨建军把自己想法跟儿子杨超富说了一下，杨超富说："爸，如果是为了这个目的的话，我就去眉山。我认识一个黑龙江的叔叔，他姓桑，在眉山做保健品销售代理，我去他那里当个推销员，最适合锻炼与形形色色人打交道的能力了，还可以锻炼我的口才。"

　　开始，他父亲不同意。不同意的原因主要是他口中的桑叔叔是外地人，不了解，怕被骗了。后来，杨超富电话联系，他父亲亲自与那个保健品代理人通电话，聊了一会，才同意。

　　这个桑叔叔是杨超富在2023年去山东潍坊市参加海军飞行员体检后，回四川时在高铁上认识的，名叫桑东英。

　　2024年4月23日，杨超富坐高铁去了眉山，如愿以偿地在那里当了个推销员。他的工作主要是开发新客户，每天早出晚归找店主、入小区推销产品。开始两天还有点害羞，过了几天，就有了一种征服欲，口若悬河地与对方交流，直到把对方拿下。

　　5月下旬，家里要插秧了，父亲打电话让他回家帮忙。今年，他家的土地不仅在调元镇团堆村有500亩，还在略坪镇广福村代种了600亩。

杨超富觉得自己刚推销入门，就这样回去有点不甘心。他又坚持了一个星期，直到笔者6月7日采访他时，才在前一天下午，依依不舍地离开了眉山回到调元镇。

杨超富说，这2个月，他主要学到了与人交流的能力、语言表达的能力。他以前很内向，怕与人打交道，现在好多了。

从与杨超富的交谈中，笔者能够感受到杨超富的健谈与口才，尽管还略带青春的羞涩。杨超富谈到了他的理想。他说，他之所以放下外面的工作回乡，不只是单纯地帮父亲种粮，调元镇有很多种粮大户，罗江更多，种出的稻谷大都被外地大米加工厂买去生产成精装大米，打外地品牌销售。我们何不自家建一个米厂，从种、收、加工成大米到销售一条龙，直接卖到消费者那里呢，还可直接打出罗江粮食品牌。现在人们都担心粮食安全，自己就从源头抓起，生产出安全放心的大米，做到每一个生产环节都有源可溯。

建米厂这个想法，他父亲早就有了，只是觉得自己文化水平低，加上还要种田，经营起来能力和精力实在有限。杨超富在去年就提出办米厂的想法，父子俩不谋而合，得到杨建军大力支持，在11月注册了德龙桥科技有限公司，经营性质填写的是粮食加工。他们将建加工厂的地址选在调元镇老汽车站旁边，这里原来是他家堆放粮食的仓库。

杨超富说："我们今年就准备筹建，预计明年将建成投产。"

关于种粮，杨超富说，自己没啥经验，主要靠父亲，而他主要负责农机操作，这是年轻人的强项。他家现在有拖拉机两台，插秧机一台，又新买了一台星光收割机。父亲因操作失误摔烂了原来那台无人机，心里有阴影，这两年都请别人无人机飞防，现在他回来了，准备再去买一台新的无人机，由他来操作。

采访杨超富这天下午，他父亲杨建军正在广福插秧，广福还有400多亩没插。他父亲在那边负责，全用机插。团堆村还有50多亩了，他妈妈、爷爷在家里负责栽插。因田块不适合机插，每天都请40多人帮忙，每天每人150元工钱，管吃，他婆婆一个人在家煮饭。婆婆很能干，弄出的饭菜像吃席一样丰盛。他婆婆说，栽秧子的活路累人，得让帮忙的人吃好一点。

当笔者问到个人信仰问题时，杨超富说他在大学期间喜欢学习马列主义，想为人民服务。在公司里上班，觉得服务社会方面做得不多，更多的是赚钱。回到农村，发挥的社会服务作用会更大一些。因为正在推进乡村全面振兴，需要大量的新型农民，父亲那一代，年岁会愈来愈大，需要有人来接替他们手中的田，进行科学化、现代化的耕种。他说，我相信自己有能力推进现代农业的发展，我们年轻人有知识有文化，学习新鲜事物快，这是我们的优势和自信所在。他家去年试种了20亩优质稻香米，很好吃，今后自己开了米厂，就会从稻米的品质抓起，坚决抵制网上曝光的打蜡、抛光之类危害粮食安全的做法，从源头抓质量，把每个生产步骤进行细化、数字化，让消费者通过数据和二维码，可直接溯源，保障粮食安全。

面对眼前这个自信的00后农民，这个在大学校园里，曾经带着自己设计、组装的赛车参加过中国汽车工程学会组织的"中国大学生方程式大赛"并获得三等奖的年轻人，笔者看到了新时代新农村的新希望。在调元镇、新盛镇采访中，笔者发现一批90后、00后新型农民，这与罗江区推行惠农政策、罗江区农民的社会地位不断得到提升密不可分。

第六节　返乡种田的打工女

碧水蓝天的梦月湖，一群水鸟在湖面飞起飞落，怡然自得。鄢家镇星光村村委会就坐落在这个景色秀美的湖畔。在这里，我们见到了90后种粮大户刘娟，她是我们采访到的唯一一个女性种粮大户。

刚忙完抢收抢种的"红五月"，刘娟的笑容里还略带疲惫。阳光给她姣好的面容上涂抹了一层古铜色，让她在说话或微笑时露出的牙齿显得特别白亮闪眼。

2014年腊月，打工的刘娟从深圳回到了家乡过年。过完年，她不想再外出务工了，想在家乡干点儿事，顺便照顾3岁的孩子和公婆。孩子该上幼儿园了，公婆又得了病，需要很长一段时间治疗。

刘娟是罗江区鄢家镇七里村4组人，1990年出生，18岁从一所中等技术学校毕业。毕业后就跟随村里人外出到江苏一家服装厂打工，两年后又去了深圳。算起来，刘娟打工四年，出门在外的酸甜苦辣也算都尝了个遍。

刘娟结婚早，刚到结婚年龄就与本镇一个投缘的男孩结了婚。这不，才刚满24岁的她，孩子就3岁了，到了上幼儿园的年龄了。

然而，一个90后女孩在乡村能干点儿啥事呢？除了农忙帮家里干点儿农活，其余时间几乎是混日子。村里没有啥年轻人，生活了无生趣，好在她家在场镇上开了一个农资店，实在不好要的时候，就去帮忙守店，让爱喝茶的父亲去茶铺喝茶。一段时间之后，她觉得这样慢慢悠悠的日子过得很无聊。一晃就到了9月，这时，有亲友约她合伙流转土地种粮。刘娟动了心。这大半年时间里，她亲眼所见，乡村撂荒土地很多。

刘娟与家人一商量，父母、老公竟然都答应了。作为一个90后女孩，刘娟敢答应流转土地种田，是有底气的。她公公是镇农技员，家里还开了农资店，农业种植技术是有保障的，所需要的农资物品全是批发价，这是优势。

于是，2015年9月，刘娟大胆地同其他两名合伙人在鄢家镇拦河村（现并入鄢家镇壁山村）流转土地500余亩，请了两台播种机，全种上了制种小麦。收了小麦，又全种上了水稻。年底一盘算，居然挣到与外出打工一样多的收入，还照顾了孩子和家人。刘娟想，要是再多流转一些田种粮，岂不收入更多？

刘娟坚定了种田的信心。2017年，刘娟决定自己单干，离开了合伙人。这年1月，刘娟注册了云岭稻香家庭农场，自己任家庭农场主。她下定决心当一个新时代的新农民。刘娟在本镇的高峰村和壁山村流转了土地300多亩。壁山村在种植制种油菜，刘娟听从村委统一布局，把壁山村的80亩田种了制种油菜。她没想到，油菜制种的除杂会有那么忙人。腊月二十九，村里人都在忙着过大年，制种公司的技术员却要求制种农户马上下田清杂。这个时节请不到人帮忙，只有自己一家人下田清杂。从腊月二十九开始，整个春节期间，刘娟和老公、妈妈都没休息过，几乎每天都到油菜田里砍杂株。

制种油菜，虽然累，但收入是常规油菜的两三倍，想想，也值得。

刘娟手中一下子有了300多亩农田耕种，若全靠人工肯定不行。农村劳动力不是很好招工，且大多是60岁以上的人员。刘娟认定：要种好田，必须走农业现代化之路。但鄢家镇属于丘陵地貌，田块小，且高低不平，严重制约了农业机械化的操作。这一年春天，她买回了一台挖掘机和旋耕机，开始自觉地对田块进行综合整治，让小田变大田，为不通农耕机械的农田修通生产便道。

从2017年开始，刘娟陆续投入，先后买回大型多功能拖拉机、插秧机、装载机、植保无人机、收割机、粮食烘干机等13台（套）农机设备，修建了农业生产用房和管理用房1000平方米，总投入上百万元。自己的家庭农场从播种、栽插、病虫害防治到收割，已经实现90%区域机械化操作，每年节约人工2000余人次，节约人工费用超过20万元。

刘娟成为鄢家镇有名的种粮大户，不时有不愿种田的农户找她流转土地。2019年初秋，星光村一个叫谭世泽的老人找刘娟流转土地，他说自己捡了村里10多亩撂荒地种了多年，现在种不动了，又不忍心看见那些土地被撂荒。谭大爷70岁，头发花白，背微驼。刘娟让他带路，一同到他所在的原甘湾村谭家大院查看。听说刘娟来流转土地，很快就有几个60多岁的老农围拢来，让刘娟把他们的土地也流转了。刘娟都一一答应了，在星光村流转了60.5亩土地，秋播时全种上了小麦，小麦收割后轮种了水稻。收割水稻时，时任星光村党支部书记周华来到田边，问刘娟："你打算秋季种啥？"

刘娟随口回答道："种小麦呗，收割机开过去就收完了，收割很方便。"

"还是种制种油菜吧。这是我们星光村小春的统一产业安排。"周华书记说。

"制种油菜清杂需要大量人工，收割也不方便，全靠人工。"刘娟第一次在壁山村种制种油菜，清杂又冷又忙人，春节都没过好，记忆深刻。

周华却说："我们村现在种的是三系，不用清杂。油菜收割也是机械化收割。"

刘娟没想到还有不用清杂的制种油菜，爽快地答应了。

刘娟抱着试一试的心态，先种了30多亩。因是第一次种三系制种油菜，从育苗到移栽，窝距、行距、病虫害防治都由孝楠公司技术员指导，一切都很顺利，油菜长势也很好。但到油菜花盛开的时候，也正是堰塘春灌蓄水的时节，刘娟30多亩制种油菜田正在人民渠鄢回支渠下面，紧挨堰塘，因排水沟多年没有疏通，全被水淹没了。

到收油菜时，因是第一次种三系，不用清杂，田里有父本、母本，母本菜籽种子公司回收，父本菜籽可卖给榨油厂榨油。但砍油菜时，请的是以前帮她的本村务工人员，他们不知道父本与母本油菜咋个砍法，刘娟也不知道。她只得让工人们在田埂上等着，她打电话请周华书记来指导一下。

正是农忙时节，周华书记也很忙，但他放下手中的活，很快就来到田边，对刘娟说，为便于机收时不被碾轧，得按照收割机的宽窄摆放砍倒的油菜，父本、母本要分开放成排。说完，又匆匆离开。刘娟这才放心让大家下田劳动。

前几年，刘娟的田在小春这一季几乎全种小麦，收割机开过去，麦壳、灰尘吹了出去，收回的麦粒干干净净，可直接出售。但油菜籽不行，机械收割时，风力不敢调大，大了油菜籽会被吹出去，因而，收回的油菜籽还有许多壳。白天收菜籽，晚上一家人在院坝里照一盏100瓦的电灯，用最原始的手工竹篾筛子去壳、筛选。这个活需要技巧，通过双手端着筛子不停转动，让菜籽从筛子眼漏下，最后倒掉剩下的菜籽壳和碎秸秆。如此反反复复，一般都要干到晚上11点过后，才能洗漱睡觉。这一年，自己的家庭农场还没有基地，晒菜籽都是借别人家的晒场，很是麻烦。

因为油菜在花期被水淹，亩产只达181斤，有10多亩颗粒无收。尽管这样，刘娟这一年在星光村的制种油菜籽还是卖了6万多元，好在三系人工成本低，除去成本，有3万多元收入，没有亏本。

刘娟说："这几十亩田偏偏又没买农田保险，要是买了保险就好了。这是自己的疏忽。"她刚在星光村流转土地耕种，对地理条件不熟悉，不知道堰塘蓄水时田会被淹。下半年水稻收割完后，在移栽油菜前，刘娟吸取教训，用自家的挖掘机对那一片农田的沟渠进行了疏通，以后，再没发生被水淹的现象。

通过第一年试种三系油菜制种，刘娟已经认定，油菜制种比常规粮食作物划算。第二年，她把星光村那60.5亩全部种上三系制种油菜。移栽时，孝楠公司技术员对刘娟说："这边土地因多年种制种油菜，根肿病严重，尽量施用有机肥。"

在技术员的指导下，育苗时用药水拌种，用旋耕机对田进行深耕，移栽时全用有机肥。油菜苗顺利避开了根肿病。这一年，村上开始组织无人机对全村制种油菜进行统一飞防，得到制种农户的高度称赞。收割时却发现，田埂上有杂树的，飞防没到位，有病虫害发生。周华书记了解到这一信息，第二年在油菜飞防之前，村上组织了一支砍树队伍，对影响全村制种油菜飞防的杂树进行了全部清除。这个举措，星光村在罗江区开了先河。从中也可以看出，星光村对油菜制种农户的大力支持。这一年，刘娟的油菜制种达到每亩280斤。尽管在村里只算得上是中等产量，但她很满足了，因为每亩的收入是常规油菜籽的3倍。

2024年7月3日，笔者在星光村采访刘娟时，这个90后女孩因为长期在田间地头奔忙，没有其他女孩那样白皙的皮肤，但她从容、自信，目光明净，有着麦粒般的健康肤色，这也是一种美，一种乡村女孩淳朴的自然美。

刘娟说："2024年的制种油菜就很顺畅了，尽管有时有点小问题，只要一给周书记打电话，他立马就解决了。在星光村这样远近闻名的'四好村'种田，我是快乐的。"

刘娟的家庭农场自2017年注册以来，最先买回的是一台东方红80型多功能拖拉机，享受了2万多元国家补贴。2018年请别人的无人机飞防，觉得很不方便，想自己买，但需要驾照，就去了广汉和绵竹，花4000多元考了无人机驾照，2019年花7万多元买了当年最先进的T16大疆无人机，2020年又买回一架T20大疆无人机。

到2021年，刘娟已经种了500多亩田了，原来那台东方红80型拖拉机在飞速发展的时代，显得效率极低，农忙季节耕种不过来，正好区政府出台了农机补贴政策，她花17万元买回一台久保田95型拖拉机，享受区政府农机购买补贴4万多元，同时买回了久保田插秧机，花了7万多元，享受了农机购买补贴13500元。这一年，可以说是刘娟大展拳脚的一年。因为她还在区农业农村局的20万元资金补贴的支持下，花100余万元修建了粮食烘干塔，安装烘干设备2组，每天能烘干40吨粮食，买回了机械化育秧设备，新添一架最新款T30大疆无人机。

2021年，也是刘娟的家庭农场开启全程机械化现代农业模式的一年。她开始了机械化育秧、机械化插秧、无人机飞防和施肥、机械化收割、机械化烘干粮食。尽管在育秧环节因没有经验出了点问题，育出的秧苗没有别人的青秀，但后来请来省农科院的老师到基地来，对土壤进行了检测，制定出土壤营养配方，进行了消毒和营养补充，2023年、2024年育出的秧苗都很正常了。

为整合鄢家镇周边农业机械，为更多种田农户服务，加快农村整体农业现代化推进，2021年，刘娟牵头成立了"德阳市云岭农机专业合作社"，她被推选为董事长。当初只有15家成员，到2024年，已有53家成员。专合社不仅服务周边农户和家庭农场，还远赴阿坝州、凉山州等地进行飞防服务。

刘娟，看似一个身材娇小柔弱的90后女孩，做事却敢为人先，还有一股闯劲。2023年，她为解决农村人工缺失的问题，充分利用育秧工厂，又买回两台洋马插秧机，尽量在最大范围内使用机械化插秧。油菜移栽的机械化推广一直是困扰罗江区油菜制种农户的一大难题。这一年，区农业农村局组织种粮大户到广汉观摩油菜机械化移栽后，在罗江区各个镇设立试点，刘娟主动把自己的制种油菜田拿出来，作为罗江区农业农村局推广机械化油菜移栽在鄢家镇的试点。

刘娟的田地尽管都在丘陵地区，但通过不断投入和改造，到2024年大春插秧，除了40亩开不进插秧机外，其余90%的土地耕种已经实现全程机械化。作为一个90后新农人，刘娟正在一步一步地努力前行，向农业现代化进军。不仅如此，她还在努力提升自己的文化修养和农业专业技术知识水平。2023年，她已从西华大学市场营销专业毕业。2024年，她又参加了一所农学院的农业种植专业的学习，备考本科文凭。

刘娟说，下一步，她的云岭稻香家庭农场将抓住国家和区政府惠农政策新机遇，扩大生产规模，按照"生产标准化、管理科学化、种植技术化"的操作模式进行经营，让云岭稻香的大米香飘向全国更多百姓的餐桌。

第七节　好政策扶他蹚出好路子

罗江区调元镇团堆村4组，有一个远近闻名的地名："谢家土城。"

谢家土城不是一座城，是湖广填四川时谢氏家族千里迁徙到罗江的一个落脚点，后人的聚居地。从现存龙门、祠堂、庭院、墙体可以看出谢氏家族在罗江发展得很不错，谢家土城曾经是一座规模宏大的谢氏庄园。由于庄园内的住户陆续外迁，一些墙壁、房檐因没得到保护维修，一大部分已经塌陷，但龙门和宗祠得到了维修。据谢氏后人谢汶君说，每年谢氏家族的春分仪式都会在这里举办，前来参加的族人有上百名。

谢汶君家也是20世纪90年代从谢家土城搬到新修建的住房，位置就在祠堂后面100多米处。他家的院坝很宽，但被拖拉机、收割机、平板货车、旋耕机、三轮车等农机设备挤得满满当当。院坝右侧是一排敞篷彩钢房，里面堆放着他家今年刚收回来的80亩油菜籽。

谢汶君说："今年油菜籽价格下降了几角，我想再放放，等价格上浮一点再卖。"

在调元镇团堆村，谢汶君家只能算是一个不大的种粮户，他所在的团堆村4组也不在制种核心区域，水源没有保障，到目前还没种制种水稻、油菜。但是，他是农村农业机械化推广的先锋。

早在2013年，谢汶君家就买回了团堆村第一台收割机。

谢汶君出生于1989年，2008年在罗江中学高中毕业。毕业后同大多数农村青年一样，先后去了绵阳、上海等地进厂务工。2013

年回村，与县城一个女孩恋爱，他不想再外出务工，想在家乡找点事做，但自己没学历没特长，找不到好一点的工作，这让他很是困惑。女朋友在县车管所上班，女友家人都有工作，而自己只是一个农村青年，待在家里就像一个无业游民一样。这些，都让谢汶君觉得在城里的女友家人面前很是没有面子，很是自卑。

为了不让女方家看不起自己，有一个好的职业，是谢汶君的当务之急。

5月，小麦、油菜成熟，罗江遍地金黄。每到这个时节，江苏、浙江、安徽等外地的流动收割机队伍就会大量涌入四川，涌入罗江，分布到各个乡镇，为当地农户提供机收服务。调元镇场口的公路边，也会来10多台收割机，等待农户的邀请。

谢汶君的父亲同往年一样，去调元镇场口的公路边领回一台来自江苏的收割机，收割自家那20亩小麦，这些农机手的收割费用几乎是统一了的，每亩100元。这天，谢汶君也在家帮忙搬运小麦。他亲眼看到收割机下田，一阵突突突的轰鸣之后，仅两个小时，他家的20亩麦地就收割完毕，他用家里唯一一辆机动三轮车把小麦一车一车运回院坝后，他父亲亲手把2000元服务费递到开收割机的师傅手中。

这时，谢汶君眼红了。他想，照这样计算，一台收割机一天能收100余亩地的小麦，一天岂不就能挣1万元，扣除油钱也能挣7000多元，这是他以前在外面打工两个月的工资，要是自己有这样一台收割机，不仅可以收割自家的庄稼，为周边农户进行收割服务，还可以同他们一样，开到外省去进行收割服务，挣钱。现在，农村劳动力越来越少，越来越需要农业机械化，而团堆村连一台收割机都没有，就是罗江县当时也没有几台。谢汶君大致算了一下，团堆村每一季就有数万元被外地收割机挣走，放眼调元镇就有数十万元因此流入外地人的腰包。难怪人家不惧数千里的遥途，也要把收割机运过来。

谢汶君冷静地分析着家乡的收割潜力，最后下定决心：自己何不抢占先机，先买回先获利？谢汶君从小就对农耕机械有着亲切感，他记得18岁那年，父亲病了，他就开始开着父亲开了多年的手扶式拖拉机翻耕自家的稻田。

插完秧，"大战红五月"已过，种田人可以松一口气了。一天晚上，谢汶君对父亲谢乃平说："爸，我们买台收割机吧。"

"买收割机？"谢乃平以为自己耳朵听错了，反问了一句。

当时，谢汶君的母亲在罗江城里开店做生意，父亲在家种了20余亩田，比一般人家的日子好过一点，但买一台收割机少说也得10多万元，家里的钱是一点一点积攒起来的，一下子要拿出那么多钱，对于当了一辈子农民的谢乃平来说，确实舍不得。何况，周边比他家有钱的大有人在，人家都没去买，还是别去当出头鸟吧。

谢汶君见父亲犹豫着，没有答应，便将当前形势给谢乃平分析了一番。最后说，自己没有学历，找个体面点的工作很难，当个普通打工者，女友家人会低看自己，而自己唯一的本事就是开车。自家有了收割机，在本地收割后，也可以像那些外地收割机一样，开出去为外省农户进行收割服务，挣的钱肯定比打工多。他还了解到，国家从2004年开始，对购买大型农机有相应补贴政策。

尽管谢汶君将这些跟父亲说了，父亲还是没有答应。父亲不答应，他就整天待在家里，做啥事都打不起精神，还整天地在父亲耳朵边念叨不停。

父亲经不住谢汶君的"叨扰"，与妻子商量了一番，终于同意买收割机。谢汶君看上的是久保田联合收割机，因为那些外地收割机也都是这个型号。这年，他在秋收之前花了14.8万元买回了团堆村第一台久保田收割机，正赶上秋天收稻谷。他以前就学会了开车，开收割机自然是熟门熟路，按照说明书提示，稍微一琢磨，就会操作了。这一年，谢汶君不仅收割了自家的水稻，还为周边几家种粮大户进行了有偿机收服务，每亩少收20元，还挣了2万多元收割费。

第二年，外省收割机像候鸟一样，如期来到调元镇进行收割服务。谢汶君有意地与一名外省的收割机师傅套近乎，邀请他到家里喝酒吃饭，然后说出自己想跟他们出去进行跨省收割，对方爽快地答应了。

要跨省进行机收服务，还得有一辆平板车承载收割机。2014年4月，谢汶君央求父亲买了一辆平板汽车。5月，他收割完本地小麦，就把父亲带上当帮手，开始跟随外地师傅的收割机队伍，浩浩荡荡地开往湖北，然后是安徽、江苏、山东、河北、东北三省……进行小麦收割服务。小麦收割完毕，南方的水稻成熟了，又开始远征到南方，先是广西、云南、重庆、四川，再到湖北、河南、安徽、陕西……

这一年，谢汶君跟随收割机队伍，从5月忙到12月进行跨省收割服务，回到家里，他算了一下收入，除去油费和机械维修费，净挣了15万元左右，收割机成本挣回来了，把他父亲谢乃平乐得合不拢嘴。

以前，谢汶君只看到那些外地收割机一天挣上万元，却不知道他们的付出和辛苦。当他自己成为一名收割机手后，到外地去为种粮户进行收割服务时，他才知道，这些师傅为了抢收，为了不让成熟的粮食落在田地里，或者赶时节，他们每天只有吃一顿饭的时间。

自家有了收割机，收粮不用愁了，2015年谢乃平又流转了80多亩土地耕种，加上原来的20多亩，他家共有100余亩。收割完小麦，他们赶紧安排插秧。插完秧，谢汶君又带上他父亲出发了，把家里的一切事务交给妈妈和爷爷奶奶做。这一年，谢汶君不是一个人出去，而是组织了本地新买的4台收割机，由他带队，开始跨省收割服务。因插秧耽误，没跟上外省的队伍，他另辟蹊径，第一站直接去了陕西，然后又到甘肃。

"中国西北，农民最为淳朴。"谢汶君说。他在给陕西一家农户抢收小麦时，因黄土高原早上没有露水，他们5点就起床，让主人家带路，把收割机开进麦地开始收割。只要收割机下地，他们一整个白天就没时间吃饭，只能饿到晚上，才有时间狠狠地吃一顿，然后在车上沉沉地睡一觉。这天中午，一个70岁左右的老农爬了一个多小时的山路，给他送来一碗面条，说："小伙子，都过下午两点了，快来吃碗面条再收割吧。"看见大爷走这么远的山路送来面条，当时，谢汶君感动得都快要流眼泪了。

陕西山区农家的碗，又大又深。谢汶君从大爷手中接过那一碗经过一个多小时山路的沉甸甸的面条，突然想起以前读过的陈忠实那篇著名的短篇小说《舔碗》。这一碗面条实在，因为天气太热，口干，谢汶君吃到一半时就吃不下了，但想到老人的一片心意，若自己不吃完，就辜负人家的盛情了。尽管口味与四川有所不同，少辣椒少花椒油，他还是鼓起劲全吃完了。

还有一次，谢汶君用平板车载着收割机去甘南一个山村里收割小麦。山区的路，不只是狭窄，还坡多弯多，一边靠峭壁，一边是悬崖，车子在山路上行走，突然就往坡坎下面翻，他至今不清楚是什么原因造成。不过，他们开着收割机在山区行驶，随时都把靠里面的一边车门打开，留给自己逃生用。这次也是。在车子向坡坎倾斜的瞬间，他跳车了。一阵惊恐的怦怦心跳之后，他惶惶然，不知道自己的车子怎样才能弄上来。当地村民听说收割机翻车了，来了很多人问他伤到没有。见他无事，都放心了，其中一个壮实的大个子男人说："人没事就好，你不用担心收割机，我们帮你挖一条路开上来就是。"

在谢汶君无助的时候，当地村民自发组织了40多人，硬生生地挖了一条路，让他把收割机开了出来，只是载收割机的平板货车摔坏了，在收完这个村的小麦后，他找了一辆拖车拖回了罗江老家。

面对这些淳朴的西北农民，谢汶君在收取服务费时，以每亩少收10元作为报答。

又一年去甘肃收割服务，谢汶君带着他的收割机队伍像那些外省收割机来家乡一样，停在一个小镇场口的路边等生意。半上午，一个中年男子骑一辆摩托来到他跟前联系收割小麦事宜。通过交谈，谢汶君知道了这个人是一个村的村支书。说好后，谢汶君开着车跟着村支书的摩托，来到一个偏远山区的村部。车子到了村上正准备下田开始收割，车坏了，只得停下来修理。村支书见一时半会修不好，就专程骑摩托车到40公里外的县城买回猪肚条，煮肚条面款待他们。谢汶君又一次被西北人感动了。

谢汶君说，从2014年开始，开着自己的收割机跨省进行收割服务，除了西藏、新疆没去，其余省市几乎跑遍了，令他最为感动的就是陕西、甘肃的农民，他们的淳朴、真诚、热情，给他留下了深刻的印象。前三四年，几乎每年都能挣回一台收割机的钱。2017年以后，全国各地为加快推行农业机械化进程，都制定了相应的农机购买补贴政策，农村里农耕机械逐渐多起来，收割费用由每亩100元逐渐下降到60元、50元甚至40元，外出挣钱就不多了。

2020年新冠疫情发生，跨省作业不方便了，谢汶君决定留下来，从父亲手中接过种田的担子。他注册了君满家庭农场，种植耕地105亩。2021年因村上要进行高标准农田整治，他退出了20多亩，现在只种80多亩耕地。团堆村4组缺水较为严重，制约了插秧机的推广。他家的80多亩农田，到2024年，全部是人工栽种水稻。也是因为缺水，水稻制种没在4组推广。

在2022年前，谢汶君家的耕地都是放水泡一下田，再用打窝机进行人工推窝栽种水稻。这是农村普遍采用的免耕水稻栽种法，更适用于小面积农户栽种。像谢汶君家有80多亩面积，全人工栽插成本就很大了。承包给别人栽种，人工费每亩260元，比耕犁过的田每亩多付60元，每一季的插秧费用就要付2万多元，而且还不好请人。

谢汶君接手家庭农场后，一直想走农业机械化之路，但因为地理条件的限制，他家的田不算多，购买农耕机械设备成本也高等因素困扰着他。2022年，罗江区为加速农村农业机械化推广，加大农机购买补贴力度。谢汶君通过家庭农场协会了解到这一信息后，购买了两台旋耕机、两台播种机、一台无人机，共花费22万余元，政府部门补贴了近10万元，补贴比例超过40%。

谢汶君说，这是享受了两项政府补贴政策，其中一项就是罗江区政府推动的"深化职业农民制度试点"项目的政策，他是第一批享受这个优惠政策的职业农民，包括个人社保补贴。

2022年11月，罗江区家庭农场协会成员组建成立了罗江区家庭农场服务队,简称"农服队",他们采取"协会统筹、农服队牵头、设备众筹、自愿加入、厂家保障"的方式,开展专业化的为农服务。农服队现有旋耕机6台、收割机3台、插秧机2台、植保无人机10台,农机操作手、植保无人机飞手、后勤保障员等40余人。谢汶君的家庭农场机械设备全部加入了农服队,他因有跨省服务的丰富农服经验,又是农机操作能手,成为服务队的农机操作骨干,几乎每次外出服务,都由他带队负责农机技术指导和机械调配。

2023年3月,农服队接到绵阳一个镇的10000亩油菜病虫害飞防服务订单,这是组队以来第一个跨区服务订单,每亩10元,除去成本,服务队成员挣了70000多元服务费。

农服队的服务面广,主要是针对农业产业,翻耕、栽插、播种、飞防、收割等,从3月开始,农服队的服务订单就没断过,本区、外地的都有。

谢汶君说:"2023年2月进入农服队后,全年基本上都有活做,自己购买的农机设备也就没闲着,相当于每天都在给自己创收。不仅自己挣到了可观的收入,也为农业机械化的推广、为乡村全面振兴尽着自己的一份力。"

不过,农机服务也是有风险的。去年,他同农服队在绵阳安州区塔水镇进行飞防作业时,无人机撞上了农田上空的高压线,断了两根。幸好他们买的是大疆无人机,生产厂家买了保险,所有损失都由厂家与相关部门进行协商赔付。

谢汶君对农耕机械有一种特殊情感,他说,这些机械会帮助农民减少很多繁重的体力劳动。今年,他发现农机市场又出现一款新型插秧机,是日本产的洋马牌插秧机,可以在插秧的同时,把肥料施在每一株秧苗的根部,让秧苗在两三天就返青生长,还可以节约后期的追肥人工成本，让水稻提前近一个星期成熟，且会每亩增产30斤以上。这款插秧机售价9万多元，除了政府补贴，他自己只需要付6万多元。他说："镇上政府的农机补贴政策，给了我购买农机的积极性。"

谢汶君在从事农机服务和农业种植中，越来越发觉到知识的重要性。2023年7月，他在罗江区科教局的推荐下，参加了腾讯公司在成都双流举办的为期7天的"为耕耘者"培训，参加人员几乎都是80后、90后，授课的全是教授。这一年，他还参加了一个农业专业的考试，考取了大专文凭。下一步，他还想进四川农业大学学习，考个本科文凭，以弥补自己没上大学的遗憾。他认为，当一个合格的现代新农民，知识技术很重要，学历也很重要。他现在的主要工作和经济来源不是种粮，是靠农机社会化服务。今后，他还是想种植，扩大种植面积，依托农业机械，走精细化耕种之路。尽管他家今年80多亩水稻还是全人工栽插，等下半年买回洋马牌插秧机，他就要全面实行机插秧。尽管他们4组不在制种规划区内，不能制种，但他的农耕机械设备每年都在为制种大户服务，这也让他有一种为罗江区制种产业做贡献的自豪感。

作为一名资深农机操作手，谢汶君说，他正在研究油菜直播和油菜机械直收，他要尽量让现有的土地节约成本，提升亩产收入。这是他正在走的路。

谢汶君现在是罗江区内出了名的农耕机械操作手，已为区内多家种粮大户和果园专业户进行过农机服务。我们看到，他依托政府部门的补贴政策，大胆地购买了适应现代农业种植和收割的全套农耕机械设备。他家种田不多，就80多亩，不算种粮大户，但能称得上"农机服务专业户"。

第五章
助力和美新村

　　罗江区，这个看似平凡的地方，人口少（常住人口20.9万人），面积小（448平方千米），却蕴含着乡村发展的巨大潜力和乡村治理的智慧。本章将深入探讨罗江区在发展制种产业过程中的村集体收益与乡村治理之间的紧密联系，带您领略这片土地上的探索与思考。

　　村集体收益是乡村发展的重要动力源泉。罗江区的各村通过合理利用土地资源、发展制种特色产业等方式，开发乡村生态旅游，吸引了众多游客，为村庄带来了可观的经济效益。这些收益不仅改善了村民的生活，还为乡村治理提供了坚实的物质基础。

　　乡村治理是确保乡村和谐稳定的关键。罗江区的乡村治理模式不断创新，充分发挥调动村民的主体作用，推行村民自治。同时，加强基层党组织建设，提高了乡村治理的效率和水平。例如，成立村民议事会，让村民参与村上事务的决策，增强了村民的归属感和责任感。

问渠那得清如许，为有源头活水来。罗江的制种业，为村集体收益的增加和乡村治理提供了资金支持，而乡村治理的改善又为村集体收益的可持续增长创造了良好的环境。罗江区注重两者的良性互动，通过发展产业、改善基础设施等方式，促进了村集体收益与乡村治理的协同发展。

第一节　多姿多彩长玉村

"村集体有财力，才有凝聚力，才能更好地为群众办实事。"长玉村党委书记丁洪生说。

长玉村的村集体收入，主要来源于近几年崛起的村农事服务中心。村农事服务中心是因制种水稻、油菜应运而生的一个村级农事服务机构。

种业振兴，良种先行。长玉村深入贯彻落实《种业振兴行动方案》，充分发挥自身优势，在区委、区政府推动国家级水稻油菜制种基地建设进程中，打破传统种业模式，推行适度规模化经营，提出了"土地集约式管理、产业规模化发展"的理念，已成功打造国家级双季制种样板基地，让制种农户收入提升1倍以上，村集体收益也成倍攀升。

长玉村一直在探索如何增加村集体收入。2018年，长玉村还是"空壳村"。2019年，只有几千元收入。2020年，村集体收入也就1万多元。2021年，村集体通过整合土地流转大户等方式，收入5万元。2022年，长玉村以"联农带农、共建共享"为理念，积极探索社会化服务模式和农户增收长效机制，建立"村委会+合作社+公司+农户"的"1+N"合作模式，年分红最高达205万元，农户每亩制种可获收入7500余元，同时带动附近1000余名村民灵活就业，每年发放劳务费130余万元，村集体收入10余万元。

2023年，长玉村持续推动双季制种扩面、提质、增效，水稻制种达2700亩，油菜制种达1500亩，年产值达1300万元，村集体收入增加到20余万元。

2024年，总投资1836万元的罗江种子加工中心已经建成，区政府交给长玉村管理运营。

种子加工中心坐落在长玉村国家级水稻油菜制种基地，离基地展示中心约一公里远，四周被青翠的农田环抱，橘黄色的建筑高大、气派、时尚，从外观上看，像城里时髦的健身房或购物中心，特别醒目。建筑面积2900平方米，配备种子干燥机、清选机、除尘器等设备8台（套），是国内目前最先进的采用低温循环式多功能种子烘干设备，可以烘干水稻、小麦、油菜籽等种子或商品作物，设计烘干产量约为120吨/批次，日均烘干60—80吨。同时，加工中心配有100吨种子暂存仓及干湿种子计量设备，并配置了6吨/小时（小麦、油菜籽10吨/小时）的种子加工成套设备，均按目前行业规范标准配置精选、去石、谷糙分离、色选及自动包装设备，完全满足烘干后的种子就地加工需求，达到上市销售标准。

种子加工中心的运行，为长玉村带来了更多的村集体收益。2024年上半年，长玉村集体收入就达到40余万元。这期间，他们还与多家科研单位、大专院校签订了多个研学项目协议，9月到10月进入合作阶段。这些，也能为村集体带来收益。

村党委书记丁洪生说："2024年村集体收入将突破100万元。明年，种子加工中心功能将更加突出，将会为罗江种业发挥更大作用。另外，与各大专院校的研学、德阳文旅集团的合作将会更加紧密，增加村集体收益。"

村集体有了钱，就好办事。2023年农历腊月二十三，在村部举办了首届"长玉村春晚"文艺活动，舞蹈、小品、演唱、诗歌朗诵等文艺节目丰富多彩，都是本村村民自编自导自演，内容都是围绕水稻制种、廉洁文化、乡风文明、百姓的幸福生活等群众喜闻乐见的节目，村党委书记丁洪生亲自上台朗诵制种诗歌，把长玉村人的自信、快乐、幸福全部展示了出来，有的村民因为上台参加表演，感到特别自豪，兴奋了好久。

团大年，本是各家各户传承数千年的民俗。长玉村把一个村当作一个大家庭，每年腊月二十三，都要组织全村人民一起团大年，资金来源采用联系本村企业家、成功人士赞助和村民每人收费20元、30元等形式。村上团大年一般在腊月二十三，当天，一年没见面的外出务工人员、平时很少交往的邻里乡亲聚集一起，上百桌的坝坝宴热热闹闹，既增加了邻里乡亲和睦，也联络了人与人之间的感情。

给村里老人过重阳节，是长玉村的传统，从2013年就开始了。每年重阳节，村里都要办30多桌酒席，请村里60岁以上老人聚集一起，开心吃喝玩闹一天，弘扬尊老爱幼的好作风好传统。

长玉村人依托制种产业过上了幸福生活，精神面貌焕然一新。节庆日还会举行各种游园活动，邀请各部门、单位派人来，举行卫生知识宣传、法律法规知识有奖问答、为老年人免费体检等公益活动，增添群众的幸福感。2024年3月中旬，在制种基地田园上举办的"我是幸福制种人"摄影展，一张张彰显村民们幸福笑脸的相片，迎来上万人参观。

2024年，长玉村持续推进国家级水稻油菜制种基地建设，以"精品村"环线为轴线，将千亩良田、田园风景、研学基地、特色产业等串珠成链、连线成景，打造农耕文明活态博物馆，推进三产深度融合，高质量发展庭院经济，形成家家有产业、户户有特色的发展格局，绘就共富新图景。

村上探索实施"寻玉人家"积分制治理机制，围绕勤劳致富、环境卫生、热心公益、移风易俗、遵纪守法等五个方面，以户为单位对村民参与治理的行为进行量化评价，共评比"寻玉人家"示范户100户，形成"大事一起干、好坏大家评、事事有人管"的乡村治理格局。同时，长玉村以学习运用"千万工程"经验为抓手，将发展庭院经济与农业结构调整、乡村全面振兴有机结合起来，依托宜业宜居和美乡村建设，打造"美丽庭院+"项目，发展庭院经济示范户50余户，人均增收1000元，村集体经济收入增至20万元，探索发展乡村经济新业态的新尝试。

为挖掘和传承农耕文化，立足乡土味道、保留乡村风貌，长玉村积极开展群众性精神文明创建活动，正在建设的村史馆，"记忆农耕·长玉未来"乡村游等文旅活动，整合了田园风光、自然景观、民宿院落等特色资源，成为长玉村乡村旅游的底色。在精品村建设中，为做优农村人居环境，他们对全村400余座坟墓进行清理整治，推进农村厕所、生活污水、生活垃圾治理，进行"最美庭院"打造，健全农村人居环境长效机制，依靠群众共建高质量建设美丽乡村，着力打造"开门见绿、推窗见景"的生态绿色空间……

这一系列举措，既丰富了群众精神文化生活，也坚守了稻乡生态本底，让长玉村成为罗江区种子公园环线的最大亮点。

　　村党委书记丁洪生介绍：现在，长玉村从育种、收割到出产品的全部生产流程已经实现了现代化农业。下一步，智慧农业是长玉村的发展方向，村上将建立大数据监控中心，通过监控设备，分析出哪一片田缺水缺肥，哪一片田发生了病虫害，通过大数据中心进行分析，采取相应应对措施。

　　我们看到，是制种产业托起了长玉村经济腾飞的翅膀。

第二节　财源茂盛广安村

　　胡书记年近六旬，瘦长的脸上架着一副近视眼镜，看起来像一个斯斯文文的教书先生。

　　笔者问胡书记："都做了哪些民生工程？"

　　胡书记向上推了一下鼻梁上的眼镜，侃侃而谈。

　　"村集体有钱了，就多做民生工程。"广安村党总支书记胡国勇说。

　　2023年腊月，外出务工人员陆续回到村上。有河黄路回村居民给胡国勇打电话，建议给河黄路、文广路段安装路灯。

　　略坪镇广安片区河黄路、文广路和场镇路段，村民1700余人沿路聚居生活，民房密度大，如街道，夜晚来往行走人多，但这几条路一直没有路灯，随着车辆的增多，夜间出行存在较大安全隐患，周边村民安装路灯的愿望十分迫切。

　　村上在年节前开了个两委会议，决定在河黄路、文广路和场镇路段安装路灯，经过向镇上请示同意，2024年大年刚过完，广安村就启动了该项目，由村集体资金投入，总投资14万余元，共安装路灯131盏。

如今，每当夜幕降临，广安片区主干道亮起的一盏盏路灯，成为一道风景。

广安村离罗江县城16公里，算是较为偏远的一个村，但它地处原广富镇政府所在地，场镇是一个有600多人居住的社区，由村上管理，有街道、米厂、学校、卫生院、农信社等，人口相对集中，有一定闲置资产，但利用率低。2007年广富镇并入略坪镇后，一些闲置房无人管理，以至于破败不堪。近些年，村两委为增加集体收益，深挖自身潜力，通过全覆盖清理、台账化管理等措施，整理出可有效利用的闲置资产9处，通过村上水稻制种专合社，组织一些农药、农资，在临街的闲置房销售，增加村集体收入，并积极向多方争取扶持资金，采取"项目资金扶持一批、集体经济盘活一批、农交所规范一批"的模式，盘活一批闲置房。2019年，充分利用上级组织部的壮大村集体经济专项资金100万元，对原榨油坊、米厂、广富电影院、老村委会办公场所、场镇街房等场地进行维修、改扩建，然后再承包出去，有效地为村集体经济收入创造了多条渠道。

广安村水稻制种历史与长玉村同年，也是从2003年开始，最初只有100多亩，发展到2011年左右达到高峰，制种水稻面积达1100余亩，现在由于村里劳动力缺失，土地又不太适合农耕机械操作，减少到400余亩。2008年开始发展了油菜制种1000余亩，到现在也减少到800亩。水稻、油菜制种得益主要在农户。村集体只是将一些不愿种田的农户的土地进行流转，每年再花五六万元进行综合整治，使之成为适合农耕机械耕种的高标准农田，再通过村专合社流转给种粮大户制种或种植常规粮食作物，村集体每年有一定的管理费收入。

2020年以前，村集体收入不多，主要是闲置街房出租。2020年，通过专合社流转土地给大户和闲置房盘活，收入10万元，2021年和2022年收入均近30万元，2023年收入突破30多万元。

村集体有了钱，首先想到的是村民。从2021年开始，每年过年给村民分红，人均50元。钱不多，但让群众能感受到村上的关爱，从而也增加了村两委的凝聚力。以前，村集体没有收益，开个会就稀稀拉拉几十个人，现在开会，只要在家的村民，都会到场。村集体有了钱，一些公益事业也提上了议事日程。除了前面写到的安装路灯外，在2023年，村上还拿出5万元对街道进行了绿化，同时，给每个组发放5000元作为活动资金。村民小组小的基础设施建设项目也不用向群众集资，把组长的积极性充分调动了起来。

村两委为了壮大集体收入，把集体的钱当作自己的钱来投入，尽量规避投入风险。基本上是投入一个，成功一个。比如原广富镇电影院，已多年没放电影，顶棚垮塌，粉刷脱落，很破败，廉价租给一家食用菌公司。2019年村上收回，花5万多元进行了维修，2020年出租给别人开酒店，每年有2万多元收入。原广富镇敬老院闲置多年，600多平方米，村集体花7万多元进行改建，租给一家弹棉絮的加工厂，每年有3.5万元租金。

积少成多，这一笔一笔的收入促进了广安村集体经济的不断壮大。村上这些集体资金除了给村民分红，给各组发活动经费，还投入一些公益性基础设施建设，把多余的钱也用于投资，让村集体资金"蛋生蛋"，发挥最大效益。他们曾给一个平台公司投资入股10万元，根据公司的效益进行分红。2023年分红2万多元，2024年分红4万元。

2019年，村集体收回农户不愿种的土地500余亩，村专合社按原承包面积给付流转费，进行小块变大块、沟渠三面光等综合整治，转包给种粮大户，让荒芜的田地长出绿油油的庄稼。2022年，村上又整合500多亩土地，通过村专合社流转给种粮大户。两次土地集中整治，村集体投入6万余元，一些田坎和荒坡也改造成了粮田，扩大的面积和流转费差价，为村集体增加了一笔可观的收入。

村里土地总共流转给三家大户，以前种青豆，2023年听从国家"藏粮于地，藏粮于民"号召，在村上统一布局下，开始种植粮食。2024年听从区政府产业规划，开始种制种油菜1000余亩，5月收割后又轮作制种水稻。

村党总支书记胡国勇介绍，现在村上入驻水稻制种公司一家、油菜制种公司两家。村上将逐步引入种粮大户，积极配合推进罗江区种子公园发展进度。

广安村在发展农业生产、壮大集体经济的同时，也不忘村里精神文明建设。村里有一支文艺演出队伍，在年节、国庆节、中秋节、重阳节等各个演出活动中，每演出一场，村上给予1000元的演出补贴。2023年开始，为鼓励演出团队成员，每演出一场，补贴由原来的1000元提升为2000元。

重阳节除了给老人们过节，从2017年开始，还给70岁以上老人发放60元慰问金。除此之外，村上对村里考上大专院校的学生，也制定了相应奖励政策：大专每人奖励500元，本科每人奖励1000元，考上985、211学校的每人奖励2000元。

广安村制定的这些公益性政策，既增加了村民们的幸福感，也拉近了干群关系，还增加了村两委在群众中的信任度和凝聚力。广安村这一系列乡村治理实例，也赢得了不少荣誉：2019年获得罗江区先进党支部荣誉，2021年获评区优秀基层党组织荣誉，2022年获评市"六无"平安村……

壮大村集体经济，加强乡风文明建设，是广安村乡村治理的一大亮点。

第三节　文明示范星光村

走进罗江区鄢家镇全国乡村治理示范村、国家级3A景区星光村，犹如走进一幅美丽的乡村画卷。村子如一座大花园，处处是美景。梦月湖、特色民居、观光台、乡愁记忆民俗博物馆、岭上花开拍摄基地、主题农业公园、云峰诗社……让人耳目一新、目不暇接。

在星光村，以柚文化为主的"国色天香·柚乡诗话走廊""凤岭居·天台风情走廊""锄月沟·休闲娱乐走廊""星光村·果海黛色走廊"四大生态观光农业走廊，已成为乡村生态旅游热线。户户有果园，家家有庭院，农家乐、乡村民宿、咖啡屋、汉文化体验室……星光村依托优势资源，加大休闲农业、精致农业、现代农业建设力度，通过定向议事代表制度，加快"乡愁记忆"主题农业公园打造，实现一二三产业融合发展，构建出共建共治共享乡村治理新格局，村容村貌焕然一新，人民群众安居乐业，生活幸福美好。

通过真抓实干，星光村先后被评为全国文明村、全国民主法治示范村、省级环境优美村、省级"四好村"。现在，正以新面貌、新模式、新风尚的新农村风貌吸引八方游客。

星光村是鄢家镇最早一批发展种植果树的村子。早在20世纪70年代，星光村集体就开始引进温州蜜橘，成片栽种，并在全镇推广。依托果树栽植，星光村率先成为鄢家镇的富裕村、"果园村"，吸引了外地县市组团前来参观取经。随着农村产业结构的调整，星光村果品不断改良、丰富，蜜柚、爱媛、春见、椪柑、耙耙柑、葡萄、黄金梨、蜜桃、脆红李……凡能适应川中水土和气候的果树，几乎应有尽有。

同时，星光村也是罗江区发展油菜制种最早的村之一。从2006年开始，便与什邡孝楠公司合作，开始了油菜制种，从二系一直种到现在的三系，已经种植制种油菜18年，从没间断。油菜制种面积也一直稳定在1300亩。到2020年与天台村并村，油菜制种面积扩大到3050亩，于2017年在罗江区最先探索采用机收制种油菜，并取得成功。

现在，星光村已经发展成"家家种制种，户户有果园"的特色村，成为罗江区油菜制种面积最大的村之一，也是"西蜀柚乡"的核心基地。星光村的油菜制种，主要是靠引进种粮大户，流转土地2000余亩。2017年，一部描写本土柚子产业发展的爱情故事片《岭上花开》在星光村拍摄完成，第六届"中国·罗江诗歌节"在星光村梦月湖广场举办，让星光村走红网络，吸引来全国各地游客观光采风。依托这两大支柱产业，星光村在脱贫攻坚战中脱颖而出，村民人均收入达到23700多元，成为罗江区最富裕的村之一。村里人率先"住上好房子、过上好日子、养成好习惯、形成好风气"，星光村被评为四川省级"四好村"。

村民富了，村集体收益也在日益壮大，每年收入都在30万元以上。星光村把集体收益紧紧攥在专合社手中，没有像其他村那样进行分红。

村党委书记周华认为，给每个村民分50元、100元，他们也置办不了个什么，再说，村民也不差那50元、100元。与其拿去分红，不如集中起来为村民们办实事。

千百年来，村民们收到的粮食都靠太阳晒干，如果天气不好，遇连绵雨，常被沤烂、发芽，这成为种粮户（尤其是种粮大户）的一块心病。自粮食烘干设备在周边村镇出现，周华就想用村上资金购买回烘干设备，为种粮大户和农户服务，保障收到手的粮食不被沤烂、发芽、发霉。

2019年1月，周华参加完省人民代表大会回到村里，思想认识再度提高，这个愿望更为强烈。这时，星光村村集体资金已经足够修建农事服务中心，他与村两委班子先找到一片靠近村旅游观光道旁的非耕地，向相关部门申请审批。因属于非三农用地，很快就批下来了。2021年冬，村上请来一台挖掘机开始平整场地。经过一冬的努力，6000平方米的场地被平整出来了。2022年开始筹备材料修建，2023年4月，星光村农事服务中心建成，两套烘干设备也安装调试到位。

5月中旬，制种油菜开始收割，有制种大户前来问询周华："制种油菜籽能不能进行烘干？"

周华也不知道。因为烘干设备主要是用来烘干稻谷、小麦、玉米等粮食，而烘干制种油菜籽，周边还没人尝试过。他便问孝楠公司驻村技术员，技术员说，可以先试一下。

制种油菜籽18元一公斤，如果烘干出了问题，损失很大。但为解决大户晾晒难问题，他们还是决定进行实验性烘干。

开始进行烘干时，周华与孝楠公司驻村技术员守在烘干机旁，每隔10多分钟取一个样品进行检测。因是全区第一次使用烘干设备烘制种菜籽，必须做到小心谨慎。若影响发芽率，成本就摊大了。

初选、精选、烘干……黑黑的制种油菜籽一个环节一个环节地进行，到烘干出成品，再检测，全部达标。

他们试验成功了。这套烘干设备投入使用后，仅油菜籽烘干这一项，就给制种农户每亩节约了100元左右人工成本。以前，全靠人工筛、晒，风车净选，现在这些工序全部交给烘干设备来完成，还不怕连绵的阴雨天气。

2023年建成投入使用的农事服务中心，因资金有限，只买回两套烘干设备，远远不能满足农户的需求。年底，星光村获得50万元市上奖励资金，加上村上这一年的集体收入，又买回两套烘干设备。邻村万安村的集体资金没找到合适的项目，听说星光村农事服务中心还需要增添烘干设备，主动与星光村联系，又入股95万元购买两套烘干设备。到2024年小春收割时，星光村就有6套烘干设备从事为农服务，基本上能够满足周边种粮户的需求。

2024年上半年，全村收获制种油菜籽40万公斤，全部在村农事服务中心完成烘干和打包、发货。

周华说："农事服务中心的建成，有三利，一是制种农户节约了劳动成本，二是种子公司节约了运输成本（直接在村上打包发货，减少了往公司基地旌阳区转运），三是村集体获得了服务费。"

村农事服务中心总投入400余万元，其中烘干房投资近300万元，村上贷款50万元，还欠建筑方部分工程款。周华书记说，一两年之内就能还清。另外，村上还筹资130余万元修建了冻库，这是村上争取到上级部门的奖补项目资金85万元，村里一水果种植大户投资50万元修建的，主要用于存放水果。

烘干房和冻库的建成，既为制种大户和种粮大户解决了种子、粮食的晾晒难题，也为果农解决了水果储存的后顾之忧。这是村集体资金发挥出的最大惠民功效，深受群众称颂。

我们看到，星光村充分利用村集体收入，把钱用在刀刃上，为农户在农业现代化生产进程中保驾护航。

星光村这些年之所以坚持种制种油菜，一是种子公司技术好服务周到，特意在本村请了两名土技术员当技术辅导，他们还信守承诺，从不压价。二是农户种制种油菜，实实在在比种常规油菜每亩多收入600元到800元。到2024年，星光村有制种大户9户，最多一户种了400多亩，最少的是100余亩。种子公司和村上为规避风险，严格要求制种大户最多种500亩。另外，村上在流转土地时对大户也有要求，必须服从村上统一产业发展规划。所以，制种油菜面积位于罗江区前列。全村共有耕地面积5400亩，油菜制种面积占70%。

周华说，星光村因为水源没有保障，才一直没有种制种水稻。2025年，原来承包给养殖户的白土地水库期限将满，镇政府回收后有水源保障，村上正在谋划进行水稻油菜双季制种，为农户增收。

回看星光村这10多年来的发展之路，依靠发展水果产业和油菜制种产业，村集体不断壮大收入。2010年，就修建了一条罗江区最宽的村道——星光大道，14米宽的路基、8米宽的油路。扩建路基时制种油菜刚开花，农户都觉得砍了可惜，但都主动砍掉，且不要青苗补偿费。这个气度，可能只有星光村人才有。从那一年开始，星光村所有通组路、院落路修建所砍占的青苗树木，村民都不要补偿，更没有无理取闹的现象。这展现了全国文明村人民群众的素质。

周华说，只要村干部带领村民把产业发展起来，村上要做啥事，群众都会积极支持。当然，村上所做的事，得是大家受益的惠民项目，比如修山坪塘、生产便道、院落路等基础设施的小工程，村上能解决的都由村上出钱解决。

改善人居环境，缩小城乡差别，路灯也是明显的表现之一。在星光村，天然气、厕所、村道、民居等早已完成"四好村"建设达标，最明显的差距就是村道上没有路灯。2018年，村上通过村民自治议事会商议村集体的钱用来搞建设还是分红。大家都说，分红的钱，伸手就花了，还买不了个啥东西，汇集在一起，就能办大事。于是，通过村民议事会讨论，村上决定给全村的大院落、居民聚居密集的村道安装路灯，花费资金17万元安装的400多盏路灯让星光村的夜晚灿若星光。2024年，区委、区政府规划了鄢慧路大环线维修整治，在原来水泥路的基础上铺设沥青路面。该路段穿星光村而过，境内长4.4公里，因沿途民居密集，村上已通过村民自治议事会，决定在这4.4公里路段安装60多盏太阳能路灯，保障居民夜行安全，提升新农村形象。

合并过来的天台村，有80多家散居农户，天然气、自来水、道路都不太方便。为此，村上争取到一个新农村聚居点的安置项目，拿出村集体资金进行场地整治，没有村民提出反对意见。

村支书周华说："聚居点建设好、管理好，也是搞好乡村治理的一部分。"

星光村是罗江区最先富裕起来的村，村民们的觉悟高，素质高，有长远意识。这是星光村多年乡村治理、乡风文明建设的结果。早在2017年，星光村就被评为全国文明村，2021年被评为四川省乡村振兴示范村和全国乡村治理示范村。

第四节　乐享和美富荣村

在罗江区金山镇慧觉片区，隐藏着一个和谐静美、风景如画、人民富足的村子，名叫富荣村。近年来，富荣村通过水稻油菜制种等特色产业，让村民们过上了富足美好的生活。

2024年7月12日，富荣村的人像过大年一样欢喜，他们早早地吃过晚饭，从四面八方向村文化广场走来，选好座位，等待一场别开生面的文化大餐。晚上7点半，天还没完全黑下来，广场上已经灯火辉煌。人声鼎沸中，一阵喜庆的锣鼓声响起，川剧《戏操》正式拉开文艺活动的序幕。

这是由文化和旅游部公共服务司主办，四川省文旅厅、中国文化馆协会承办，文化和旅游部全国公共文化发展中心支持，省文化馆、市文广旅局和德阳市罗江区人民政府执行的"乐享金山　和美富荣"2024年全国夏季"村晚"示范展示活动在富荣村成功举办，上千名群众赴现场参加，全国15.82万网友通过直播的方式参与其中。整场"村晚"共分为三个篇章，有歌舞、相声、小品、民俗表演等多种艺术表现形式，为观众呈现了一场精彩绝伦的文化盛宴。最后的互动拉歌环节，村民们歌声嘹亮嗨翻全场，将整个活动气氛推向了最高潮。

在文艺演出前，富荣村就开展了一系列丰富多彩的文化活动"热身"。文化集市上，有"赏诗猜词"书香研学、新时代文明实践志愿服务等，吸引了众多游客参与。

据了解，金山镇富荣村是2024年全国90个夏季"村晚"活动示范点之一。本次活动的成功举办，充分展示了罗江独有的文化魅力以及罗江农文旅融合发展实践和乡村全面振兴的丰硕成果。

在富荣村，我们看到人人面带自豪与幸福的微笑。

近年来，富荣村依托水稻制种、油菜制种等特色产业，不仅使村民过上幸福生活，村集体农事服务中心也在全村发展种业、引进种业大户的过程中瞅准机会，应运而生，为壮大村集体收入做出重大贡献。

富荣村80后村党委书记李念介绍，富荣村在2018年前，与许多村子一样，还是一个"空壳村"。上面强调发展村集体经济，村两委成员开研讨会多次，也没找到发展集体经济的门路。村上没钱，群众迫切需要的一些公益性项目都没法解决。不能为村民办实事，凝聚力就没有了，威信也没有了，村上开个群众大会，群众不理，会场就寥寥数人。

某一天，李念突然想到，富荣村就在慧觉场镇，这就是优势。慧觉片区远离采沙场，居民搞一些小建筑设施，都需要跑很远去购买河沙，很不方便，何不利用自身区位优势，在场镇开一个店卖建材卖农资？

李念把自己的想法与村两委几个同事一说，大家都同意，只是村集体没有一分钱，本钱从哪里来？去贷款。

问信用社，回答说村集体没抵押，不能贷款。

"我们去担保。"李念说。

于是，村支书李念、副支书谢强和村两委成员李林、舒道文四人用自家财产去信用社联保，贷款10万元，开始从平武、北川运河沙回来倒卖。同时，村上还决定，开展广告位出租、劳务介绍、农资销售等多个营销服务项目。但是，也需要启动资金。怎么办？村上又动员每个组组长筹集资金9800元，筹集到资金15万元，2018年

8月注册成立了富荣村集体资产管理有限公司。这样，富荣村集体经营项目开始运营起来，不仅没亏本，年底还有了盈利。

2019年，村上见留在村里种田的人很少，丢下的荒地多，把这些土地收拢进行综合整治、统一管理，通过德阳农交所挂牌招租，招进蜀粮源公司，不仅让撂荒地长出来绿油油的庄稼，村集体每年还可从蜀粮源公司收到一笔土地管理费。

也是在这一年，组织部壮大集体经济专项资金100万元批下来，李念组织村两委班子开了个会，主要就是商讨怎样用这笔钱来壮大集体经济。首先否定了办厂办企业，那不是一个村级组织的强项，富荣村也没有这个优势。通过一番讨论，最后意见统一，一致认为现在村里最缺的就是农耕机械，每年插播和收割，都是请外面的农耕机械，这些机械服务费加起来上百万元，何不由村集体资产管理有限公司用这笔钱购买一批农耕机械，既可为村集体挣服务费，还可推进本村农业机械化进程。

于是，在夏天一个晴朗的上午，收割机、拖拉机、无人机……一批实用的农耕机械开到了富荣村部旁边新建成的农事服务中心坝子里。但是，接着问题就来了，谁来操作这些设备？

"我们自己去考驾照，自己操作，开出去服务。"李念建议，大家响应。

村上成立了农机队，注销了原来的公司，重新注册了富荣村集体经济股份联合社，副书记谢强，副主任林洋、范小燕，村委会委员李林成为农机队四名机械手，李念、林洋、李林都考取了收割机、拖拉机、无人机证，范小燕则考取了无人机证。

蜀粮源公司流转的800亩土地是他们的第一个服务项目，耕种、飞防、喷药、收割，全部是村农机队的机械设备进行服务，同时，他们还应邀到绵阳涪城区金峰镇和本村其他种植户田里进行了2000多亩的飞防服务。

这一年村上的各项收入加在一起达到50余万元，创了新高。当然，这些收入与四名机械手不怕辛苦、舍得干分不开。在抢收抢种的时节，他们常常忙得一天只吃早晚两餐饭，满身满脸灰尘和泥浆，熟人碰面都不认得。李念在2021年9月就经历过这样的事。那一天，他开着收割机为蜀粮源公司进行秋季水稻收割，收割完一片稻田后转场去另一片稻田时，路遇6组老组长，他跟老组长打招呼发烟，老组长迷茫地看着他，迟迟不敢伸手接烟，问他："你是哪个？"他这一问，把李念笑得差点岔了气。他对着反光镜一照，才明白老组长没认出自己的原因：满脸烟灰色，如同卖炭翁。拍下照片，肯定连自己老婆都不一定认得，何况人老眼花的老组长。

别看无人机飞防只动动手就能操作，其实也是很辛苦的，因为飞防一般都是在夏天的七八月进行。这时正是大热天，操作得站在太阳下进行。村上无人机飞防一般都由范小燕操作，戴帽子不行，遮挡视线，只能涂抹防晒霜。尽管如此，没两天就晒得黑如非洲姑娘。

村党委书记李念见到范小燕，问："小燕，你没抹防晒霜吗？"

"抹了呀。"范小燕回答。

"一层不行，至少要抹5层。"李念开玩笑说。

通过两年的运营，李念感受到农机队的实力还比较薄弱，缺少市场竞争力。2022年，又把农机队更名为"农机服务专合社"，在原来农机队的基础上，把周边有农业机械的农户都吸收进专合社，队伍实力一下子壮大起来，各类农耕机械设备一下子增加到45台，聘请了50余名机械操作手，几乎都是80后、90后。

这时，富荣村农机服务专合社服务面就广了，可为种粮大户和周边农户提供旋耕、育秧、机插、机播、飞防、追肥、机收、烘干等全程机械化服务。

但油菜移栽是一直困扰制种大户的一个难题，也是罗江区普遍油菜制种面临着的还没解决的难题。2023年7月20日，罗江区种子管理站站长夏红被组织下派驻富荣村，任第一书记。为解决油菜机栽这一难题，夏红邀请省农科院农耕机械化专家到富荣村对油菜制种农户进行机栽技术培训，在富荣村建立一片油菜毯状育秧实验田。2023年11月19日，油菜机栽现场会在富荣村种植大户杨军的3亩田里进行机栽演示，罗江区种粮大户几乎都被邀请到现场观看。大家亲眼见证，机栽1亩油菜只需要40多分钟，在目前缺乏劳动力的情况下，可以真正解决人工移栽这一难题。2024年5月收割，机栽油菜亩产量138.6公斤，看似比人工移栽少收了几十公斤，但当时移栽已经晚了1个月时间，这是一个重要原因，却节约了人工费500多元。2024年，机栽油菜试种面积已扩大到300亩，在罗江区每个镇都有几十亩。如果推广成功，农机服务还可以增加这一项农机服务。富荣村农机服务专合社紧盯这一服务项目。

为了参加一些农事服务项目的招投标，2023年富荣村农机服务专合社进行了工商注册，有了营业执照，专合社就有资格参加区农业农村局的农事服务招投标项目。2023年，他们承接了罗江区和绵阳安州区、涪城区的大面积收割、旋耕、飞防等农事服务，收割油菜、小麦1.43万亩，旋耕9000多亩，飞防12万亩，育秧900多亩，总收入达到234.8万元，村集体净收入超过50万元。

通过一系列的努力，富荣村集体经济逐渐壮大起来。

村集体有了钱，便开始回馈群众。从2019年开始，村上便定下一个制度：对考上大学的学生，每人奖励500—800元，当兵入伍的青年，每人奖励800元，重阳节给全村60岁以上老人过节做坝坝宴。2023年在村文化广场摆坝坝宴达100桌。儿童是村子的未来和希望，村上组织被帮扶过、暑假回村的大学生给村里孩子辅导功课，教他们绘画、书法，让孩子们从小养成高尚的思想品德，给村里孤寡老人打扫卫生。村上还组织全村孩子参加象棋比赛，评出一二三等奖；组织儿童们免费参加夏令营，由村干部和回村大学生带队。这一系列暑假活动为期10天。

富荣村把服务好儿童、老人、妇女作为乡村治理一个重要部分来抓。2021年，村里成立了志愿服务队，由全村低保、五保人员组成，定期打扫村上公共服务区域，让他们在享受国家待遇的同时，也体现自己的价值，做到老有所为。

村上对群众进行分红。2021年、2022年已分红两次，人均30元加一袋优质大米。2023年，村上因购买烘干设备花费大，才没有分红。2024年又有了可观的集体收入，村上准备继续分红，让群众得到真正的实惠。

2024年6月，富荣村12组一个大院落的居民反映没路灯，这座院落是沿公路而居，现在乡村私家车多，晚上出行很危险。村上召开理事会讨论，很快得到落实，安装路灯6盏。

村上有个孤儿名叫何兰。他母亲和姐姐在2022年出车祸去世后，父亲心情压抑，整天喝闷酒，于2023年4月去世。这时何兰18岁，正在上高中。村上为保障他不停学，马上召开理事会，决定每年给他5000元生活费，并把这个决定及时告诉了何兰，让他安心上学。村上又担心他患上抑郁症，村干部多次去罗江中学与他的班主任交流，问询他在学校学习情况。周末回到家里，村干部又去对他尽心开导，让他有一个健康的好心态。何兰不负众望，2024年高考取得572分的好成绩。在村干部建议和他自愿的情况下，他报了医学院，村上理事会研究决定资助他每年上大学的学费。

在采访富荣村时，笔者不仅看到了这个村的真正"富荣"，更感受到了这个村传递给村民们的人间温情。

第六章

"种子公园"绚丽多彩

好种筑好"芯",好种产好"粮",好种兴好"村"。如何更有效地发挥区域特色种业产业优势,更好地助力种业振兴、农业增效、乡村全面振兴?

为此,罗江在2022年按照五星级园区标准建设"种子芯谷",规划年制种面积达6万亩的蓝图,实施罗江区粮油制种现代农业园区示范创建,以"种业芯谷"为核心,以创促建,推行"大园区小业主",推动罗江全域粮油制种产业高质量发展,规划打造"国家粮油制种示范农业公园"(又称"种子公园")。

作为农业创新的重要基地,园区汇聚了众多优秀的种子企业和制种大户,他们是园区的主体支撑。然而,罗江人需要建设的种子公园,不仅注重物质上的丰盛,更注重文化的传承与培育,在推动罗江全域粮油制种产业高质量发展的同时,也深挖三国文化、调元文化、稻米文化,促进旅游、体育、文创、研学等三产与粮油制种一产的深度融合，以其独特的方式，种下文化的种子。

这些种子将在时光的滋润下茁壮成长，在每个人心中开花结果，为我们的社会带来更加丰富的文化底蕴。

第一节　文旅融合尽显满园春色

采访中，我们从罗江区相关部门工作人员处了解到，罗江区正在实施粮油制种现代农业园区示范创建，以"种业芯谷"为核心，以创促建，"大园区小业主"，推动罗江全域粮油制种产业高质量发展；深挖三国文化、调元文化、稻米文化，促进旅游、体育、文创、研学等三产与粮油制种一产的深度融合，规划打造国家现代农业公园，建设国省级中小学生研学基地；精心植入种业博览、研学观光、文创康养等多元化的"种业+"新场景，培育发展农耕体验、科普观光、民宿群落等新业态，增强园区发展动能。

为对罗江区"国家粮油制种示范农业公园"（又称"种子公园"）这一概念进一步了解，笔者在2024年6月26日采访了罗江区文广旅局姜红和李刚等工作人员。

姜红作为罗江区文广旅局局长，能歌、善舞、气质佳，多次出镜为罗江区多个旅游景点代言，被誉为"网红局长"。

姜红局长是一个在罗江基层工作多年的"年轻老干部"。她2001年参加公务员招聘，第一站就在国家级水稻油菜制种基地略坪镇工作，后又到财政局、民政局、文广旅局工作，在罗江工作20余年，对罗江区地域文化的基本情况十分了解。

她说，罗江旅游文化有三大特色板块：三国文化、调元文化、诗歌文化。

经过多年努力，罗江乡村旅游已经有了一定基础，比如金山镇的梨花节、鄢家镇的3A景区"岭上花开农业公园"等。罗江把最早规划的"种子芯谷"进行了重新规划，大家觉得最早提出的"种子芯谷"含义薄弱了一点，支撑不起罗江区这个制种大县近年来蓬勃发展的制种产业。按照习近平总书记"中国人的饭碗任何时候都要牢牢端在自己手中"的指示，提升为"国家粮油制种示范农业公园"，它的范围就宽了，有了更为深广的内涵。不仅在原有基础上可顺应时代需求，扩大种业基地面积，还可灵活地植入文旅融合业态，通过乡村旅游，带动老百姓通过三产增加收益。这就需要完善多种基础设施。

现在相关部门已经修通完善了旅游大环线及园区内的路网，并在业态布局的规划上请来专家团队对罗江区做了一个统一的制种农业发展规划、乡村旅游发展规划，规划了四大片区和四个小的片区，核心基地就是略坪镇与调元镇制种片区，并给乡村旅游发展留足了发展空间。比如民宿产业发展，既需要本地农户参与，也需要引进业主参与。吸引资本进来，是发展高品质民宿的措施之一。至于放在哪里，业态布局中给他们充足的预留空间。

现在的农业种业示范园区，整个制种产业链配套基础设施，从育种，到飞防、施肥、收割、种子烘干、精选、打包、发货，全套现代化操作流程已经建成并投入使用，解决了制种产业劳动力缺乏的根本问题。

这是罗江种业在现代化进程中迈出的一大步。在种子公园内，在略坪镇建了种子博物馆，很适合作为研学基地，让来到这里的学生知道自己吃的安全粮食的种子是怎么来的。园区内还规划其他配套农业产业，比如略坪镇是德阳市的"菜篮子"，种植蔬菜历史悠久，还有优质早熟水果翠冠梨等特色产业，可供游客体验式采摘，目的就是让游客留下来。

现在，罗江区正在着力组织培养种子公园内农户发展第三产业的技能，为各种业态的植入做准备，尤其是长玉村，作为德阳市文旅名村，正在进行精品村打造，完成后将是种子公园的一大亮点。

在罗江，制种不仅是国家战略，也是本地老百姓致富增收的产业。罗江区不仅培育本地制种大户，还引导多家园区外制种大户进入种子公园，目前有家庭农场30家、制种大户150个，辐射带动制种农户5000余户。这些制种大户不仅是制种产量和质量的保证，也是农业现代化推进的主力军。在罗江，农业种业早已挣脱了原始的农耕文化羁绊，走向农业现代化之路。

姜红介绍，结合种子公园的旅游发展布局，罗江区文广旅局组织文创公司研发设计了一批本地土特产文创产品的包装，比如罗江斗鸡、贵妃枣、翠冠梨等的包装，让游客来游玩后还有精美的礼品可带走。罗江旅游线路、旅游宣传也在不断更新，跟着时尚节拍走。比如增修停车场，开辟多条骑游道，邀请旅游达人入住，带动旅游产品销售，增加收入。罗江乡村不断更新旅游设备和配套设施，满足游客的需求。

在种子公园，为打造德阳市文旅名村，避免名村建设同质化，罗江区文广旅局颇费心思，把长玉村定性为主打种子文化品牌，万佛寺则以禅修为主格调，星光村以新农村为基调，而响石村则定性为清廉文化教育基地……随着罗江旅游的多样化发展，每年都会吸引大批学校组织学生前来研学。这些，都是种子公园必备的业态。

李调元纪念馆、庞统祠博物馆是罗江著名的研学基地。对于种子公园核心区域之一的调元镇，区委、区政府把调元文化与种子文化有机结合，在2022年11月投资3000万元，在调元镇镇政府旁边修建种业运营中心和农事服务中心，总建筑面积为5825.18平方米，并拿出3000平方米的面积，将原修建在略坪镇隐逸山的诗歌博物馆迁至这里，承载罗江区诗歌文化的传承与弘扬。

罗江区诗歌文化底蕴深厚，远有享誉清代文坛的著名诗人李调元，有1948年就成立的鄢家农民诗社——云峰诗社；近年有由中国作家协会诗刊社、四川省作家协会《星星》诗刊社、中共德阳市委宣传部、中共罗江县委、罗江县人民政府创立于2006年3月、每两年一届的"中国·罗江诗歌节"，一直举办至今已是第9届。尤其是在2010年3月第3届诗歌节中，举办了由中国作家协会诗刊社、四川省作家协会《星星》诗刊社联合评选的首届全国十大农民诗人评选，并在罗江诗歌节上举行颁奖，本土鄢家镇云峰诗社会员杨俊富获评首届全国十大农民诗人。

在新的诗歌博物馆内，将增加休闲、娱乐等服务项目，增加自身造血功能，让诗歌文化活起来。

种子公园本身不具备产业功能，怎样吸引更多人来到这里，怎样满足游人需求？文旅部门全力引进外来资源，着手培育乡土文化能人来带动种子公园的发展。这些，都由一个专业运营团队来操作。

姜红说，在种子公园内，不仅讲文化，让游客感受罗江厚重的文化底蕴，更多的是让游客体验。比如，他们可以亲手种下各种种子，到成熟时可以亲手收获，获得满满的体验感、成就感。

关于如何在种子公园内植入和展示农耕文化，让它更具体验性，也是种子公园正在探索的一个重要部分。

目前，种子公园相关部门正在整合各方面资源，逐点进行。关于乡村旅游的进一步推进，已经定为每年两次，组织各镇文化专干、文旅能人，各村旅游产业带头负责人，包括种子公园规划内的镇、村文旅带头人等外出考察学习。2024年4月15日，由文旅局工作人员带队，去了广汉的几个地方，学习新的管理理念和新的产业业态，下半年，还有一次外出学习活动。

制种，是种子公园发展的根本，而文化，是种子公园的魂。只有将二者完美地结合起来发展，才是真正的"种子公园"。在这一方面，略坪镇长玉村已经走在前列。比如，这两年他们连续举办"长玉春晚"，组织本村文艺爱好者自编自演，全村群众参与，把年节的喜庆送进每一个农家院。长玉村为记住乡愁，记住本村的发展史，正在修建长玉村史馆。建成后，还可作为一个景点，让游客了解本村的种子文化和制种史。罗江区主导有条件的村修村史馆，无条件的村修村史长廊。每个村都有每个村的发展史，进行梳理和呈现，是乡愁记忆，也是农耕文化的文脉传承，更是增强民众文化自信的教育资源。

引进自媒体资源，是对罗江种子公园、乡村旅游景点宣传的一种时尚方式。结合罗江乡村旅游特色，吸引更多流量，起到对罗江旅游景点的宣传和推介作用。到2024年6月，已经在制种核心区调元镇拍摄3期短视频，在抖音、小红书上流量已经达到1000万余次。

姜红说，对于种子公园旅游的短视频宣传，自己先入镜，先讲，再由网络达人讲。做到既有官方媒体宣传，也有自媒体宣传，增强网民对宣传罗江的网络短视频的可信度。

第二节 种子种进爱奇艺

在爱奇艺上，笔者刷到一个片名为《希望的种子》的纪录片，长达60余分钟，以纪实的镜头记录了罗江区的长玉村与团堆村在推行水稻油菜双季制种过程中发生的故事。从育种、移栽、施肥、除草、病虫害防治到收割，纪录片真实记录了制种的全过程，其中还包括家庭琐事、农户的心声、村民与村民之间的矛盾纠纷与化解等。

作为一部农村题材的纪录片，从2024年5月21日在爱奇艺上线，到6月25日笔者看到这部视频，短短一个月时间，播放量已达到7.27万人次，就是说平均每天都有2000多人点击观看，这个数量，在纪录片受娱乐短视频冲击下的今天，算是非常不错的成绩了。

那么，是什么原因让一部农村题材的纪录片如此受观众欢迎，且拍摄者还是几名摄影爱好者？

为此，我们到玉京山李调元纪念馆采访了在此工作的该片牵头拍摄者巩文林。

玉京山位于罗江城东，又名东山。临罗纹江，上有景乐宫古建筑一所，现景乐宫已设为李调元纪念馆。过太平廊桥，上一百单八级台阶，即上玉京山。山顶平敞，周筑楼台，自成天地。山右临江处悬巨钟一口，佳节鸣之，则袅袅钟声，穿云越江而去，明代御史卢雍定此景为"景乐梵钟"，是罗江八景之一，有诗云吟赞：苍鲸何处吼？绀宇翠微杪。余音渡空江，下界知昏晓。

巩文林的工作室在李调元纪念馆北角。他是罗江区文物保护所的工作人员，以前，曾在罗江区电视台当摄影记者。他的办公室货架上摆放着各种陶瓷、陶土、文创产品等艺术品，加上他头上扎着的小辫子，让这个办公室充满了艺术气息。

笔者问及纪录片的拍摄时，巩文林给笔者泡上茶后，很谦逊地说：其实我们就是几个摄影爱好者，都在电视台干过，有的至今还在电视台上班，懂摄影和剪辑技术，也都有各自的本职工作，拍摄只是我们的一个爱好，抽假日和其他业余时间进行拍摄，为了这个爱好，我们走到了一起。

据巩文林介绍，《希望的种子》拍摄的起因，是想真实记录罗江乡村全面振兴进程中的各种产业发展，比如柑橘、青花椒、水产养殖、水稻制种、油菜制种、特色家庭农场等，他们规划了一个总标题《时光里的乡村》，《希望的种子》只是这个系列片中的第一部，他和他的团队在制种基地——长玉村和团堆村跟踪、蹲点拍摄了两年多时间，拍了600多分钟的素材，剪辑出60多分钟的纪录片，2023年荣获第十三届"光影纪年"——中国纪录片学院奖入围奖。

他说，《希望的种子》这部片子在文广旅局的主导下，2023年秋天才拍完，最早不是这个名字，在拍摄之前到长玉村、团堆村调研时，发现村子里几乎都是留守女人在种田，就取名《半边天》。在与她们交流时，又发现她们听说村里要从单季水稻制种改为尝试水稻油菜双季轮作制种，有一半的人怀疑它的可行性，是村干部和农技员给她们进行科普，由制种大户带头种，才消除了她们的疑惑。后来，就把片名改为《希望的种子》。尽管村干部经常向村民们宣传制种的重大意义和制种知识，但发牢骚的，尤其是反对禁烧秸秆以避免引起病虫害各种意见，群众都会向他们述说。

在长玉村采访拍摄时，他们就住在一户制种大户家。每次与他们交流时，本来就三四个人，一会就十多个人，都是制种农户，把巩文林和同伴当作上传下达的窗口，提出各种问题，他们能解释解决的就解释解决，不能解释解决的，就反映给村上和相关部门。其中，大户们最关心的是政策变化，他们现在的收益很好，区委、区政府有补贴，内心里就希望现在的政策一直持续下去。巩文林知道，这是因为罗江区这些年对于水稻制种、油菜制种的扶持力度大，他们担心以后会取消这些扶持补贴政策，他们的收益就会受到影响。

任何一个产业的发展，都不会是一帆风顺的，都会经历矛盾冲突和挫折。罗江区的水稻制种也是如此。因农村青壮年劳动力大多出去务工，乡村劳动力日益匮乏，而水稻制种许多环节都需要人工，比如移栽、除杂、传花粉、病虫害防治等。罗江区农业农村局为推动种子公园内制种产业机械化进程，在略坪镇、鄢家镇等成立了农联，由农联的无人机向核心区制种农户提供免费飞防。摄制团队进行了跟拍，他们敏锐地发现了一件不好办的事。长玉村60多岁的王大爷和一位50多岁的阿姨对于无人机施肥和飞防有着截然不同的看法。王大爷支持无人机施肥和飞防，因为无人机飞防药钱和服务费都是政府补助，大大减轻了自己的负担。那位阿姨拒绝无人机施肥和飞防。她说，无人机做不好，有些地方会飞漏掉，没有人工做得精细。她是制种小户，就种自家2亩多责任田，就想用人工进行精耕细作，这样，亩产会增收几十斤。但是，她也很矛盾，因为无人机飞防药钱和服务费都是政府补助，不需要自己掏腰包。若自己用人工进行防治，背着喷雾器在水田里一排过去一排过来，受累不算，农药还得自己买。

王大爷和那位妇女的话，说得很真诚，也很现实。现在，罗江区正处于传统农业向现代农业发展的过程中，这样的矛盾该如何解决？纪录片用镜头给予答案。也许，这就是这部纪录片吸引人的亮点之一，因为它真实，道出了真实的民声。

巩文林现在还清楚地记得，他第一天到调元镇团堆村，当时团堆村还没进行高标准农田整治，排灌沟渠、生产便道都还没有完善，与他去过的长玉村差距太大。近几年，长玉村依托水稻制种产业，不仅村民富了，村集体经济收入也大幅提升，农田基础设施得到了完善，村容村貌焕然一新，成为远近闻名的新农村示范村。团堆村组织村社干部、村民代表去长玉村参观学习，巩文林和队友扛着摄像机也随车进行了记录。参观后回团堆村的大巴上，村民们开始议论了：

人家长玉村确实做得不错，每一块田都可以开进农耕机械，还是水泥道。

你看他们那些排灌水渠，横通竖也通，还都三面光，放水排水都轻松。

莫羡慕人家，等我们团堆村进行了高标准农田整治，说不定会超过他们。不是说，后来居上吗？

……

听着团堆村人在车上的这些"闲言碎语"，巩文林被他们"服气，但不服输"的精神感动着。他想，这就是乡村的希望，罗江制种产业的内生动力。纪录片中，还有一个很温馨的镜头，记录的是团堆村一大院子人，吃午饭时都习惯把菜夹在饭碗里，聚在一起边吃饭边摆龙门阵。一位中年妇女从家里提出一袋百香果，一人发一个，说是她女儿买回来的，让邻居们尝尝鲜。在乡村，很多人都没见过这种外地产的水果，更不用说吃了。这样温馨的场面，在城里是不多见的。但是，即使在乡村，因为房屋改建，以前的农家大院大都不存在了，被拆散了，都修成了单家独户的独立小院。拍摄组的一个90后小姑娘看到这一幕，惊讶于乡村里还有这样的温馨场面。其实，这样温馨的小事在乡村很多，只是那位小姑娘没生活在农村见不到而已。

一次，巩文林与相关部门一个领导闲谈，聊起已经在拍罗江制种纪录片时，那位领导表示大力支持，并鼓励说要拍就要拍出老百姓的真实制种经历，若干年后也有参考价值。领导的鼓励，是他们的动力，以后的拍摄更是用心。

拍摄进行到第二年，也就是2023年，团堆村已经纳入罗江区种子公园的核心区域，村上把土地集中起来进行高标准农田综合整治。修一条产业路时，因为一户农户田埂上的树在线路上，被务工人员砍了，树的主人不依了，找到村上干部理论，很生气地质问："树是我家的私有财产，你们招呼不打，就随随便便砍了，这与土匪行为有什么两样？"

村干部一时无语了。他们坦然承认，是这个项目启动时的考虑不周，向那户农户赔礼道歉，并表示尽快制定一个统一赔付标准，对农户进行赔付。很快，赔付政策出台了，村里基础设施建设中再没出现纠纷。这些真实的、解决基层实际问题的镜头记录，谁不愿意看呢？

巩文林和他的队友花两年时间，从春播到秋收，对长玉村、团堆村的水稻油菜双季轮作制种做了全程记录。拍摄是辛苦的，他们为了与村民出工收工同步，每到一个制种工序阶段，都住在村里，村民们五六点起床，他们也五六点起床。村民们扛农具，他们扛摄像机。村民们天黑收工，他们也天黑收工。早出，双脚沾满露水，晚归，双脚也沾满露水。

他们正是靠这样的敬业精神，一滴不漏地记录下了长玉村、团堆村从人工制种到机械化制种蜕变的全过程。尽管辛苦，但当片子在爱奇艺上线时，他们享受到了一部片子上线的成就感，为自己为家乡制种事业做了一点"小事"而感到自豪。

巩文林说，在拍《希望的种子》之前，他们还拍过一部叫《风停了》的纪录片，被国家数字图书馆永久性收藏。该片对罗江区蟠龙镇麻风医院病人进行历时两年半的追踪拍摄，讲述麻风病人的人生故事，片长74分钟。另外，因罗江老城区改建工程推进，老南街的四合院、老店铺都得拆迁，为了留下罗江老城记忆，巩文林也不惜花费休息时间，进行了全程拍摄。2023年开拍的8集系列短纪录片《我的朋友李调元》，2024年7月8日也在爱奇艺上线并获得2024年"神秘蜀韵　百部川扬"网络视听精品传播大赛一等奖。

巩文林说："我是地地道道罗江人，拍这些片子，其实就是冲着一种罗江情怀。"

这部历时两年多的纪录片，在种子博物馆及种子公园等多处都可在投屏上滚动播出，能够让游客在游玩过程中对罗江制种过程有一个全面的了解。

第三节　镜头里的制种人

3月，川西坝子的油菜花热热闹闹地开了，开成了一片黄色的海洋。略坪镇长玉村的制种油菜也不甘落后，高高地举起了黄色旗幡，为春天呐喊。

　　2024年3月9日这天，略坪镇长玉村国家级水稻油菜制种基地宽阔平坦的道路上，人来人往，赶场一样热闹。黑油路两边，是摄影作品展览架，中间是人行道，连绵一里多长。展架上展示的摄影作品，全是长玉村村民的笑脸和他们制种水稻过程中被摄影师们抓拍到的镜头。边走边看的人有本村村民，有外地游客。他们说说笑笑，满怀喜悦。

　　这是一场别开生面的乡村摄影展，举办地点在罗江区国家粮油制种示范农业公园核心区——长玉村的田园上。这一天，"时光里的乡村"罗江优秀摄影作品展和略坪"记忆农耕·长玉未来"乡村游的启动仪式同时举行，计划为期8天。

　　经过多年发展，罗江区略坪镇长玉村已经被有关部门认定为国家级水稻油菜制种基地。为展现略坪制种人的风采，罗江摄影师把镜头对准他们，每按下一次快门，不仅是展现他们的风采，更是向他们的辛勤付出致敬，向他们为中国种业做出的贡献表示感谢。

　　习近平总书记指出："中国人的饭碗任何时候都要牢牢端在自己手中。"而种子是端稳中国饭碗的基础。这些年来，罗江区高度重视制种产业发展，始终保持战略定力，毫不放松地抓好粮食生产，做好粮食安全保障工作，使粮食之基更牢靠、发展之基更深厚、社会之基更稳定。

　　在这些来自略坪镇这片充满勃勃生机和希望的大地光影中，有生动的劳作场景，也有农人纯真憨实的笑脸；有艺术的精美，也有人间的烟火。他们是制种人，是老百姓，是每一个活跃在制种田园上的我、你、他。他们在摄影师的镜头下，共同构筑出一幅幅美好画卷，让人们在这片油菜花初绽的春和景明的原野上，欣赏长玉风采，记忆农耕，憧憬长玉未来……

据这次摄影展筹划者陈涛介绍：本次摄影展，拍摄对象来自田坝，拍摄者来自田坝，观影者来自田坝，摄影展办在长玉村这片欣欣向荣的田坝里，是颇具烟火气的大地艺术，全国首创。

"时光里的乡村"摄影作品展中的一幅幅摄影作品，记录了乡村的蜕变，也留住了老百姓的勤劳制种带来的幸福笑脸。

为充分展现党在"三农"领域的辉煌成就，展示罗江区水稻油菜制种在农业农村现代化进程中的风采，弘扬传承中华优秀农耕文化，罗江区摄影家协会多次组织会员到长玉村国家级制种基地采风，创作作品。

2024年初，罗江区摄影家协会面向协会会员和社会广大摄影爱好者征集相关摄影作品，评选出300余幅优秀作品进行展示，较为全面地反映了罗江农业新发展、乡村新面貌和农民新风采，全面呈现罗江近年来推动农业高质高效、乡村宜居宜业、农民富裕富足的生动实践。

通过这次摄影作品展，德阳市摄影家协会授予略坪镇长玉村为德阳市摄影家协会摄影创作基地。摄影展期间同时举办了略坪"记忆农耕·长玉未来"乡村游，游客们在制种基地里观影展、赏菜花、放风筝、品美食，幸福、快乐得像春风一样。因为游客不断，田间的这次摄影展一直持续到2024年4月底才结束。

摄影展的策划者、组织者陈涛，是罗江区摄影家协会主席，他是20世纪80年代的中师生，本来是一名小学教师，因为爱好摄影艺术，1999年离开学校，开始了文化传媒方面的工作。在10多年前，罗江发展乡村旅游，打造"十点五线"旅游景点时，已经把镜头对准了"三农"，拍摄了鄢家镇的"国色天香"、金山镇的"春花秋月"、大井镇的"千鱼欢"、略坪镇的"春风十里"等景点，积攒了大量照片。2014年，德阳市旅游大会和罗江白马关景区AAAA级景区验收会在罗江召开，罗江文广旅局就把这些有关罗江景区的照片编辑成册，出版了《诗画罗江》摄影作品集，作为对外宣传交流罗江旅游的宣传资料。

2014年之后，陈涛把更多的镜头对准了农村，那些年，罗江区哪些人家的猪养得好，哪些人家的果树种得好，哪些人家的粮食种得好，他都了如指掌，多幅作品在各种摄影比赛中获奖，或被一些报刊刊发，名气也越来越大。2019年，时任略坪镇党委书记为郑文斌，他是陈涛读校师时的师兄，一次相遇，他对陈涛说："你还是要来略坪拍一下嘛。"

陈涛问："略坪有啥好拍的？"

郑文斌说："拍水稻制种嘛，这是略坪镇的特色产业。"

"特色产业"几个字吸引了陈涛。2020年，新冠疫情暴发，陈涛独自驱车去了略坪，不只是拍制种，还拍略坪的传统蔬菜产业基地，同时也拍略坪最早打造的景区"春风十里"，那里有10年前修建的中国现代诗歌博物馆，因远离城镇，诗碑落满灰尘，诗歌博物馆的长廊上落满羊粪，成为附近居民放牧的场所。

看着这样的景象，陈涛一阵心酸："这里本来是诗歌展示的地方，却如此破败。"

当时正是秋天，他还拍到一对老农，都80多岁了，在诗歌博物馆旁边的稻田里打谷子。大娘在割，大爷在半桶上打，举起谷把子最多扬三下，就停下来喘息，然后再举起谷把子。他们周边别的农田，水稻都收割了，只有那一块不到五分的稻田还没收割。

陈涛拍了一张照片后，再也拍不下去了，眼泪扑簌簌滚出眼眶，模糊了他的视线。

那时的他常常觉得，拍农村，就是拍辛酸史。拍照片，经常把眼泪拍下来。这是乡村"空心化"的结果。后来很长一段时间，他几乎害怕去乡村拍片了。直到2022年，他去到长玉村，发现这个村的村民精神面貌与其他村不一样，几乎每张脸上都带着笑容，都充满自信，再与他们交谈，才发现村里人这些年依靠水稻制种，都过上了富足的小康日子，他们能不快乐吗？陈涛再一深度了解，发现这个村从育种到收割已经基本上实现了全程机械化，他没有看到几年前在其他村看到的让他落泪的一幕。他的拍摄兴趣又提升起来了，心中默默地策划了一个拍摄计划：拍水稻制种的全过程。

陈涛开始了有目标的拍摄。2022年3月中旬，是制种水稻育秧时节，陈涛背上了跟随自己多年的心爱的摄像机，住进了长玉村一户制种农户家中。他要从育秧开始，用镜头记录水稻制种的全部细节。育秧那天，天下着小雨，农户6点就起床了，陈涛也跟着起床。他问农户："天在下雨，就不能改天育种吗？"农户解释说："这个延误了时间，花期就不会相遇，就会减产。"

原来是这样。陈涛背上了摄像机，跟着农户走进了天才蒙蒙亮的田野。令他意外的是，秧母田里，到处都晃动着弯腰育秧的人。他举起了相机，拍下了长玉村雨雾中的育种劳动场景。

2022年、2023年、2024年，这三年间，陈涛花了大量时间，对水稻制种进行了跟踪拍摄。泡种、育种、摆小秧、大田移栽、追肥、病虫害防治、"920"喷雾、除杂、传粉、收割、晾晒、风车吹选、交售、数钞票……一系列工序流程，一个也没落下。这三年中，他用镜头见证了略坪镇的水稻制种从人工育秧到工厂育秧、从人工栽插到插秧机栽插、从人工喷药防治病虫害到无人机飞防、从人工收割到机械化收割、从晒场晾晒到烘干设备烘干打包直接在村上发货的发展历程。

近两年来，长玉村的水稻制种已经跨进了农业制种现代化行列，来了个飞跃发展——从人工制种到全套机械化制种，从单项水稻制种到水稻油菜双季制种的大跨越，从2000亩到4000余亩的大发展大变革进程。陈涛用沉下去的方式，与农户同住同吃，用他的镜头一一拍摄了下来。到2023年的时候，陈涛已经积攒了大量水稻制种照片，就萌发了办一个专题摄影展的念头。一天，正在拍摄的陈涛偶遇时任略坪镇党委书记侯孝伟下乡到长玉村检查工作，就跟侯书记建议："能不能在长玉村办个摄影展？"

侯书记对他说："你认真拍，明年春天我们来办摄影展。"

有了侯书记这句话，陈涛心中有了底，他是罗江区摄影家协会主席，就组织了会员到略坪镇拍摄，拍幸福的农民，拍他们日常生活的笑脸。在陈涛的带动下，几乎每天都有来自省、市、区的10多名摄影爱好者到长玉村，早上6点刚过就到田坝里开始拍摄。

积累大量的拍摄照片后，有了举办摄影展的条件。于是，2024年3月9日，一个别开生面的摄影展在略坪镇长玉村国家级水稻油菜制种基地热热闹闹地开办了，德阳市摄影家协会主席游光辉、罗江区文广旅局党组书记、局长姜红应邀到场参加开幕式。

在举办摄影展中，陈涛策划做了一个专题展示墙，主题为"我是幸福的略坪人"，人物都是土生土长的略坪人，有栽秧子的，有打谷子的，有传花粉的，有买菜的，有市场里卖红糖的、卖鸡鸭的……通过一张张笑脸，展示略坪人由制种带来的幸福生活。

在笔者采访陈涛时，他说他还有一个设想，在每个制种农户家，把他们自己制种的摄影过程展示在自己家的墙上，用"我是制种人"为标题，展示罗江区制种农户的自豪与自信。

这是一个非常有创意的想法。

第四节　调元文化增添新活力

调元镇地处种子公园核心区域，又是四川历史文化名人、清代巴蜀才子李调元的家乡，调元文化是种子公园必须植入的重要文化之一。为此，笔者采访了罗江区文广旅局党组成员、区博物馆馆长李刚。在他的办公室里，对于调元文化，李刚如数家珍。

李刚介绍，李调元是清代著名的全才型大学者，他是文学家、诗人、戏曲理论家、藏书家，还是其父李化楠撰写的饮食专著《醒园录》的编刊者。因此，他也被世人誉为"川剧川菜之父"。现在，罗江各餐饮店的许多名菜都来自《醒园录》，这些菜品在种子公园的配套餐饮产业中，是响亮的餐饮文化品牌。

罗江目前正在推进创建"川菜川剧之乡"。商务部门重点负责川菜之乡创建，文旅部门重点负责川剧之乡创建。这两点，不仅根植于罗江本土，还要融入种子公园建设。

关于川剧之乡的创建，一是在罗江营造川剧文化氛围，比如每个周末在太平廊桥头和潺亭水城古戏台的川剧坐唱、纹江东岸设置的川剧角儿"生、旦、净、末、丑"的塑像和西岸川剧脸谱的雕塑，中段还有几组川剧元素的雕塑，让外地游客来到罗江就能直观地感受到浓郁的川剧氛围。在罗江，有众多川剧爱好者，他们在茶馆里、酒宴上都会哼唱一段川剧折子戏。为让这些川剧爱好者有一个固定的活动场所，文旅部门特意把潺亭水城古戏台设为罗江区川剧爱好者协会的主要演唱场地，每年还拨给一定的活动经费给予扶持，使潺亭水城古戏台成为群众文化活动的重要场地。通过支持罗江区川剧爱好者协会定期举办川剧坐唱和川剧演出，来体现川剧之乡的文化氛围和底蕴。还通过组织举办李调元学术研讨会，推动调元文化的挖掘和普及，并对研讨会上专家学者们关于调元文化的学术研讨文章进行收集编辑出版，来推动调元文化的挖掘和弘扬。

罗江区种子公园的核心基地和其他乡镇，都是《醒园录》食谱中的食材出产基地，比如鸡鸭鱼鹅、各种时蔬、青花椒等，与外地多家餐饮行业有食材、调味品的供应签约。罗江的餐饮行业，以《醒园录》为蓝本，经过多次探索实验，已经研发出了"金面子""糯米咸鹅蛋"等颇受消费者欢迎的品牌菜品。

2022年，糯米咸鹅蛋、庞统祠庙会、李调元传说成功入选省级非遗项目。另外还有杨记卤鹅、老灶花生、罗江豆鸡、罗江鳜鱼、罗江贵妃枣、罗江花生、罗江青椒、油酥蛋卷、酸辣鸭血旺等非遗和土特产、地理标识产品，都是种子公园餐饮文化植入的品牌亮点，这是罗江人的底气。

在2023年罗江诗歌节的诗人聚餐宴会上，罗江区餐饮协会特意推出"调元宴"，每一道菜名都出自《醒园录》，这让来自五湖四海的诗人赞叹不已，不仅大饱眼福口福，还通过这些独具罗江特色的舌尖上的美味，了解了罗江的餐饮文化。在举办诗歌节的同时，罗江川菜文化节也同步举行，除了"调元宴"，还推出以罗江三国文化元素演绎创新的"三国宴"系列菜品，得到业界的高度赞扬。

2024年6月中旬，由罗江区政府组织的"醒园印象·寻味罗江"美食节活动在罗江大学城水街举行，活动中组织美食评委，对各个厨师的菜品进行厨艺大比拼的评奖。穿白衣戴白帽的厨师们，排列成一道"锅碗瓢盆交响曲"的风景线，在评委们热辣的视线中，烧炒炖煎炸，各显身手。当天，来自四川科技工业学院、西南财经大学天府学院、德阳农业科技职业学院等的上万名全国各地的学生，挤满了大学城水街，了解罗江美食，品尝罗江美食，赞美罗江美食，从而达到宣传罗江美食的目的。另外，为展示罗江特色餐饮，在德阳开设了一家罗江品牌的餐饮店"醒园印象"，这是罗江区对外展示餐饮文化的窗口，主营罗江特色菜系。自开业以来，很受消费者喜爱。

这些美食文化，都是罗江种子公园业态需要植入的元素，是罗江区自身的优势资源。

区文广旅局不失时机，在罗江区各种乡村游活动中，利用梨花节、菜花节、柚花节等活动，让川剧融入其间，植入罗江本土文化元素，推动文旅发展，让本土文化深度融入现代旅游产业，得到宣传与普及。在调元镇新修建的诗歌博物馆内，给本土以云峰诗社为主题的新时代诗歌文化留下足够的空间，让本土诗歌文化大放异彩。

总的来说，种子公园不仅要种下粮食的种子，还要种下罗江文化的种子。

情系罗江

　　有那么一片热土，总是激励你去书写，这就是罗江。

　　由于职业原因，1997年罗江建县时，在喜庆的锣鼓声中，我走进罗江。

　　几年以后，为完成《人民日报》的一篇内参报道，我走进罗江。

　　2010年，我再次走进罗江，采写了长篇通讯《穷乡僻壤怎样建起幸福家园》，刊登在《人民日报》2010年11月7日5版头条，展示了一个"出入画、入有余、大和谐、同快乐"的"农民幸福家园"。此后，我又多次对罗江进行了新闻采写。

　　党的十八大以来，罗江区委、区政府把罗江人民对美好生活的向往作为奋斗目标，用创新的理念、澎湃的激情、脚踏实地的努力，带领罗江人民创造出属于自己的幸福生活，罗江由此出现了历史性的转机。

于是，2018年，一部47万字的报告文学《向往》诞生了，诠释了罗江人民对美好生活的向往。书中的80余个小人物，是20多万罗江人的典型代表。小人物折射大时代。《向往》引起中国文学界的关注。年底，四川省作协和中国作协在北京召开研讨会。《向往》引起了当代文学名家的热评，认为这部书闪耀着新时代奋斗精神的光亮。有专家这样说："有一群向往幸福生活的农民从激昂的文字中，带着泥土的气息向我们扑面而来。有着周克勤笔下许茂和他的女儿们的神情，又好似莫言《蛙》中的姑姑传统写意，却又不是。这个不是，是人物在社会流变中有了新的内涵。历史翻开了新的一页，当代农民不只是解决了温饱，而且有着更高的精神向往。"

中国大地日新月异。每次走在罗江土地，我总感觉走进了时代的前沿阵地。罗江人总是踏着时代的节拍前进。国家级制种大县、全国首批生态示范县、全国乡村治理体系建设试点县、全省乡村振兴先进区……一块块金字招牌，在罗江悄然诞生。

时隔6年，就在2024年的这个夏天，长篇报告文学《大国良种》又杀青问梓。这部书，对罗江儿女响应习近平总书记"中国人的饭碗要牢牢端在自己手中，就必须把种子牢牢攥在自己手里"号召的自觉行动进行了浓墨重彩的描绘。"大国良种"，字字铿锵，凝聚着罗江儿女崇高的责任感和使命感。

随着工业化和城镇化的推进，我国粮食安全面临一些新情况和新问题。粮食安全始终是关系我国国民经济发展、社会稳定和国家自立的全局性重大战略问题。保障我国粮食安全，对构建社会主义和谐社会和推进社会主义新农村建设具有十分重要的意义。种子是现代农业的"芯片"，是农业提质增效、农民增产增收的核心，对确保粮食安全和重要农产品稳定供给，发挥着至关重要的作用。

本部报告文学，讲述罗江制种的历史，以及罗江良种制种人克服种种困难，坚定不移地培育罗江良种，让安全良种为中国粮食安全默默贡献罗江力量的真实故事，着力抒写在乡村全面振兴进程中，罗江人民不仅实现种业科技自立自强、种源自主可控，更为用中国种子保障中国粮食安全提供了可资借鉴的"罗江经验"。

《大国良种》，是一部合力演奏的时代交响曲。

最早感知罗江制种的时代脚步，是在2023年罗江诗歌节上。诗歌节期间，见到罗江区委书记黄琦，听他聊起罗江制种的历史沿革和当下的推进力度，以及未来的宏伟蓝图，我很是振奋，开始有了用报告文学书写罗江制种业的冲动。

2024年元旦刚过，罗江区委常委、宣传部部长邱先铁，和罗江区委宣传部副部长、区融媒体中心主任范刚，迎着一场瑞雪来到成都，告诉我他们想将罗江制种的经验及做法记录和展示出来，打算邀我来完成这部报告文学写作。制种业是国之大业，罗江创新的脚步从不停止。情系罗江，再写罗江，我欣然答应。

同时，我想到了文学好友杨俊富，他是罗江人，对罗江种业发展早有关注，记得他曾经的一首诗，其中一句是："每一粒种子/都是射向饥饿的子弹"。感悟深透，一语中的。俊富也愉快答应了联袂写罗江制种。

1月下旬，采写工作启动。我们和宣传部磋商采写方案，确定采写主题、内容和人物。随后开始了进村入户，深入田间地头走访。报告文学是"行走文学"，深入采访是关键。唯有深入，才能捕捉到鲜活的人物；唯有深入，才能拎住思想的"钱串子"；唯有深入，才能找准时代的共鸣点。

我们的采访持续了4个多月，3月开始，7月结束，采访涉及10多个机关部门、20多个基层单位、60多名基层群众。尤其值得一提的是，罗江区委书记黄琦，区委副书记、区长张天则，分管农业农村工作的区委副书记维色木果等领导，在百忙之中抽出时间接受采访。

为了对国家级水稻油菜制种基地有一个深入的了解，我们6次到略坪镇长玉村，对长玉村党委书记丁洪生从不同角度采访了3次。因长玉村在进行市级精品村试点打造，5月6月又正是"双抢"时节，丁书记很忙，每次都是挤出时间接受采访，有2次采访到晚上8点多才结束。

调元镇是罗江区新规划的制种基地，这个镇的种粮大户、制种大户多，我们也跑了6次。采访中，我们意外发现这个镇有一批90后新农人，比如顺河村4组的张恒、百花村2组的罗乔，等等。采访张恒是5月13日下午，他正在指挥收割机收割小麦，耽误了他的农活让我们深感不安。采访完张恒，尽管太阳已经落坡，我们仍驱车到百花村2组，找到正在田边放水泡田、准备第二天栽插制种秧苗的90后罗乔，我们就坐在他家堆满油菜籽的晒场边，接受汗水和蚊子的侵扰，采访到晚上8点半才意犹未尽地离去。

炎炎夏日，在田间地头行走，脚粘泥，汗湿衣，是常有的事。我们流着汗水采访，陪着我们流汗的还有宣传部的工作人员刘静，她负责每天为我们对接采访对象、开车，还有帮着联系、收集整理资料的小许、小雷等。

本书在采写创作中，还得到了罗江区委宣传部、罗江区融媒体中心其他领导和工作人员的大力支持，在此一并致谢。同时感谢所有接受采访和提供帮助的人！

刘裕国

2024年8月15日